LES DRAMES DE L'HISTOIRE

LA PÉRUVIENNE

Par RAOUL DE NAVERY

LIBRAIRIE BLÉMOT

HENRI GAUTIER SUCCESSEUR, 55, QUAI DES GRANDS-AUGUSTINS, PARIS

LES DRAMES DE L'HISTOIRE
DIXIÈME ÉPISODE

LA PÉRUVIENNE
Par RAOUL DE NAVERY

PROLOGUE

AVANT LE DRAME

I

UNE FÊTE A QUITO

Tandis que les cloches de la ville de Quito sonnent à grande volée, que dans les rues se presse une foule élégante, impatiente de voir la pompe des cortèges et la représentation théâtrale, don Antonio de Mendoza, marquis de Villa-Garcia, vingt-quatrième vice-roi du Pérou, qui reçoit en ce moment l'hospitalité du président de l'Audience royale de Quito, s'entretient avec celui-ci des difficultés créées au gouvernement espagnol par la politique anglaise.

— Rassurez-vous, Monseigneur, dit le Président ; vous savez à quoi se sont réduites les vaines entreprises de l'amiral Vernon ; les brigandages de l'amiral Aussou, pour lui avoir été productifs, n'en ont pas moins été sans influence sur le sort de nos possessions. Je redoute des ferments révolutionnaires, mais non pas du côté des Anglais. S'ils désirent la bataille, nous nous battrons.

— Que craignez-vous donc? demanda le vice-roi.

— L'obstination des Indiens du Chili; nous croyons vainement être parvenus à les vaincre : l'amour de la nationalité survit chez eux à la conquête, à la décimation, à l'esclavage. C'est à l'heure où ils paraissent le plus soumis qu'il faut les redouter davantage. En ce moment, le chef des rebelles peut devenir d'autant plus redoutable qu'il cherche à nous combattre avec nos propres armes. Loin de paraître effrayé par notre civilisation, il la demande; il semble n'avoir pas de plus grand désir que de recevoir, parmi les tribus qu'il gouverne, des missionnaires chargés d'enseigner les éléments de la foi. Il fait porter dans les rangs de ses soldats une croix et une image de la Vierge. Les Indiens convertis, dupes de cette prétendue bonne volonté, font alliance avec lui, et les soulèvements deviennent de plus en plus nombreux.

— Vous disposez de fortes garnisons, et vous avez des corrégidors habiles : je suis donc sans crainte au sujet des Chiliens. S'il se passait des faits graves, vous m'en écririez. Aujourd'hui, je l'avoue, je ferai le moins de politique possible. J'attends avec impatience que vous me présentiez les membres de l'Académie française envoyés de France au Pérou pour mesurer les degrés de l'Équateur. Je me réjouis à la pensée que leur présence dans notre pays réveillera l'amour de la science. Le climat nous énerve, Monsieur le Président, la paresse nous gagne; les lettres et les arts languissent dans nos villes brûlantes. Aussi ai-je résolu de profiter du séjour des mathématiciens français pour relever ici le niveau des études. Ces éminents savants ne se borneront point à mesurer les degrés terrestres; nous manquons d'astronomes, de géomètres, de mathématiciens au Pérou, et je ne délivrerai leurs passeports à M. de la Condamine et à ses amis qu'après avoir acquis la certitude qu'ils ont formé ici d'excellents élèves, capables à leur tour de devenir professeurs.

En ce moment, un serviteur annonça :

— M. de la Condamine, M. Godin des Odonais.

— Vous pouvez, Monsieur, leur révéler vous-même le complot que vous tramez contre leur liberté.

M. de la Condamine s'avança vers le vice-roi.

— J'ai mille pardons à vous demander, Monseigneur, lui dit-il,

et à vous aussi, Monsieur le président, d'abord d'arriver tard, puis
de me présenter accommodé comme vous voyez... Mes compagnons
viendront bientôt, je l'espère. Eux et moi, nous avons eu grand'-
peine à nous tirer des mains de vos soldats, qui tenaient absolument à nous loger aujourd'hui, 8 septembre 1743, dans les prisons
de la ville de Quito.

— Vous! Monsieur de la Condamine, vous en prison!

— Parfaitement, Monseigneur, et ce n'est pas mon titre d'académicien qui m'a protégé, croyez-le. J'ai obtenu la grâce de venir
saluer don Antonio de Mendoza; mais je ne serais pas surpris que
les estafiers m'attendissent à la porte du palais.

— Mais quel motif, quel prétexte, je dirai quelle folie a pu mo-
tiver cette chose exorbitante de vouloir incarcérer nos hôtes, nos
amis?

— On nous arrête comme contrebandiers.

Le vice-roi et le président ne purent s'empêcher de sourire.

— Contrebandiers! vous?

— Moi et mes collègues.

— C'est impossible!

— Il est impossible, en effet, que nous ayons fait de la fraude
avec connaissance de cause; mais nous en avons fait sans le savoir. Les savants sont distraits; tandis que je mesurais le Chimboraço, j'oubliais qu'il pouvait m'être utile de connaître les lois du
pays où je dois passer plusieurs années...

— Mais cela ne m'apprend pas...

— Comment j'ai fait de la contrebande? reprit M. de la Condamine. Vous allez le savoir; mais je serai obligé de reprendre les
choses d'un peu haut, je vous en préviens... Lorsque le gouvernement français me chargea de l'importante mission scientifique à
laquelle je me consacre depuis 1736, il me donna des lettres de
crédit et les fonds nécessaires pour commencer mes travaux.
Quand je me fus séparé de M. Godin et des mathématiciens espagnols qui prenaient part à nos études, je restai à Manta avec
M. Bouguet pour y observer l'équinoxe d'après une nouvelle mé-
thode de celui-ci, reconnaître le point où passe l'équateur, et, par
l'observation de la lune, fixer la longitude inconnue de la côte la
plus occidentale de l'Amérique méridionale. Il me fallut beaucoup

de temps pour trouver sur les plages un terrain commode à mesurer, et propre à servir de base à des déterminations géométriques.
J'en vins à bout, à force de fatigues, de patience et d'argent. Je
pus alors observer des réfractions astronomiques de la zone torride,
en profitant de l'horizon de la mer, que je ne devais pas tarder à
perdre de vue dans un pays de montagnes. Enfin, je devais faire
l'expérience du pendule à secondes, au niveau de la mer, et sous la
ligne précise de l'équateur.

— Et vous avez terminé très rapidement ces divers travaux ? dit
don Antonio de Mendoza.

— Le succès vint d'abord récompenser mon zèle, reprit la Condamine ; tandis que M. Bouguet s'occupait des réfractions, je déter-
minai le point ou la côte se trouve coupée par l'équateur, et je
pris le soin de laisser, sur un rocher de la petite île des Palmiers,
une inscription qui sera d'une grande utilité pour les gens de mer.

— Plus d'un, à qui vous avez enseigné la vraie route, a déjà béni
le nom de la Condamine, dit le président de l'Audience.

— Je l'espère, je le désire... Mais plus je m'enfonçais dans les
problèmes de la science, moins je prenais souci des affaires maté-
rielles ; mon jeune ami, M. des Odonais, si habile quand il s'agit de
coopérer à mes travaux, s'entend aussi peu que moi aux choses
vulgaires de la vie... Que voulez-vous ! les savants ne sont pas par-
faits ! Dans ce pays, l'or semble si peu de chose que nous oublions
de regarder au fond de notre caisse... N'avais-je pas à visiter le
Charapoto, Puerta, Vijo ; à parcourir la côte depuis le cap Lorenzo
jusqu'au cap Panodo et Rio-Jama ? Et puis, quand Bouguet, malade, rejoignit nos collègues d'Espagne, et M. Godin à Guayaquil,
pouvais-je le laisser partir sans ressources ? Nous partageâmes
notre bourse et nos instruments... Et quelle vie depuis ! Après
avoir déterminé la latitude du cap San-Francisco, et celle des
points les plus remarquables, je remontai la rivière de Las Esmeraldas...

— Oui, interrompit en riant M. des Odonais, mais vous avez re-
fusé d'y chercher des émeraudes !

— Parce qu'il n'y en a plus, mon ami, dit doucement la Condamine.

— Ah ! sur ce point, permettez-moi de ne point partager votre

opinion : il reste des pierres précieuses dans la rivière de Las Esmeraldas, comme il se cache des filons d'or dans les entrailles de
la terre. Pizarre ravit au Pérou des richesses visibles; il appartient à la science de retrouver les mines de rubis, les pépites d'or,
fallût-il pour cela bouleverser le sol des Incas et fouiller dans les
légendes indiennes, beaucoup plus précises que les livres sur ce
point important.

— Vous êtes un idéologue, mon jeune ami ! Le meilleur moyen
d'achever de nous ruiner serait peut-être de songer à nous enrichir.

— Seulement, si nous eussions été riches, on ne nous eût pas
accusés de faire de la contrebande. Malheureusement, nous trouvant
à bout de ressources, il nous vint à l'esprit de vendre nos instruments, devenus inutiles, notre mission accomplie, puis nos bijoux
et notre linge.

— Je comprends maintenant ! murmura le président de Quito.

— Or, reprit la Condamine, comme les lois de votre pays inter-
disent formellement la vente des objets de provenance étrangère,
neufs ou non, sous peine d'encourir les châtiments appliqués aux
fraudeurs, nous nous trouvons, M. des Odonais et moi, sous le
coup d'une poursuite absolument régulière.

— Il suffira, heureusement, d'un mot de ma part pour mettre fin à
ce déplorable malentendu, déclara le vice-roi.

— Je m'en remets absolument à votre courtoisie, Monseigneur,
et je vous prie de croire à ma résignation... Il est dans la destinée
des savants de toucher de près au martyre... Je reste convaincu
d'avance que les prisons de Quito sont plus habitables que le sommet du Chimboraço, où j'ai bivouaqué; moins sauvages que les
rives du Marañon, moins dangereux que les abîmes de la Quilotoa.

— Soyez sûr qu'à Quito, vous n'aurez jamais d'autre prison que
mon palais, dit le président de l'Assistance royale.

La porte du salon s'ouvrit de nouveau et les invités entrèrent.
Parmi eux se trouvait le marquis don Joseph d'Avalos, général de
cavalerie, qui avait été à Eleu l'hôte empressé de M. de la Condamine; après le marquis s'avança le corrégidor de la province d'Otolabo qui donnait le bras à sa fille.

Isabelle de Grandmaison était dans l'épanouissement de cette
beauté adolescente qui n'attend qu'un été pour s'empreindre de la

Le salon s'ouvrit et les invités entrèrent. (*Voir page 6.*)

grâce pénétrante de la jeunesse. Son front haut, pur, bien dégagé des masses d'une chevelure soyeuse, reflétait un grand calme; le regard, très doux, possédait déjà la profondeur ; sous le sourire ingénu des lèvres, on devinait la force de la volonté.

Le désir d'assister aux fêtes de Quito et de revoir le vice-roi

avait arraché le marquis d'Avalos à sa solitude d'Eleu, et M. de
Grandmaison au corrégimento de Rio-Bamba. Des places avaient
été réservées pour les femmes sur le grand balcon du palais ; Isabelle s'y installa la première, et, un moment après son entrée, un
groupe de Péruviennes, dans tout l'éclat fantaisiste de la parure
nationale, s'assit sous la tente de soie. Les hommes se massèrent
derrière les jolies curieuses, et bientôt l'on perdit le souvenir des
entreprises des Anglais contre les possessions espagnoles, du
soulèvement des Chiliens et des soldats attendant M. de la Condamine, pour ne s'occuper que du spectacle varié que présentaient
la place et les rues avoisinantes.

La foule des métis, des noirs, des Indiens se pressait et s'étouffait. On entendait des refrains de chansons et des bruits de gui-
tares ; les femmes portaient dans leurs cheveux des fleurs éclatantes ; les nègres étalaient leurs bijoux sauvages, tandis que les
Indiens, presque uniformément vêtus de coton bleu, regardaient
avec une curiosité enfantine les créoles voilées par la mantille de
soie, les gentilshommes vêtus à la mode espagnole, les soldats
chargés de maintenir l'ordre dans la ville. Au son des cloches de
plus en plus triomphant, se mêlaient le bruit lointain des orchestres,
le hennissement des chevaux, les chœurs étouffés des Indiens répétant l'hymne au soleil.

Le signal des jeux fut donné par le vice-roi ; en un moment, un
large vide resta sur la grande place de Quito ; les cordes destinées
à maintenir la foule furent tendues, et les fêtes commencèrent par
des courses de chevaux, données par les Indiens Tarpi.

Ils avaient, pour cette solennité, revêtu leurs plus beaux costumes ; peints avec soin, portant des armes magnifiques et montant
des chevaux couverts de superbes harnais, ils parurent sur l'arène
de la lutte, ayant à côté d'eux leurs femmes, chargées de remplir
le rôle d'écuyers. Ils organisèrent moins une course qu'un ballet
destiné à faire valoir leur adresse de cavaliers, la souplesse de leurs
membres et la beauté de leurs chevaux.

Quand la représentation équestre fut terminée, le président de
l'Assistance de Quito se tourna vers M. de la Condamine :

— Je veux maintenant, lui dit-il, vous mettre à même d'appré-
cier le talent de nos métis pour la pantomime. Ce que vous venez

de voir de l'habileté des Indiens ne dépasse pas, en somme, le talent des Maures; mais je vous supplie de prêter une grande attention à la seconde partie du programme de nos fêtes.

M. de la Condamine et M. des Odonais se penchèrent sur le balcon, et virent des métis apporter plusieurs objets en bois représentant, d'une façon intelligente, les divers instruments des mathématiciens. Ils simulèrent ensuite une scène de mesurage des degrés terrestres, d'observations astronomiques, et les deux savants restèrent fort surpris de la finesse et de l'exactitude avec lesquelles les métis reproduisaient des choses d'autant plus difficiles à rendre que le secret leur en échappait.

M. de la Condamine et M. des Odonais donnèrent bravement le signal des applaudissements, et la troupe des mimes s'éloigna.

— Ne vous y trompez point, dit le président à l'académicien, pour les Indiens vous êtes non pas des savants, mais des sorciers; le pendule et le quart de cercle vous servent à jeter des maléfices et à opérer des transmutations.

— Que cela n'est-il vrai! s'écria la Condamine : nous n'aurions pas fait de contrebande.

— Bah! répliqua M. des Odonais, chacun de nous possède le moyen de changer le plomb en or; il s'agit seulement de mettre son courage à la hauteur de ses espérances.

Isabelle de Grandmaison regarda le jeune homme avec surprise; elle aimait les vaillants et plaçait presque la volonté à la hauteur du génie.

Un bruit tumultueux ne tarda pas à se faire entendre à l'une des extrémités de la place, et les conversations des curieux et des curieuses groupés sur le balcon du palais cessèrent brusquement.

— Voici les Indiens! dit vivement Isabelle.

— Pour que vous compreniez mieux ce qui va se passer, dit don Joseph d'Avalos à M. de la Condamine, il faut vous souvenir que les Indiens, réduits à la pauvreté et à l'impuissance, n'ont cependant jamais perdu l'espoir de voir remonter sur le trône les descendants des derniers Incas.

— Il en reste encore? demanda Jean des Odonais.

— Plusieurs, du côté des femmes.... mais il importe peu à nos Indiens que le sang des Incas coule dans les veines des filles ou des fils de leurs maîtres; pourvu qu'ils sachent que la race d'Huayna Capac subsiste encore, cela suffit pour entretenir les illusions de ce peuple abaissé qui garde religieusement le culte de ses morts et celui de ses rois. Chaque année, le 8 septembre, les Indiens de Quito qui, tout baptisés qu'ils soient, conservent cependant un reste de culte pour leurs anciennes idoles, la lune et le soleil, ont le droit de s'habiller comme au temps où régnaient les Incas, de promener dans la ville les insignes de la religion qu'ils ont abandonnée pour la foi chrétienne, afin de représenter une sorte de tragédie contenant e s principaux épisodes de la vie d'Atahualpa.

— J'avoue, dit Jean des Odonais, qu'à ma grande confusion j'ignore absolument l'histoire d'Atahualpa.

— Doña Isabelle, dit Joseph d'Avalos en se tournant vers la fille du corrégidor d'Otolabo, je ne connais pas d'érudit sachant mieux que vous la chronologie des Incas et les fabuleuses légendes qui se rattachent à leurs règnes. Soyez donc assez bonne pour raconter à M. des Odonais ce qu'il désire savoir.

Isabelle rougit, consulta son père du regard et raconta brièvement la fin d'un règne qui fut aussi la chute d'une nation.

— Je ne suis pas savante, comme l'affirme don Joseph d'Avalos, mais il dit vrai en parlant de mon amour pour les vieilles chroniques, pour la langue, à peu près oubliée, des maîtres du Pérou; de la passion avec laquelle je déchiffre les annales conservées à l'aide des *quipos*. Vous voulez apprendre ce que fut Atahualpa? Je vais d'abord vous parler de son père. Huayna Capac XII, Inca, mourut après avoir soumis la ville et la province de Quito. Son fils Atahualpa épousa la fille de l'ancien roi, et reçut en dot Quito avec le territoire qui en dépend et qui est limitrophe de la province de Bogota; elle occupe à l'est l'étendue du gouvernement des Maynas, sur le fleuve de l'Amazone, jusqu'à la ligne qui sépare les conquêtes espagnoles des possessions portugaises.

Huascar, fils aîné de Huayna Capac, devait conserver Cuzco et l'empire du Pérou; mais lorsque le fils cadet réclama sa part de l'héritage paternel, son frère refusa de la lui donner. La guerre commença entre les princes, et, malgré la vaillance de ses généraux, Atahualpa fut fait prisonnier. Au moyen d'une barre de cuivre, il perce la muraille, s'évade, rejoint son armée, livre une seconde bataille, la gagne, et Huascar demeure à son tour prisonnier du souverain de Quito. Pizarre, habile à profiter des querelles des deux frères, attaque le prince victorieux. Celui-ci, fier du dernier avantage remporté sur Huascar, crut n'avoir qu'à paraître pour anéantir les Espagnols. Il parut sur le champ de bataille vêtu d'ornements magnifiques, et porté dans une litière d'or massif, qu'entouraient trois cents personnages de la cour avec un faste bien fait pour exciter les convoitises des conquistadors. Pizarre possédait de l'artillerie pour effrayer les Indiens, et de la cavalerie pour semer le désordre dans leurs rangs.

Le général se fraya un passage jusqu'à l'Inca, le saisit par sa longue chevelure, et le fit tomber de son palanquin. Les Indiens réalisèrent d'héroïques efforts pour sauver leur maître. Atahualpa demeura au pouvoir de Pizarre, qui le fit enfermer au palais de Caxamarca. Le malheureux prince demanda qu'on le mît à rançon, et, élevant la main droite aussi haut qu'il pouvait atteindre, il promit de remplir d'or la chambre dans laquelle il se trouvait, jusqu'à une marque creuse qu'il traça dans la muraille. On expédia des courriers dans le royaume, avec ordre de recueillir et de rapporter la rançon du roi.

Huascar crut trouver dans l'avidité de Pizarre un moyen de reconquérir sa liberté; il balança les offres d'Atahualpa par des promesses plus magnifiques encore. Il jura de remettre entre les mains des Espagnols les trésors de Cuzco, les dépouilles du temple du soleil, les merveilles des jardins d'or, et Pizarre, gagné, comme les soldats, par cette fièvre terrible de l'avarice qui devait faire couler tant de sang et commettre de si monstrueuses injustices, résolut de soutenir Huascar et de se défaire d'Atahualpa. On accusa l'Inca prisonnier de manquer à ses promesses, d'avoir profané le livre des Évangiles en le jetant à terre... Atahualpa, trahi par son misérable interprète Philippillo, subit une parodie de jugement, et ne dut qu'à l'acceptation du baptême de subir le supplice de la garrotte au lieu d'expirer sur un bûcher... Atahualpa laissait des filles; ces filles eurent des descendants, et les Indiens attendent le salut et la restauration de leurs rois des héritiers du dernier Inca...

— On dirait, Mademoiselle, que vous espérez, comme ces esclaves, le rétablissement de l'ancien pouvoir?

— J'avoue sans honte l'intérêt que m'inspirent les Indiens, et
mon frère don Antonio donne à leur égard l'exemple de la pitié et
du dévouement.

Le corrégidor d'Otolabo fronça légèrement les sourcils en entendant sa fille, et peut-être allait-il formuler une observation, quand
le cortège, salué d'avance par le peuple massé sur la place, commença à défiler en bel ordre.

Les Indiens portaient leurs plus magnifiques costumes. Le corps
peint de couleurs vives, les cheveux relevés par un diadème de
plumes, ils semblaient fiers des gorges éclatantes de toucans dispo-
sées de chaque côté de leur visage; leurs reins disparaissaient sous
une rondache en plumes d'autruche; des sandales de lianes étroi-
tement tressées maintenaient leurs pieds et le bas de leurs jambes.
Quelques-uns avaient attaché à leurs épaules de longs manteaux de
plumes de colibri; un grand nombre étaient casqués de têtes d'aigles et de condors, dont les immenses ailes, fixées à leurs épaules,
leur donnaient de loin l'apparence de gigantesques oiseaux. Ils
portaient dans leurs bras les images du soleil et de la lune, et les
offrandes symboliques que jadis ils avaient coutume d'offrir dans
le temple de Cuzco.

Les Espagnols applaudirent bruyamment le passage des Indiens,
tandis que ceux-ci poussaient de longues acclamations, dans lesquelles se confondaient le regret et l'espérance.

Bientôt après, les rideaux fermant le théâtre élevé, durant la nuit,
en face du palais du président de l'Audience de Quito, s'ouvrirent,
et les acteurs représentèrent la mort de leur dernier roi avec un talent réel et terrible.

Durant ce spectacle, Isabelle de Grandmaison parut absorbée par
une pensée douloureuse, et plus d'une fois M. des Odonais l'entendit murmurer :

— Pauvres Indiens! pauvres Indiens!

Le théâtre se ferma, le cortège disparut; Indiens et Espagnols se
répandirent dans les rues; les uns, avec l'intention de prendre
des sorbets de neige parfumée ; les autres, pour aspirer le
breuvage odorant du maté; les Indiens, afin de boire leur liqueur nationale à la restauration du vieil empire des Incas.

Un bal magnifique termina la fête. (*Voir page* 13.)

II
L'ANGE DE GUAZMEN

Au palais du Président, un bal magnifique prolongea et termina
la fête. Isabelle de Grandmaison parut un moment oublier ses

préoccupations pour s'abandonner au plaisir de la danse et, après
avoir déployé une grâce ravissante dans un menuet français et une
danse espagnole, elle consentit, à la prière du vice-roi, à exécuter
un pas indien d'une originalité extrême et qui faisait valoir à la fois
sa légèreté d'enfant et l'expression pleine de vie de ses grands yeux
noirs.

Au moment de prendre congé du marquis de Mendoza et du président de Quito, M. de Grandmaison dit à M. de la Condamine :

— Je serais trop jaloux, Monsieur, de la faveur que vous avez
faite à don Joseph d'Avalos, en acceptant son hospitalité à Elen, si
je n'emportais la promesse que vous daignerez venir à Rio-Bamba.
Ma petite ville se trouve à quarante lieues sud de Quito ; les chemins ne sont pas trop mauvais, et vous vous reposerez non pas
même à Rio-Bamba, si vous trouvez la cité trop bruyante, mais
dans ma maison de Sudtrépied, à côté du village indien de Guazmen, dont ma fille semble la souveraine maîtresse. M. des Odonais
nous fera, je l'espère, le plaisir de vous accompagner.

La Condamine tendit ses mains au corrégidor.

— Don Antonio de Grandmaison, dit-il, j'accepte, et c'est chez
vous que j'attendrai l'autorisation demandée au roi de Portugal de
descendre l'Amazone, et de revenir en Europe en m'embarquant à
Cayenne. J'ai communiqué mon projet au comte de Maurepas, et
je ne doute point de la bonne volonté de Sa Majesté Très Fidèle.

Un gentilhomme du pays s'approcha vivement de l'académicien.

— Si vous descendez l'Amazone, lui dit-il, j'offre d'être votre
compagnon.

— Vous, don Pedro Maldonado !

— Certainement ; j'ai le plus vif désir de vérifier l'exactitude du
calcul du Père d'Aruna qui donne au fleuve, depuis le port d'embarquement le plus voisin de Quito jusqu'à la mer, 1.350 lieues,
suivant l'ancienne évaluation espagnole, ou 1.900 lieues de France.

— J'accepte avec grande joie, don Pedro, et je serai sûr de suivre
une bonne route.

— Oh ! le chemin est très simple. Nous gagnons Canélos ; nous
nous embarquons sur le Bobonazo, qui se mêle plus tard à la
Pastaza, laquelle tombe dans le Marañon, qui ne tarde pas à changer ce nom pour celui de l'Amazone. J'ai des préparatifs à faire, et

vous éprouvez le besoin de vous reposer de vos longues fatigues ;
nous nous retrouverons à Laguna, chef-lieu des missions espagnoles du Maynas, et le premier arrivé attendra son compagnon.

— Je suis assez égoïste pour souhaiter que le roi de Portugal
vous fasse désirer longtemps son autorisation, dit M. de Grandmaison à l'académicien.

— Et n'oubliez pas, Monsieur de la Condamine, ajouta le vice-
roi, que je n'expédierai aucun passe-port avant que les Français
nous aient enseigné les mathématiques, aussi bien à Lima qu'à
Quito, où le plus savant des maîtres ignore l'usage du pendule et
du quart de cercle.

Au moment où M. de la Condamine et Jean des Odonais quittaient le palais de la Présidence, des groupes d'Indiens échauffés
par les libations commençaient sur la place leurs danses guerrières,
empruntant à une illumination brillante un singulier caractère
d'originalité et de grandeur.

— Vous devez être heureux, dit M. de la Condamine à Jean des
Odonais, vous allez faire un admirable voyage !

— Lequel ?

— Ne descendez-vous point l'Amazone avec moi ?

— Peut-être, répondit le jeune homme, qui paraissait sous
l'empire d'une vive préoccupation, peut-être !

Le retour du corrégidor dans sa résidence de Rio-Bamba était,
depuis quelques jours, annoncé à l'intendant de M. de Grandmaison.

José Martinez était un homme avare et dur avec ses inférieurs ;
souple, obséquieux et respectueux avec son maître, la flatteuse
douceur dont il ne se départait jamais à l'égard du corrégidor
n'avait point permis à celui-ci de soupçonner la nature vraie du caractère de José Martinez. M. de Grandmaison possédait d'émi-
nentes qualités de bravoure, qui l'avaient fait remarquer en qualité
d'officier général, de rares talents d'administrateur, dont il multi-
pliait les preuves par la façon dont il gouvernait le corrégimento
d'Otolabo ; mais il joignait à son courage et à sa science un amour
du faste et une générosité que pouvait à peine légitimer son immense fortune.

Sa femme, qu'il avait épousée dans sa jeunesse, doña Josepha
Pardo y Figueroa, la plus riche héritière de Guayaquil, fut élevée

au milieu d'un luxe formant, en quelque sorte, l'élément de sa vie. Le gentilhomme de Cadix, transplanté brusquement au Pérou, oublia vite l'existence modeste qu'il menait en Andalousie. Sa femme l'entraîna dans une route dangereuse, et lorsque mourut doña Josepha, laissant à M. de Grandmaison quatre enfants en bas âge, le chef de la famille se trouva engagé dans une voie difficile, et dont l'issue pouvait être dangereuse. Vers cette époque, José Martinez, qui exerça d'abord dans la maison du corrégidor des fonctions modestes, commença par être utile, et finit par devenir indispensable. Comprenant à merveille le caractère léger de son maître, il lui épargna les préoccupations, les soucis d'affaires, assuma sur lui les responsabilités des échéances, cacha à M. de Grandmaison les dangers d'une situation sinon compromise, du moins pleine de périls, et entretint dans l'esprit du corrégidor une sécurité aussi absolue que trompeuse. La caisse de José Martinez n'était jamais vide pour les besoins ou les caprices du gentilhomme. Il est vrai que de temps en temps l'intendant, car José Martinez avait fini par prendre ce titre, demandait une signature au bas d'un acte dont M. de Grandmaison se gardait bien de vérifier la teneur. L'insouciant corrégidor écrivait son nom avec une rapidité n'ayant d'égale que son insouciance, et il s'estimait fort heureux d'avoir mis sa maison sous les ordres et ses revenus dans les mains d'un homme semblable à José Martinez.

L'intendant ne doutait point que le séjour de Quito n'eût été dispendieux pour le corrégidor; aussi, tout en surveillant les préparatifs intérieurs, José Martinez s'occupait-il de remplir le coffre de son maître.

Si M. de Grandmaison tenait à Martinez, les esclaves éprouvaient pour celui-ci une invincible haine. Ils savaient que dans les veines de l'avare et orgueilleux José coulait encore du sang noir; et cependant, loin de prendre le parti des faibles, des malheureux, des opprimés, l'intendant écrasait tous ceux qui se trouvaient sous ses ordres. Il n'aimait rien au monde, sinon l'or qu'il maniait à pleines mains, et les pierreries qu'il entassait dans des coffrets.

Tandis que déclinait la fortune du corrégidor, celle de l'intendant faisait des progrès rapides. Humilié par les conditions de sa naissance, Martinez avait pris depuis longtemps déjà la résolution de

quitter le Pérou, quand il se trouverait assez riche, et d'aller dépenser en France les rentes amassées au service du prodigue gentilhomme.

Dans la maison de Rio-Bamba, tout semblait, ce jour-là, prêt à
fêter le retour des maîtres du logis. Les nattes les plus fines s'étalaient sur les planchers de bois odorant; les fleurs, que les habitants
du pays aiment avec passion, remplissaient des vases précieux, dans
la salle à manger dont les dressoirs pliaient sous le poids de la vaisselle plate et d'objets d'orfèvrerie d'origine indienne, où s'entassaient des pyramides de fruits exquis.

Au moment où Martinez achevait d'inspecter le jardin, il aperçut un esclave dont l'ivresse se trahissait par un pas titubant. Mais,
chose étrange et digne de pitié, de grosses larmes coulaient sur les
joues de ce malheureux, tandis qu'il essayait de répéter un air de
danse.

— Misérable! fit José Martinez, en secouant le nègre par l'épaule,
te voilà ivre comme une brute, et l'on attend les maîtres! Stupide
animal, va te faire donner vingt-cinq coups de fouet, pour dissiper
les fumées du *chicha*.

Un noir âgé d'environ quarante ans, et qui venait d'entendre
l'ordre inhumain de l'intendant, s'approcha de celui-ci.

— Milo-Milo a eu tort, dit-il, mais sa femme est morte ce matin:
il a éprouvé une grande peine, et il a bu pour oublier...

— Je ne vous prie ni de m'expliquer sa conduite, ni de présenter
sa défense, Joaquin, répondit Martinez; contentez-vous de faire
votre service, et souvenez-vous que, pas plus qu'un autre esclave
de la maison, vous n'êtes dispensé d'obéir.

— J'obéis aux maîtres, répondit tranquillement Joaquin.

— Je les remplace! répliqua José.

— Vous! s'écria Joaquin, vous les remplacer! Sainte Croix!
Est-ce que le maître a jamais fait frapper un homme! Les châtiments de cette nature sont réservés pour les voleurs. Milo-Milo
s'est enivré, il a eu tort; laissez-le s'éloigner, rentrer dans la case,
et n'insistez pas pour qu'on le punisse.

— Ce que j'ai dit sera fait, ajouta Martinez, et, pour t'apprendre
à me gratifier de tes conseils, je t'ordonne de conduire ce misérable
à celui qui le doit fouetter, et de compter toi-même les coups.

— Attendez le retour du maître, au moins.

— Obéis, Joaquin, ou sinon...,

L'intendant fit siffler une canne très souple sur laquelle il s'appuyait, et le nègre s'éloigna en emmenant Milo-Milo.

Celui-ci ne semblait nullement garder conscience de ce qui venait de se passer. Sous l'influence de l'ivresse dans laquelle il avait espéré noyer sa douleur, il répétait un refrain vague, celui que chantait Nuage-Rose quand il la vit pour la première fois à la porte de son carbet.

Milo-Milo se laissait entraîner par Joaquin, qui, le regard brillant, les lèvres serrées, paraissait sous le coup d'une violente indignation. Au lieu de se diriger vers la partie de l'habitation où se trouvait le vieil Africain chargé du rôle de bourreau, il monta le grand escalier de l'habitation, frappa doucement à une porte, et entra dans une chambre d'aspect austère, remplie de collections de plantes, d'insectes, d'oiseaux et de livres.

Un beau jeune homme d'environ vingt ans travaillait studieusement, et ni le bruit causé par Joaquin, ni son entrée dans son cabinet ne parvinrent à le distraire de sa tâche.

— Don Antonio... dit doucement Joaquin.

— Ah! c'est toi! fit le jeune homme dont le beau visage refléta le contentement; que veux-tu, mon ami?

Le noir respira longuement, et un éclair de joie passa dans ses yeux intelligents.

— Je viens prendre vos ordres, dit-il; le malheureux que j'accompagne est ivre de chicha, je ne l'accuse pas! Vous savez, don Antonio, on croit souvent oublier en buvant... L'intendant de votre père, que Dieu protège! vient de le condamner au fouet, et m'a ordonné de compter les coups... Vous ne désespèrerez pas votre vieux Joaquin en ratifiant cette parole... Martinez ruine votre père, ne le laissez ni haïr ni déshonorer...

— Tu as raison, Joaquin; lui absent, je commande... Tiens, prends ces trois lignes... elles défendent à Martinez de faire châtier un seul esclave... Je ne me crois pas le droit de demander compte à mon père de l'immense fortune de notre mère, qui s'écoule entre ses mains prodigues; je suis accoutumé au travail, je l'aime, et si la pauvreté venait, elle ne m'effraierait pas... J'ai un grave devoir à remplir, et j'irai jusqu'au bout... Dans ce pays que Dieu fit si beau, l'œuvre de l'homme est malsaine, dangereuse et coupable! On opprime le faible, on dépouille le pauvre. Je resterai, en dépit de tout et de tous, l'ami du malheureux et le défenseur de l'Indien.

— Cher, cher et bon maître! fit Joaquin en portant la main du jeune homme à ses lèvres.

— Sais-tu des nouvelles?

— Oui, don Antonio.

— Bonnes?

— Non, mauvaises.

— Parle; je remédierai peut-être aux tristes choses que tu vas m'apprendre.

— D'abord, on doit recruter les Indiens pour le *mita*.

Le front de don Antonio se couvrit d'un nuage sombre.

— Je verrai, j'aviserai, dit-il; ensuite...

— José Martinez va régler le *repartimiento* pour les hommes de la province d'Otolabo.

— Aujourd'hui?

— Sans aucun doute. Il doit présenter des registres en ordre à M. de Grandmaison, et lui montrer ses coffres remplis d'or.

— Ah! tais-toi! s'écria le jeune homme.

— Qu'importe! reprit Joaquin; si Martinez conspire contre les Indiens, vous êtes deux pour les défendre, vous d'abord, don Antonio, puis doña Isabelle, l'ange de Guazmen...

— Compte sur moi, et dis à tous ceux que tu verras désolés d'espérer toujours; nous ne sommes pas seulement deux pour les aimer et les défendre, Dieu est pour nous, et Dieu est pour eux!

Le noir entraîna Milo-Milo.

— Oui, murmura don Antonio de Grandmaison, quand il se trouva seul, je dois lutter, non contre le cœur de mon père, le ciel l'a créé bon, mais contre la faiblesse de son caractère... Je disais tout à l'heure : Qu'importe qu'il nous ruine? J'avais tort; la fortune que ma mère m'a laissée sera employée à pallier les maux causés à mes humbles amis... Mon frère s'est fait prêtre pour leur enseigner la parole divine, je resterai leur avocat; chaque jour, à toute heure, ils me trouveront debout, prêt à lutter pour leur cause.

Je n'ai pas besoin de troubler mon père dans la disposition de sa fortune personnelle; je sauvegarderai la mienne dans l'intérêt de la justice et de l'humanité.

Tandis que don Antonio prenait cette résolution, José Martinez se rendait dans une vaste salle destinée aux réunions d'Indiens et d'esclaves appelés au palais du corrégidor d'Otolabo.

Ainsi que l'avait dit Joaquin, il s'agissait de la levée du *mita*.

A l'époque de la conquète, les Espagnols, ne pouvant décider les Indiens à exploiter pour le compte des vainqueurs avides les mines de Potosi et celles des diverses montagnes du Pérou, édictèrent une loi afin de réglementer ce genre de travail. Le *mita* devint une conscription civile; chaque district eut l'obligation de former, tous les ans, un certain nombre d'hommes pour le service des propriétaires. Les effets du régime auquel elle soumit les *mitayos* devinrent désastreux. Tout Indien de dix-huit à cinquante ans se trouva forcé de travailler aux mines. On formait des listes sous sept rubriques diverses, et les Indiens dont les noms figuraient sur ces listes devaient servir durant six mois. Ils revenaient ensuite dans leurs villages, et, au bout de trois ans et demi, ils devaient partir de nouveau.

L'Indien, accoutumé à la vie libre de chasse ou de pèche, ne résistait pas au travail souterrain de l'exploitation du filon d'or. Le chagrin, la maladie en tuaient régulièrement un sur cinq. Souvent les mines vers lesquelles on les dirigeait se trouvaient à plus de cent milles de distance. Ils pouvaient rarement amener avec eux leurs familles; abandonnés, attristés, brisés par la fatigue, étouffant dans les entrailles du sol, et pouvant à peine acheter des vivres avec le demi-dollar qui leur était quotidiennement compté, ils besognaient avec une sorte de désespoir, mâchaient tout le jour des feuilles de *coca*, et s'enivraient pour oublier que loin, bien loin, dans le carbet couvert de feuilles de palmier, une jeune femme berçait son dernier-né, tandis que les aînés regardaient, le long des parois de branchages de la cabane, l'arc, les javelots et les filets dont le père se servait jadis pour nourrir la famille.

Les mines de Potozi seules employaient perpétuellement 12.000 Indiens.

L'intendant de M. de Grandmaison devait signifier aux hommes du corrégimento l'ordre d'aller aux mines remplacer les travailleurs rappelés dans le district. En dépit de la force morale de ces hommes accoutumés à braver la souffrance, il était facile de voir sur leurs visages les traces d'un profond désespoir. Beaucoup savaient qu'ils ne reviendraient pas. Ils se taisaient cependant. A peine un regard désespéré, un soupir profond trahissaient leur angoisse. Ils courbaient le front sous le joug des maîtres; mais qui pouvait dire les regrets de cette nation vaincue, les haines couvées par des hommes que le ciel avait faits doux et bons, les terribles pensées de revanche qui traversaient leur esprit, tandis que José Martinez lisait d'une voix monotone la liste des futurs mineurs.

Quand elle fut épuisée, la salle se vida lentement. Mais, avant de se séparer, chaque Indien fit à ses compagnons un signe mystérieux, et s'éloigna en baissant la tête.

Tandis que cette foule désolée rejoignait ses quartiers éloignés, ou se disposait à camper dans la campagne de Rio-Bamba, un grand nombre d'Indiens, parlant, gesticulant, arrivaient par une autre entrée de l'habitation, et se dirigeaient vers un bâtiment d'une grande étendue, où la lumière entrait à flots, éclairant des monceaux de marchandises d'usages divers et de provenances différentes. On y voyait accrochés, le long des murs, des miroirs de mince valeur, des outils de travail, des armes de guerre. Des pièces de coton bleu, modeste étoffe suffisant à l'habillement des Indiens, partaient du sol et montaient jusqu'au plafond. Dans des cases diverses s'entassaient des verroteries, des lunettes, des couteaux, des fleurs artificielles, des bas de soie. On eût dit que tous les rebuts des magasins d'Europe encombraient ces docks immenses. Au premier regard, l'aspect en était florissant; au second, il semblait misérable. Une boutique de Juif, accumulant les restes de cent faillites européennes, aurait eu meilleure apparence.

Tandis que les groupes d'Indiens se massaient devant la grande porte de ce bazar, José Martinez fit son entrée dans les magasins de l'habitation en passant par une porte masquée, qu'il referma lentement. Il inspecta d'un coup d'œil les murs, les cases et les coffres de cette vaste pièce, puis il alla ouvrir à la foule, qui se précipita dans les magasins avec une impatience enfantine.

— Bon ! bon ! fit José Martinez, il y en aura pour tout le monde ; ne vous pressez pas : le *repartimiento* s'applique d'une façon équitable. Procédons par ordre, s'il vous plaît, c'est le moyen d'aller vite. Que veux-tu, Michaël Malati?

— Des outils de labour et de la toile.

— Combien as-tu ?

— Dix dollars.

— Voici une bêche de deux dollars ; assez d'étoffe pour te faire une chemise de coton bleu, puis une paire de lunettes et un collier. Donne tes dix dollars.

— *Santa Virgen!* s'écria l'Indien, mes yeux sont assez bons pour suivre le petit oiseau dans le ciel ; nous sommes pauvres, et ma femme ne souhaite point de parures. Ajoutez une faux et une hache avec du coton au lot que vous préparez, et ne me donnez rien d'inutile.

— Tu refuses ?

— Vous voulez donc ma ruine ?

— Je veux écouler les marchandises ; ta fille grandira, tu garderas le collier pour elle ; si ta femme souffre, elle pleurera et les larmes brûleront ses yeux, alors elle aura besoin de lunettes... C'est à prendre ou à laisser.

Le pauvre Indien poussa un soupir de détresse, mais il ne pouvait se passer ni de bêche ni d'une chemise de coton bleu, et il prit le lot d'objets rassemblés par José Martinez.

Une vieille femme s'avança à son tour.

— De la toile, dit-elle, et trois couteaux.

— Voici un couteau, de la toile, un miroir et une paire de bas de soie ; c'est vingt dollars.

— Mon Dieu ! dit la malheureuse, que ferai-je de bas de soie? Mes vieilles jambes sont accoutumées à la pluie comme au soleil ; j'ai été belle jadis, et l'on m'appelait la Liane-Verte ; les peines m'ont rendue méconnaissable, je ne veux donc pas de miroir !

José Martinez procéda à l'égard de la Liane-Verte comme il

avait fait pour Michaël, et la malheureuse, pressée par la nécessité
de se procurer certains objets, fut obligée d'acheter ceux qui lui
étaient onéreux et inutiles.

L'un après l'autre, les Indiens exposèrent leurs besoins à l'intendant, qui imposa à chacun d'eux des choses bizarres et coûteuses. Il paraissait se faire un plaisir de la désolation des pauvres
gens, qui versaient entre ses mains un argent trop rare et recevaient en échange des choses avariées ou futiles, et dont souvent
ils ne connaissaient pas même l'emploi. Ils emportaient d'un œil
morne la part qui leur était faite, échangeant des regards pleins de
haine et murmurant des mots capables de faire frissonner José de
terreur, s'il les avait entendus.

Le misérable souriait; la tristesse des pauvres Indiens spoliés et
volés lui réjouissait le cœur. Il trouvait un sarcasme pour répondre
à une plainte; la raillerie devenait sanglante sur ses lèvres; et
quand une mère pleurait en serrant son enfant dans ses bras, il
gardait le courage d'insulter à son désespoir.

Certes, le *repartimiento* était un droit injuste, aussi terrible dans
son genre que le *mita*. Le *repartimiento* obligeait les Indiens à
acheter chez le corrégidor et les régidors les objets nécessaires à
leur consommation. Les Espagnols, les riches colons indolents et
avides d'argent, pour satisfaire à des prodigalités ruineuses, abandonnaient à leurs intendants le soin d'appliquer la loi. On donnait
aux Indiens, en échange de leurs dollars, un nombre restreint
d'objets indispensables, auxquels on ajoutait tout ce que les magasins de l'Europe expédiaient de rebuts dans la cale des navires. Les
malheureux sortaient de la maison du régidor en emmenant des
mules moribondes, en emportant des miroirs, des bas de soie, des
lunettes, des colliers! Quand le *mita* ne venait pas les décimer, le
repartimiento consommait leur ruine.

Lorsque José Martinez eut terminé ces marchés, il fit deux parts
de la recette, enferma l'une dans sa ceinture, et porta l'autre dans
la caisse de M. de Grandmaison.

Pendant ce temps, les Indiens quittaient lentement l'enceinte de
l'habitation du corrégidor.

— Dieu vous protège! leur dit doucement Joaquin.

— La foudre tombera sur cette maison! dit un homme en levant ses mains ridées vers le ciel; je l'appelle, et le Dieu de toute justice m'entendra!

— Pourquoi attendre le feu du ciel? demanda un jeune homme; n'avons-nous pas pour nous consoler et nous relever de notre abjection Gabriel Condorcanqui, le descendant de Saraï-Tupac?

— Et puis, ajouta une femme, faut-il rendre le chef de la famille responsable des injustices de son intendant? doña Isabelle et don Antonio comprennent les torts de leur père.

Au moment où défilèrent les Indiens chargés de leurs tristes emplettes, un de ceux qui venaient d'être désignés pour travailler aux mines s'approcha de Joaquin.

— J'ai voulu te dire adieu, fit-il en tendant la main au noir...

— Tu vas chercher de l'or?

— Non, mais la liberté... plutôt que de mourir dans la montagne, je m'enfuirai dans les bois...

— Attends! fit doucement Joaquin, l'ange de Guazmen rentre demain à Rio-Bamba.

— Merci! répondit l'Indien.

Il fit un signe d'adieu à Joaquin et se mêla à la foule qui sortait de l'habitation.

Joaquin secoua tristement la tête.

— Cela finira mal! fit-il, cela finira mal! Beaucoup d'Indiens savent que don Antonio et doña Isabelle sont leurs amis... mais la plupart ne voient que le joug qui leur pèse sur le cou, et jurent de s'en délivrer.

Joaquin n'eut pas le loisir de s'absorber dans ses douloureuses pensées. Il devait surveiller les apprêts indispensables et, tandis que l'intendant s'occupait de remplir les coffres, le noir s'efforçait de donner à la maison un air de fête. José Martinez travaillait pour le maître; Joaquin songeait aux enfants. L'intendant échafaudait sa fortune sur les ruines de celle de M. de Grandmaison.

Joaquin aurait versé la dernière goutte de son sang pour la douce jeune fille répondant au nom d'Isabelle, pour le noble jeune homme qui s'appelait don Antonio.

J'ai vu M. de la Condamine, dit joyeusement Isabelle. (*Voir page* 27.)

III

L'ANGE DE GUAZMEN (*suite*).

Le lendemain, l'arrivée des coursiers précéda de peu celle de la litière d'Isabelle portée par quatre Indiens vigoureux et fidèles. Son père l'accompagnait à cheval. Les serviteurs, les esclaves de l'ha-

bitation attendaient le maître, rangés en ordre dans la cour sous
le commandement du majordome. Un essaim de jeunes mulâtresses
s'élança au-devant d'Isabelle. Trois d'entre elles étaient nées le
même jour que la fille de Josépha, et l'opulente héritière les traitait
moins en servantes qu'en compagnes.

Don Antonio s'empressa de recevoir sa sœur au moment où elle
mit pied à terre et s'avança respectueusement au devant de son
père pour lui offrir ses hommages. Après les effusions du retour,
les domestiques se dispersèrent pour vaquer à leurs ouvrages. M. de
Grandmaison entra en conférence avec son intendant, tandis
qu'Isabelle, tendrement appuyée sur le bras de son frère, rentrait
dans son appartement de jeune fille avec une satisfaction évidente.

Chaque objet familier qui s'offrait à elle était salué d'un regard
attendri; elle effleurait d'une main caressante ses livres, ses broderies ; elle lissait avec délice les ailes de ses oiseaux et respirait
aux fleurs transformant sa chambre en une serre embaumée. A la voir
ainsi heureuse au milieu de ses bibelots favoris, aussi empressée à
en reprendre possession, on aurait dit qu'elle était de retour d'un
grand voyage qui l'aurait retenue de longs mois loin des objets de
son affection. Si belle, si élégante, si brillante de jeunesse que fût
Isabelle de Grandmaison, elle préférait les loisirs de Rio-Bamba,
propices au travail, et les tendresses de la famille, aux succès
bruyants de Quito. La joie ressentie en voyant se refléter une satisfaction sincère sur le visage de Joaquin et des jeunes mulâtresses
avait plus de prix pour ce cœur dévoué que les louanges et les
adulations.

Après avoir quitté son costume de route et repris possession de
son domaine, Isabelle attendit Antonio qui avait dû se retirer un
moment pour permettre à sa sœur de s'occuper de sa toilette et de
revêtir un costume d'intérieur. C'était de ses deux frères celui qu'elle
préférait. La robe de moine de fray Juan, son austérité l'effrayaient
un peu. Avec Antonio, elle se sentait confiante et libre. Le jeune
homme avait été son précepteur en même temps que son ami. Tandis
que leur mère doña Josépha s'abandonnait avec nonchalance aux
balancements d'un hamac, recevait les visites de ses amies et parlait
modes de France aux dames espagnoles, Antonio et Isabelle, en-
fermés dans la bibliothèque, travaillaient avec ardeur. Sans songer

à devenir savante, Isabelle suivait les études de son frère. Dans un but d'humanité, qui semblait le grand mobile de sa vie, don Antonio apprit la langue *quicha*, cette langue antique des Incas, dont les Indiens conservent la tradition avec vénération, et dont les syllabes sonores semblent un écho qui parle d'espérance.

Quand Isabelle connut le *quicha*, elle employa une partie de ses loisirs à déchiffrer les *quipos*; puis, afin de consoler les Indiens du village de Guazmen, près duquel se trouvait l'habitation d'été de Sud-trépied, elle se fit enseigner la langue de la province de **Maynas**. Antonio se réjouissait de la bonne volonté de son écolière ; il savait que le meilleur de son âme passait dans cette âme ardente et tendre. Tandis qu'il vouerait sa vie, son éloquence, sa fortune à l'allégement du joug pesant sur les Indiens, la grâce, la douceur, la charité d'Isabelle compléteraient son œuvre. **M.** de Grandmaison, en qualité de corrégidor, représentait la loi : ses enfants le voulaient suivre pas à pas, allégeant les duretés, les exactions de la conquête.

Antonio ne tarda point à rejoindre sa sœur. Il la questionna longuement sur le vice-roi et sur les fêtes de Quito.

— J'ai vu **M.** de la Condamine! dit joyeusement Isabelle.

— Ah! fit le jeune homme avec intérêt, tu as vu le célèbre académicien français?

— Je lui ai même parlé...

— Raconte-moi vite ce que tu sais de ce savant illustre.

— Oh! du savant, je sais peu de chose... je te parlerai seulement de l'homme qui m'a paru charmant.

— Il est jeune?

— Moi, je me le figurais très vieux, fort austère; imagine-toi un d'âge homme moyen, d'une douceur et d'une affabilité parfaites, toujours disposé à se mettre à la portée des ignorantes comme moi.

— Se trouvait-il seul, à Quito?

— Non... cependant toute la mission n'était pas avec lui.

— Et parmi ceux qui étaient avec lui...

— J'ai remarqué **M.** Godin des Odonais qui m'a paru un fier caractère...

— C'est tout? demanda don Antonio.

— Je voudrais pouvoir te parler aussi de M. Bouguet et des
autres, mais ils n'étaient pas encore arrivés à Quito que je partais.

— Enfin, je vois avec plaisir que tu as rapporté de ton voyage
les meilleurs souvenirs. La seule joie que je t'envie est la rencontre
de ces savants personnages, répondit don Antonio.

— Je le pensais, mon cher Antonio, aussi ai-je à t'annoncer une
bonne nouvelle.

— Comme compensation?

— Justement.

— Et c'est?...

— M. de la Condamine a promis à mon père qu'il viendrait prochainement nous voir.

— A Rio-Bamba?

— Non, à Sudtrépied, ce qui sera beaucoup plus intime.

— Amène-t-il avec lui M. Godin des Odonais et ses autres compagnons.

— Non, répondit rapidement Isabelle, M. Godin des Odonais
l'accompagne seul... C'est un ingénieur distingué, cousin de l'as-
tronome, fort spirituel, hardi dans ses vues, très ambitieux,
etc...

— Eh! mais, fit en riant don Antonio, si tu as étudié le caractère charmant de M. de la Condamine, tu me sembles aussi avoir
fait une analyse assez complète de l'humeur et des tendances de
M. des Odonais !

Isabelle ne répondit rien. Don Antonio la regarda : elle jouait
avec une perruche privée.

— Mon Dieu ! pensa-t-il, pourvu qu'elle reste encore longtemps
enfant !

— Que s'est-il passé ici? demanda Isabelle en se rapprochant de
son frère.

— Rien de particulier...

— Martinez?

— Martinez a voulu profiter de l'absence de mon père pour exer-
cer de nouvelles rigueurs et ajouter d'autres injustices à celles
qu'il commet couramment...

— Et alors?

— Alors, j'y ai mis le holà !

— Ah ! C'est bien, cela, Antonio... Laisse-moi t'embrasser pour cette noble action.

— C'est tout naturel ! Ne suis-je point le maître en l'absence de mon père ?

— Et c'est tout ?

— Non. On a aussi choisi les mitayos.

— Pauvre gens ! nous aurons bien des secours à porter dans Guazmen.

— José Martinez a procédé au repartimiento et livré des marchandises aux Indiens.

— Et, suivant son habitude, j'en suis sûre, il les a volés, n'est-ce pas, frère ?

— Oui, il les a volés !

— Et mon père ne sait rien, ne devine rien, et garde confiance dans cet homme ?

— C'est notre père ! ajouta don Antonio, avec un accent de tristesse ; nous ne pouvons nous permettre de juger ses actes ; mais, tout au moins, nous gardons le droit de réparer ses oublis et de redresser ses erreurs.

— Et toi ? demanda Isabelle d'une voix plus grave, parle-moi de tes projets ?

— J'ai ce soir rendez-vous au quartier des Indiens dans la maison de Maïnoc ; José-Gabriel Condorcanqui y doit venir conférer avec moi sur des points importants.

Isabelle s'approcha vivement d'Antonio.

— Prends garde, frère ! dit-elle, prends garde ! L'amour que tu portes aux Indiens opprimés ne doit pas t'entraîner à la révolte... Condorcanqui conspire, il veut soulever la population indienne contre les Espagnols, et cette émeute partielle finira comme toutes les émeutes, par le massacre des Indiens, par le lent supplice de leur chef.

— Oh ! sois tranquille, chère sœur. Je ne dépasserai point les limites de mon devoir, répondit don Antonio. Mieux vaut peut-être guider ce mouvement que de lui permettre d'arriver jusqu'à la révolution. D'ailleurs, nul ne serait assez fort aujourd'hui pour s'opposer à l'influence de Condorcanqui, ni mon père, ni les régidors d'Otolabo. Ce n'est pas un émeutier vulgaire que cet

homme qui descend de Saraï-Tupac, et qui eut pour père un
cacique de Tinta. Condorcanqui possède, sur tous les autres Indiens qui rêvèrent de secouer le joug trop lourd des Espagnols, le
privilège d'une éducation soignée. Il a fait à Lima de sérieuses
études, et son pouvoir sur les malheureux habitants de cette
province dépasse en portée tout ce que tu peux imaginer.

— Sa cause est une cause populaire ; je ne l'embrasse pas d'une
façon absolue ; je ne puis fomenter de complots contre ma nation
ni contre mon sang ; j'essaie de calmer l'effervescence de la plupart des Indiens, et j'apprends dans ces réunions quelles sont les
misères que je dois secourir.

Le reste de la journée se passa sans incidents ; M. de Grandmaison reçut de José Martinez une somme qui lui parut suffisante, et,
avec son indifférence de grand seigneur pour les choses vulgaires,
refusa de jeter les yeux sur son livre de comptes.

Après le repas du soir, Isabelle s'assit au clavecin et chanta des
ariettes à la mode en langue italienne, tandis que don Antonio,
quittant l'hôtel du corrégidor, traversait les rues de Rio-Bamba.

C'était une charmante petite ville, coupée de rues régulières.
Les maisons, composées d'un seul étage dans la crainte des trem-
blements de terre, très fréquents dans ces parages, étaient bâties
à l'aide d'une pierre légère et poreuse. Sur de vastes places
s'ouvraient des boutiques renfermant des toiles de coton, des
poteries rouges modelées avec goût, des fruits, des légumes. Rio-
Bamba, qui comptait vingt-mille habitants, eut les humbles com-
mencements d'une bourgade, bâtie sous les auspices du Père
Allungro, qui en jeta les fondements en 1534.

Au moment où Antonio traversait les rues paisibles de Rio-
Bamba, les clochers des différentes églises, ceux des Cordeliers,
des Jésuites, des Augustins, des Pères de la Merci, répondaient
de toutes leurs sonneries aux clochers plus modestes de l'hôpital
et du couvent de la Conception.

Le jeune homme gagna rapidement le quartier des Indiens, pénétra dans une demeure de misérable apparence; puis, sans hésiter,
comme un habitué du lieu, il entra dans une vaste salle encombrée d'Indiens qui, le matin même, avaient été pris par la conscription civile du *mita*. Les visages de ces hommes étaient

tristes pour la plupart; mais sur le plus grand nombre on pouvait lire l'expression d'une implacable volonté.

Condorcanqui parlait au moment de l'arrivée d'Antonio. D'un air inspiré, avec des paroles de flamme, il prêchait la révolte, la guerre pour la patrie, la lutte pour le sang des Incas et les libertés indiennes. A mesure que la foule s'enivrait de la parole ardente, imagée du descendant de Saraï-Tupac, elle sentait s'alléger le poids de son infortune. Un rayon d'espérance brillait dans les regards éteints; des paroles étouffées à demi, mais que l'on devinait menaçantes, s'échappaient de leurs lèvres.

Antonio écoutait, lui aussi; mais, si dévoué qu'il fût aux Indiens, il ne pouvait approuver la farouche éloquence de Condorcanqui: aussi, lorsque le métis quitta les degrés d'une sorte de tribune, Antonio y remonta à son tour, non pour encourager à la révolte les malheureux, las du joug espagnol, mais afin de leur prêcher la patience et la soumission.

— Que vous donnera la révolution que vous rêvez? leur dit-il. La liberté? Si cela était, je n'aurais peut-être pas la force de vous l'interdire. Mais, croyez-moi, l'heure n'est pas venue, et Dieu la garde dans les secrets de sa miséricorde... Pouvez-vous avoir des armes à feu, des cuirasses, pour lutter contre les soldats espagnols? Vous êtes braves, mais que peuvent vos membres nus et vos arcs de manglier contre les balles et les bombes? Unissez-vous, mais pour vous soulager, vous aider, plus que pour tenter de vous défendre. Quand vous fuiriez vers les montagnes pour y fonder des villages d'Indiens marrons, les cavaliers et les molosses dressés à la chasse ne vous découvriraient-ils pas? Tout s'use, même la conquête. Vous êtes pauvres, voici de l'or; je voudrais pouvoir vous donner mon sang... Ma fortune est à vous, à vous aussi ma vie, mais à la condition que vous ne me demanderez de trahir ni ma famille ni mon pays. Que ceux qui ne peuvent partir pour les mines d'or paient des hommes aventureux qui les remplaceront; que les Indiens mécontents des marchés du *repartimiento* me demandent ce qui est juste. J'ai les mains ouvertes comme le cœur.

L'un après l'autre, les pauvres gens s'approchèrent; chacun se plaignit d'une douleur, raconta une spoliation; don Antonio répa-

rait le dommage en ajoutant une bonne parole à la somme demandée.

Nul, parmi ces Indiens, n'exagérait la perte et la demande, et si un
seul l'eût fait, ses camarades n'eussent pas permis que l'on trom-
pât la confiance de don Antonio.

Condorcanqui s'approcha du jeune homme.

— Qu'en pensez-vous? Ne vaudrait-il pas mieux enrôler des
hommes avec cet or?

— Je n'aiderai jamais à faire couler le sang! répondit don Antonio
d'un ton énergique.

— Il faut cependant qu'il coule pour que la nation renaisse ; c'est
devenu nécessaire!

— Les révolutions ne guérissent aucun mal ; le temps seul a ce
pouvoir.

— Je pensais que vous seriez mon second dans l'œuvre entreprise.

— La mienne est modeste, Condorcanqui, mais je la poursuivrai,
serais-je seul pour la faire aboutir!

— Et vous espérez ainsi alléger le sort des malheureux Indiens,
sans lutte ouverte?

— Je les instruirai, je les aimerai, je partagerai avec eux ce que
je possède...

— Don Antonio, nous ne nous entendons pas! dit le métis d'une
voix soudain devenue âpre.

— Prenez garde d'avoir plus d'orgueil personnel que de dévouement!

— Encore une séance inutile, ce soir, reprit Condorcanqui avec un
grondement de colère.

— Vous vous trompez, José-Gabriel, j'ai séché beaucoup de
larmes.

En effet, les Indiens, consolés par les encouragements de don Antonio, s'approchèrent de lui, saisirent sa main et y collèrent leurs
lèvres.

— Dieu te protège! señor Antonio, dirent-ils, toi qui restes l'ami
des Indiens.

Quand don Antonio rentra dans l'habitation du corrégidor, deux
personnes veillaient encore : José Martinez, qui comptait les béné-

fices illicites de la journée ; Isabelle, qui chantait comme un oiseau.

Le lendemain, le *cabildo* se réunit et vint en corps féliciter M. de Grandmaison sur les résultats de son voyage et son heureux retour à Rio-Bamba. *L'ayuntamiento* de la petite ville se composait de régidors choisis dans les familles nobles du pays, et d'alcades élus par le suffrage des habitants, avec ce privilège unique dans toute l'Audience de Quito que le suffrage devait être universel : une voix de moins suffisait pour l'annuler.

Après avoir rempli les devoirs les plus impérieux de sa charge, M. de Grandmaison ne songea plus qu'à quitter Rio-Bamba pour sa résidence de Sudtrépied. La situation particulière de Rio-Bamba expose l'élégante cité à de grandes variations de température. Placée à la 44'1/2 de latitude australe, à l'occident de Quito, elle doit au voisinage du Chimborazo de soudains changements de température fort désagréables.

Lorsque le vent souffle de cette montagne, une des plus élevées du globe, le froid devient si vif que les familles riches de Rio-Bamba s'empressent de quitter la ville, afin de trouver à peu de distance un climat plus doux. La durée des vents du Nord et du Nord-Ouest est d'environ six mois. Bien que les habitants de Rio-Bamba aient à subir ces variations de climat, les pluies sont cependant moins fréquentes qu'à Quito, et les tempêtes n'atteignent pas le même degré de violence.

Dès que les dernières dispositions du corrégidor furent prises, le départ pour Sudtrépied s'organisa grâce aux soins empressés de José Martinez.

Jamais Antonio ni sa sœur n'opposaient une observation aux arrangements de l'intendant; leur dignité ne leur permettait point de discuter avec lui, et le respect qu'ils conservaient à l'égard de leur père rendait toute lutte impossible. Ils subissaient José Martinez comme un malheur.

La joie d'Isabelle fut grande quand on se mit en route pour la résidence voisine de Guazmen. Fray Juan était venu dire adieu à sa sœur, et lui avait promis de la rejoindre afin d'évangéliser les Indiens des environs de Sudtrépied.

L'orage qui, la veille, avait bouleversé l'atmosphère, faisait place à un temps magnifique. Sous les rayons du soleil qui brillait sans excès de chaleur, la campagne de Rio-Bamba paraissait fraîche et rajeunie. La chaîne de montagnes entourant la plaine se couvrait tantôt d'arbres amis des hautes altitudes, tantôt de neiges éternelles; de vastes champs d'*alfalfa* ondulaient au souffle d'un vent léger; de chaque côté de la route suivie par M. de Grandmaison et ses enfants, l'œil découvrait des haciendas cultivées avec soin.

Les voyageurs dépassèrent la vallée qui fut jadis le théâtre d'une rencontre entre Alvarado et Belalcazar. Une lutte sanglante allait s'engager entre les soldats des deux capitaines, quand Caldera de Séville rétablit, par son intervention habile, une paix qui eut pour but la pacification des pays conquis par François Pizarre et don Diego d'Almagro. On convint, en outre, que les gens de guerre seraient libres d'aller par mer à la découverte, ou de s'enfoncer dans l'intérieur du pays afin de prendre possession des terres septentrionales.

En tournant ses regards vers la plaine du Sud, Isabelle vit miroiter au loin les eaux bleues du lac de Cotta, dont les rives sont peuplées d'oiseaux aquatiques de différentes espèces sur lesquels semblent régner des hérons blancs. Plus loin, dans la plaine de Tiocaxas, la terre, couverte de cacaoyers, dérobe aujourd'hui les vestiges de la bataille livrée par les soldats de Belalcazar contre les Indiens Péruaja, qui voulaient empêcher les Espagnols de pénétrer dans cette province.

M. de Grandmaison, charmé d'être pour un peu de temps débarrassé des soucis de l'administration, et rassuré sur le contenu de sa caisse, s'abandonnait au charme d'un voyage qui lui promettait des loisirs complets. Le matin même, afin de faire honneur aux dollars remis par José Martinez, le corrégidor avait acheté pour sa fille une foule de superfluités coûteuses. Isabelle l'avait tendrement remercié; mais elle ne put s'empêcher d'éprouver un regret poignant en voyant gaspiller d'une telle sorte l'or qui pouvait racheter et consoler des existences éprouvées.

Sudtrépied était, entre toutes les habitations de plaisance voisines de Rio-Bamba, une sorte d'Eden, qu'il devenait difficile d'embellir encore. Le goût prononcé de doña Josépha pour les fleur

avait porté M. de Grandmaison à y réaliser des merveilles. Outre
des jardins spacieux remplis de fleurs les plus rares, des bosquets
d'arbustes odorants, auxquels faisait suite un bois réunissant les
essences les plus rares, conduisaient de Sudtrépied au village de
Guazmen.

Pendant les premiers jours qui suivirent son arrivée à la campagne, il n'eût guère été possible, en dehors de certaines heures,
de rencontrer Isabelle à l'habitation.

L'heure des repas une fois passée, elle traversait le jardin, gagnait la forêt, ouvrait une porte masquée de feuillage, et se trouvait presque au centre du village de Guazmen. Sans crainte, souriante, une douce parole sur les lèvres, un rayon amical dans les
yeux, elle entrait dans les carbets, s'asseyait sur un amas de branchages, prenait sur ses genoux les petits enfants, s'entretenait,
avec la mère, de la chasse ou de la pêche du mari, s'essayait à
tresser des corbeilles en feuilles de palmier, à tisser ou à filer du
coton. Elle restait souvent longtemps dans un intérieur triste et
nu, acceptant quelques grains de maïs grillés, mouillant ses lèvres
à la coupe de chica. Elle attirait à elle les cœurs humbles et doux ;
elle consolait les femmes courbées sous un joug un peu dur; elle
captivait les chefs de la famille par sa bonne grâce. Et puis, au
lieu de s'entretenir avec eux dans la langue espagnole, qui leur
rappelait les douleurs de la défaite, elle leur parlait la langue du
désert, avec ses caresses vocales, ses sons étranges, sa musique
qui va droit au cœur.

On l'appelait l'*Ange de Guazmen*; elle n'avait pas le faux orgueil
de repousser ce titre, et préférait s'efforcer de le mériter. Il faut si
peu pour se faire aimer de celui qui souffre : la bénédiction vient
vite aux lèvres qui connaissent la plainte et les sanglots. Isabelle
était à peine entrée dans un carbet que les femmes indiennes, les
enfants accouraient pour la voir. On eût dit que la contemplation
de ce beau visage consolait déjà ces éprouvés. On lui parlait de don
Antonio à lui faire battre le cœur de joie, et quand le jeune homme
franchissait à son tour le seuil des cabanes de bambou, il entendait
répéter le nom d'Isabelle au milieu d'un cantique de reconnaissance.

Parfois la jeune fille, qui s'attardait au village, devait hâter le
pas pour regagner l'habitation. Elle s'occupait rapidement de sa

toilette, car M. de Grandmaison tenait à l'élégance dans les moindres détails de la vie. Isabelle devait couvrir ses mains, son cou, ses bras des perles et des diamants de sa mère, et le corrégidor souriait orgueilleusement, heureux et satisfait, quand il la voyait parée et souriante, trônant dans un salon luxueux, ou assise à une table pliant sous le poids des flacons de vins rares et des mets recherchés.

Après le repas, don Antonio lisait ordinairement à son père quelque volume d'histoire, ou Isabelle chantait une ariette italienne. Rentrée plus tard, dans son appartement privé, elle reprenait les études commencées avec son père, écrivait à ses amis d'enfance, ou racontait à fray Juan, le moine austère, l'emploi des jours passés loin de lui.

Il y avait environ un mois que la famille de Grandmaison était de retour à Sudtrépied, quand, vers la fin d'une belle journée, une caravane de voyageurs s'arrêta devant l'habitation du corrégidor d'Otolabo.

Isabelle y rentrait au même instant. Sur sa route, elle avait rencontré une jeune femme épuisée par la maladie et l'avait prise en pitié; tandis qu'Isabelle écoutait le récit de ses souffrances, elle prit l'enfant dans ses bras et, penchée vers lui, l'enveloppant des effluves d'une charité tendre, elle embrassait le pauvre petit pour faire sourire la mère épuisée.

Tout entière à l'humble cliente qui lui parlait, elle ne voyait point les étrangers qui venaient de mettre pied à terre. Tous deux se dirigèrent cependant vers elle :

— J'ai l'honneur de présenter mes profonds respects à Mademoiselle de Grandmaison... dit le plus âgé des voyageurs en s'inclinant galamment devant elle.

— M. de la Condamine! s'écria Isabelle.

— J'ai reconnu tout de suite l'ange de Guazmen... ajouta M. des Odonais.

A ces mots, la jeune fille sentit une rougeur brûler son front; elle vida sa bourse dans la main de l'Indienne, serra le petit enfant sur sa poitrine et dit à ses hôtes :

— Veuillez prendre avec moi la route du jardin, Messieurs; mon père sera bien heureux de vous revoir et Antonio cessera de me jalouser.

[Priez donc ma fille de vous montrer son musée. (*Voir page* 43).

IV

AU PAYS DE LA CANNELLE

— Mon jeune ami, disait, huit jours après son arrivée à Sudtrépied, M. de la Condamine à Jean des Odonais, j'ai rêvé d'ajouter

mon nom à la liste de ceux que la postérité conserve dans ses annales. Dans ce but, j'ai entrepris un voyage difficile, souvent périlleux, durant lequel j'ai joué ma vie et qui me coûtera la santé. Eh bien! le nom de l'académicien s'oubliera sans nul doute, mais on se souviendra de la Condamine devenu un des bienfaiteurs de l'humanité.

— Contentez-vous de l'instruire, répondit en riant Jean des Odonais; entre nous, je soupçonne fort l'humanité d'ingratitude et les savants de jalousie.

— Non, mon ami, l'humanité n'est pas toujours oublieuse; le fût-elle, notre devoir serait encore de la soulager dans ses maux.

— En avez-vous trouvé le moyen?

— Je le crois.

— Vous allez supprimer les pauvres en épuisant les mines de ce pays?

— Je ferai plus que cela, je supprimerai la fièvre.

— Avec quoi? grand Dieu!

— Avec une herbe.

— Vous quittez l'astronomie et la géographie pour la botanique!

— Ne riez pas, Jean; il s'agit d'une grande découverte, d'une exploitation utile, d'une fortune colossale.

— Une fortune? je vous écoute.

— Je n'y prétends pas pour moi, je la souhaite pour mon pays. Je viens, durant mes longues promenades autour de Guazmeu, de découvrir des richesses ignorées. Ce ne sont pas seulement les entrailles de la terre qui recèlent de l'or; dans ce pays bienheureux, l'or coule dans la sève des plantes, dans l'écorce des arbres, dans le parfum des fleurs, dans la rosée épaissie. Ce sont ces trésors que je veux naturaliser en France. Tandis que, dans notre pays, la fièvre étend ses ravages et fait des milliers de victimes, les habitants de Maynas s'en guérissent au moyen du quinquina. Comprenez-vous le progrès immense que fera faire à la médecine cette poudre incomparable, mise à la mode ici par la comtesse Chinchon, et dont le secret, connu depuis longtemps des sorciers indiens, lui fut révélé par un sauvage reconnaissant?

— En effet, répondit M. des Odonais, vous rendriez un éminent service en propageant l'usage de cette poudre.

— Ce n'est pas tout, mon ami, nous sommes ici dans la terre des merveilles végétales. Jusqu'à ce moment, l'on a fait usage en France d'épices arrivant exclusivement des Indes. Eh bien, les canneliers de ce pays, si nombreux, si touffus, qu'ils donnent leur nom à toute l'étendue du pays comprise sous le nom de *Canélos*, ressemblent aux canneliers des Indes par l'odeur et par l'épaisseur de l'écorce. La seule différence se trouve dans le goût, moins piquant, moins fin peut-être, mais qui s'améliorerait rapidement par la culture. Que des travailleurs apportent leurs soins à arroser, bêcher et surveiller des champs de canneliers et, avant trois ans, le produit de ces arbustes égalera celui des exportations de Ceylan.

— Je n'eusse jamais cru, dit Godin des Odonais, qu'il vous serait possible de quitter les hautes spéculations de la science pour descendre à traiter des questions commerciales.

— Descendre ! répéta M. de la Condamine. Comprenez-vous si mal la grandeur et l'influence du négoce ? Vous commettez une grave erreur, mon ami. La science fit des martyrs de la pauvreté et souvent de la politique ; les échanges, les voyages, la fondation des comptoirs commencèrent ou grandirent la richesse et la puissance des États. Les gentilshommes génois avaient le droit de faire le négoce, et les armes des Médicis portaient des balles de laine. Il se trouve, sans nul doute, en France, plusieurs académiciens capables de donner les mesures du méridien sous l'Équateur, mais peut-être n'en trouvera-t-on pas un assez ami de la nature pour lui demander le secret de ses richesses, après avoir interrogé les astres sur le mystère de leur marche. Faites comme moi, mon ami, chérissez profondément la science qui nourrit l'esprit et alimente dans l'âme la pensée d'un grand amour pour l'auteur de toutes les merveilles ; mais reposez-vous de la contemplation du ciel en regardant la terre, si belle, si riche et si prodigue de ses dons. Je n'ai pas seulement étudié la valeur du quinquina, le parti que l'on peut tirer des canneliers du Pérou, je compte beaucoup sur l'arbre qui fournit le storax, une gomme précieuse dont nous ignorons, en France, le parfum exquis et dont raffoleront bientôt toutes les femmes élégantes ; sur le copal, auquel nous demanderons un admirable vernis ; sur les cires dont abondent les bois, et pour lesquelles il suffira de trouver un moyen d'épuration. Tandis que j'attendrai à Sudtrépied les

passe-ports de Sa Majesté Très-Fidèle, je m'initierai à tout ce que
l'ignore relativement aux richesses forestières de la contrée. J'aurai pour guide don Antonio, le plus aimable garçon du monde,
que j'aime déjà, et qui joue, je le sais, dans la colonie, un rôle plus
important que sa modestie ne le laisse deviner. Vous ai-je converti
à mes idées commerciales, Jean? Allez-vous, pour les faire réussir, me prêter un concours dont j'apprécie la valeur? Vous le
voyez, il s'agit d'une fortune.

— Mais ce que j'aurais souhaité, répondit des Odonais, c'eût
été de profiter de mon séjour ici pour découvrir une mine féconde,
la fouiller, l'épuiser, charger un navire de tonnes de métal et vivre
heureux en dépensant des revenus immenses. Le petit Jean des
Odonais ne serait pas fâché de prouver à ses compatriotes, les habitants de Saint-Amand, en Berry, qu'il est au moins aussi habile que
son cousin, dont l'orgueil le froisse parfois. Godin m'a rendu un
véritable service en me présentant à vous; mais, depuis, les inéga-
lités de son caractère et l'excès de sa vanité me l'ont fait assez payer
pour que je ne lui doive plus de reconnaissance.

— Quel est donc votre projet? demanda la Condamine.

— Éventrer à mon tour une montagne féconde. Vous souvenez-
vous de ce que nous racontait, il y a trois jours, don Antonio? Tout
le pays de Pallactanga, dans la juridiction de Rio-Bamba, est
tellement rempli d'or, que, cette année même, un habitant de la
ville a fait enregistrer pour son compte, au bureau des finances de
Quito, dix-huit veines d'or et d'argent, toutes de bon aloi. Le minerai d'une de ces veines essayé à Lima, et appartenant à l'espèce de
ceux que les mineurs nomment *négrillo*, rendait 24 marcs par
caxon, ce qui est d'autant plus merveilleux qu'une mine passe
pour riche quand elle rend sur 50 quintaux de minerai ou caxon,
8 à 10 marcs de métal pur. On ne trouve pas un chiffre plus élevé à
Lipes ni à Potosi. Eh bien! il me faut une de ces mines. Je veux
frapper le sol du pied et en faire jaillir de l'or. Je demanderai une
concession, je louerai des mineurs, ou plutôt je n'ai pas même
d'autorisation à prendre : la terre appartient à qui la fouille et l'or
à qui sait le découvrir.

— Vous parlez de louer des mineurs, ne savez-vous point que le
mita les accapare?

— Si je n'en trouve point, je m'aventurerai seul dans les montagnes et, dussé-je vivre d'une poignée de manioc et de feuilles de coca, je travaillerai à la réalisation de mon rêve.

— Je ne vous savais point avare... dit la Condamine d'une voix triste.

— Je ne suis peut-être qu'ambitieux.

— Vous l'êtes devenu bien soudainement.

— Je l'avoue; c'est l'influence du climat sans doute, la nature même du sol que l'on foule. Ce n'est pas l'herbe de la comtesse Chinchon qui guérira ma fièvre de fortune !

— Mais cette fortune est entre vos mains, mon enfant... Vous deviendrez vite ingénieur; on vous confiera la direction de travaux importants... Si vous croyez réussir plus vite dans ce pays qu'en France, quel que soit mon regret de vous laisser en arrière, je descendrai seul l'Amazone. Ici l'on manque d'hommes de talent, et vous serez tout de suite le premier.

— Suis-je sûr d'avoir du talent ?

— On peut toujours en acquérir.

— Mais je suis pressé d'arriver.

— A la fortune ?

— Au bonheur ! fit Jean plus bas.

— Ah ! ne confondez pas ces deux mots, Jean : bonheur n'a jamais été synonyme de fortune.

— Pour vous peut-être... Et puis, tenez, mon ami, quand j'essaie de repousser ce rêve ardent que vous condamnez, de ne plus songer à ces richesses dont la pensée me poursuit et m'obsède, tout, autour de moi, me rappelle mes ambitions et mes convoitises. Hier, quand vous questionniez don Antonio sur le *Dorado*, ne vous a-t-il point certifié que tous les Indiens, interrogés sur ce sujet, ont répondu qu'il avait en effet existé une ville dont les habitations étaient revêtues de plaques d'or, et dont le chef, après s'être fait oindre de miel, se faisait inonder de poudre d'or ?

— C'est une légende ! répondit M. de la Condamine.

— Est-ce une légende aussi que l'histoire de cette race batailleuse que l'on appelait les *Hommes aux armures d'or*? Si doña Isabelle possède toutes les grâces de la femme, chante comme un oiseau et connaît tous les pas de danse de l'Espagne, du Pérou et des Maynas, vous savez qu'à ces talents, qui la rendent irrésistible, elle joint une science profonde que l'on est loin de s'attendre à rencontrer dans une frêle et mignonne créature...

— Oh! je l'avoue, dit la Condamine avec chaleur, avec la fille de Pedro-Emmanuel de Grandmaison, on marche chaque jour de surprise en surprise. Si je la surprends dans les jardins, jouant avec les mulâtresses favorites, agaçant les perruches, cueillant des fleurs, je la prends pour une enfant ingénue, rieuse et charmante; lorsque je la trouve dans la campagne ou que je partage avec elle l'hospitalité d'un carbet, elle ressemble à un ange de miséricorde; enfin, quand, de sa voix musicale, elle nous raconte les phases de l'histoire des Indiens, elle atteint souvent à l'éloquence en ne cherchant que la vérité.

— Oui, elle est bien tout ce que vous dites, et mieux encore peut-être, car on demeure impuissant à définir dans certains êtres une somme de qualités semblables à celles qui distinguent doña Isabelle. Eh bien! elle croit à la *Mano del Dorado*, à l'existence de la cité des *Hommes aux armures d'or*, que les Espagnols n'ont pu découvrir, et dont les Indiens connaissent les trésors enfouis. Isabelle est convaincue de la véracité de la croyance générale au sujet des tribus de femmes guerrières que l'on appelait les Amazones, et qui enlevèrent son nom au Marañon pour lui imposer le leur.

— Quant à cela, mon ami, nous aurons le loisir de l'apprendre; et je compte bien questionner à ce sujet les Indiens du bord du fleuve.

— Comprenez-vous maintenant mon désir ardent, invincible de trouver des filons, d'arracher leur secret aux ruines? Chaque détail des légendes racontées par doña Isabelle est enregistré avec soin; un jour viendra, je vous jure, où je me servirai de ces documents afin d'arriver à mon but...

M. de la Condamine allait sans doute essayer de lutter contre l'obstination de Jean des Odonais, mais il n'en eut pas le temps : le noir Joaquin vint les prévenir tous deux que le corrégidor les attendait dans la salle à manger.

Après le repas, animé d'une gaieté aimable par Isabelle de Grandmaison, Antonio se retira en s'excusant de ne pouvoir tenir compagnie à ses hôtes, et le corrégidor dit à M de la Condamine :

— Puisque vous êtes curieux de choses anciennes, priez donc ma fille de vous montrer son Musée ; il est certainement aussi complet que celui de Quito.

— Mais, mon père, répondit modestement Isabelle, nous pourrions pour cela choisir un jour où mon frère serait libre... Montrer ce que je possède n'est rien... Il faudrait être capable d'expliquer la nature, la provenance de ces mêmes objets...

— Eh bien! tu le feras, chère enfant; les vrais savants sont remplis d'indulgence.

— J'insiste tout particulièrement pour visiter cette collection aujourd'hui, Mademoiselle, dit l'académicien.

— Et moi, je vous remercie d'avance, ajouta Jean des Odonais.

M. de Grandmaison, qui devait donner des signatures à José Martinez, s'enferma avec son intendant, tandis que M. de la Condamine et son compagnon suivaient Isabelle, qui venait d'ouvrir la porte d'une vaste galerie.

Un cri de surprise échappa à Jean des Odonais.

Cette vaste pièce, ouvrant sur des salles de grandes dimensions, présentait un aspect étrange. De chaque côté des portes, deux énormes vases d'argile rouge, dont la partie faisant face aux curieux se trouvait brisée, renfermaient deux Indiens morts, auxquels un procédé de momification inconnu laissait l'apparence de la vie, ou tout au moins le placide aspect du sommeil. Ils étaient assis, les genoux remontant vers le visage; la tête, couronnée de plumes, avait le calme du repos; les mains semblaient caresser le petit chien couché sur leurs genoux, et qui rappelait sans doute des courses aventureuses. Un collier, des bracelets et des jambières de plumes aux couleurs éclatantes entouraient leurs cous, leurs bras et leurs chevilles. La peau, parfaitement desséchée, avait des tons bruns; les cheveux étaient d'une conservation parfaite.

Les deux voyageurs saluèrent d'un triste regard ces momies, et M. de la Condamine s'approcha rapidement d'un fragment de rocher couvert de caractères gravés en creux.

— Voici les hiéroglyphes de nos pauvres Indiens, dit Mlle de Grandmaison. Ce fragment faisait partie d'un rocher énorme. Un jésuite qui revenait de Cayenne en fit don à mon père. Le long de la côte, à l'embouchure de l'Amazone, il n'est pas rare de trou-

ver des roches de taille colossale sur lesquelles la main patiente
des Indiens a gravé l'abrégé de leur théogonie, l'histoire de leurs
migrations, le nom de leurs rois, le résumé de leurs batailles glo-
rieuses. Quelle patience ne fallut-il pas à ces hommes, privés
d'instruments indispensables, pour graver en creux ces signes
étranges, dans lesquels des lignes vagues rappellent parfois les
traits d'une face humaine, le profil d'un animal, ou des signes
mystérieux d'un culte inconnu.

— Vous me permettrez de prendre l'empreinte de cette pierre?
demanda M. de la Condamine.

— Certes, répondit Isabelle, et Antonio vous aidera dans ce travail : il s'y montre fort adroit.

Après avoir examiné de curieux spécimens de poterie placés
avec goût entre des vases de fleurs, M. de la Condamine et Jean
des Odonais étudièrent à loisir la collection d'oiseaux, qu'Isabelle
avait rassemblée dans de grandes vitrines de bois précieux.

L'autruche et le condor, ces géants des oiseaux, y occupaient
la première place ; puis venaient les nandus, dont la peau tannée
par les naturels sert à confectionner des guêtres, tandis que le long
cou de l'animal fournit des bourses bizarres et recherchées. Le
nandu, comme l'autruche, se chasse au lasso. A côté de ces oiseaux énormes, se trouvent des gallinacés de diverses familles : des
poules, des dindons aux couleurs brillantes, des hoccos ; puis les
zabilées, les macucas, les jacus, les jacupémas qui peuplent les
basses-cours et habitent les forêts. Des aigles, des vautours de
dimensions moindres que le condor formaient un groupe de carnassiers habilement groupés sur les branchages d'un arbre mort.
Puis les oiseaux familiers aux rives des fleuves et des lacs, espèce
mélancolique, élégante, qui semble redouter qu'on l'arrache aux
lieux solitaires : le soco boy ou héron bœuf, dont le plumage terne
est loin de l'éclatante parure de la garça real à la robe de neige ;
les phénicoptères, dont la parure l'emporte sur celle de tous les
oiseaux de rivages, les spatules couleur de rose, les guaros de
flammes, des canards d'espèces diverses, dont la gorge chatoyante
semble avoir épuisé les pierreries d'un écrin.

Tout un côté de la galerie était occupé par une cage immense
réunissant les espèces de perroquets les plus variées : les aras rouge

et bleu, les cacatois aux teintes soufrées, les perruches à tête bleue, les amazones, puis des groupes de toucans honteux de la longueur de leur bec et qui le portent avec une tristesse résignée, attendant qu'il se brise à force de manger des baies, et que le supplice de la faim termine une existence solitaire.

— À côté de ces oiseaux, dit Isabelle, j'ai suspendu une partie de leur plumage, dont les Indiens font grand cas, et que les Tupinombas appellent *toucan tabouracé*, c'est-à-dire toucan pour danser, parce que sa gorge éclatante servait de parure aux paiyes et aux chefs pendant les fêtes religieuses et les solennités guerrières.

— Les Indiens que nous vîmes dernièrement à Quito en portaient, le 8 septembre.

— Enfin, reprit Isabelle, voici le roi des oiseaux, le colibri, et son frère l'oiseau mouche ; ne les confondez point tous deux, comme la plupart des voyageurs ; les Indiens nomment tour à tour ces créatures légères le roi des fleurs et le cheveu du soleil. Dans leur langage imagé, ils le comparent à ce que la création offre de plus gracieux et de plus rapide. Le père du Tertre l'appelait une fleur céleste, un bouquet de pierreries ; nos voisins les Portugais le nomment *beija flor* (baise fleur). Je n'ai jamais voulu en garder prisonniers dans des cages ; mais vous avez pu voir dans la serre des centaines d'oiseaux ravissants, vivant en liberté dans le calice des fleurs qu'ils préfèrent.

Jean des Odonais leva les yeux vers le plafond et ne pût s'empêcher de frissonner.

Des dépouilles de caïmans, des serpents empaillés descendaient des poutrelles. Mlle de Grandmaison s'empressa d'attirer l'attention de ses hôtes sur des objets plus gracieux. Elle possédait une collection complète de coquilles magnifiques, dont la nacre conserve la teinte délicate des fleurs. Puis elle ouvrit une vitrine, et, y prenant une coupe, elle fit ruisseler des pierreries d'une grande valeur, qu'elle avait dédaigné de faire monter en parures.

— Voici des émeraudes de la rivière de Las Esmeraldas ; ces rubis proviennent d'un ruisseau descendant d'une montagne jadis connue pour ses mines de pierres précieuses ; ces opales, ces astéries ont été découvertes dans notre province.

— Oh ! s'écria des Odonais, bien fou serait celui qui ne chercherait point dans les entrailles de la terre les trésors qu'elle doit recéler!

— Il y a, certainement, dans cette coupe, des pierreries pour une somme énorme, dit Mlle de Grandmaison; eh bien! je les donnerais sans regret, les unes et les autres, si chacune d'elles pouvait empêcher une larme de rouler dans les yeux de ceux que j'aime. Ma mère avait le goût, la passion des diamants et des pierres de couleur. C'est elle qui fit cette collection, et j'y attache le prix d'un souvenir. Au temps où Joaquin, mon fidèle nègre, pêchait des perles à Guayaquil, il se faisait une grande joie d'apporter à ma mère le produit de son dur labeur; cette cassette est remplie de perles dont une femme d'Europe ferait grand cas!

— Vous ne tenez donc point à la parure, doña Isabelle?

— Les Péruviennes placent dans la coquetterie leurs joies les plus vives, sans doute parce que l'oisiveté ne leur laisse pas d'autres distractions. Moi, au contraire, j'aime les fleurs, les oiseaux, les collections; je n'ai jamais le temps de connaître l'ennui... Vous m'avez vue, chez le président de l'Audience de Quito, couverte de diamants et de perles : c'était, croyez-le, une question d'étiquette : mon père tient à me voir porter nos diamants de famille, et j'obéis à mon père, voilà tout.

A côté des coupes de pierreries et de la cassette de perles, Jean des Odonais remarqua une sorte de frange composée de cordelettes de couleurs variées et semées de nœuds faits avec un art spécial.

— Qu'est-ce que ceci? demanda-t-il, une parure?

— C'est un livre, répondit Isabelle.

— Un livre!

— Voilà ce que l'on appelle des *quipos*. Il semble impossible que cet assemblage de cordons ait suffi pour relater l'histoire d'un peuple, et cela est pourtant d'une vérité absolue.

— Savez-vous donc déchiffrer les *quipos* comme vous parlez le *quichua*?

— Je possède, du moins, une notion générale sur la façon dont les Indiens s'en servaient afin de garder le souvenir de leurs annales. Chaque nuance des fils que vous voyez, qu'elle soit mélangée ou simple, garde une signification particulière. Le jaune désigne l'or; le blanc, l'argent; le rouge, les hommes de guerre. Quand

on voulait désigner des objets dont les couleurs ne fussent pas remarquables, on suivait un système particulier. Les choses se clas-
saient par ordre de valeur, par degré d'importance ; s'il s'agissait
de compter du blé, le froment occupait la première place ; le seigle
la seconde ; si l'on voulait parler des légumes, on citait d'abord les
pois, puis les fèves.

— Agissait-on suivant ce système en énumérant des armes ?

— Absolument ; les plus nobles occupaient le premier rang : les
lances, les flèches, les arcs, les javelots, les massues, les haches, les
frondes.

— Les dénombrements d'armée, de population s'opéraient par
les mêmes moyens ?

— Oui, la langue des *quipos* est précise, mais pauvre ; on consi-
gnait d'abord, au moyen des fils et des nœuds, le nombre d'habitants
de chaque ville, puis de chaque province ; les cadres divers dési-
gnaient les vieillards de 60 ans et au-dessous ; les fils suivants ceux
de 50 puis de 40 ans, descendant ainsi de 10 ans.

— Et ces fils très déliés insérés dans les cordons, que signifient-
ils? demanda la Condamine.

— Les deuils de l'année ; les *quipos* sont avant tout un livre de
statistique. On y trouve la trace des tributs perçus par l'Inca, le
nombre des gens de guerre. Pour conserver le souvenir de certaines
actions mémorables et des grands événements de leur règne, les
souverains avaient une marque spéciale.

— Et vous n'avez pas d'autre trace de la civilisation, je ne dirai
pas écrite, mais mnémonique des Indiens?

— Les amantas ou philosophes ont bien résumé, sous forme d'a-
pologues, les choses dignes de mémoire ; les aroviens ou poètes ont
prêté à l'histoire le secours de leur versification ; mais ce qui nous
reste de leurs œuvres est bien peu de chose, à peine deux strophes,
dont la musique a été gardée par les femmes... Je suis peut-être la
dernière *quipucamaya* du pays.

— Voilà un mot bien bizarre pour exprimer sans doute une chose
fort simple, dit en riant M. de la Condamine.

— En effet, répondit Isabelle de Grandmaison : il signifie *gar-
dienne des quipos*.

Sur une table incrustée de nacre se trouvaient divers objets d'or d'une forme étrange, indiquant chez les ouvriers qui les avaient fabriqués un grand art dont le secret est perdu. Des flacons d'or dont la soudure restait invisible, des arbustes entiers, dont les feuillages, les fruits et les fleurs étaient d'or massif; des plaques d'or, dont certains sauvages ornaient leur visage, des pendeloques d'une longueur démesurée pour les oreilles, enfin des vases à boire, des miroirs, et surtout des pierres polies d'une teinte noirâtre, dont la nature était absolument inconnue à M. de la Condamine.

— C'est du galinozo, dit Isabelle, une sorte de pierre volcanique dont les Incas se servaient en guise de miroirs. On n'en trouve plus dans le pays aucun vestige.

— Je le regrette vivement, dit l'académicien.

— Je m'en réjouis, au contraire. Quand viendra le moment où vous quitterez Sudtrépied, vous viendrez ici tous les deux, et vous ferez à la Péruvienne, dont les ancêtres sont d'origine française, l'honneur de choisir dans ce qu'elle possède ce que vous croirez pouvoir intéresser les savants de votre patrie. Je serai trop heureuse si vous trouvez divers objets dignes du cabinet du roi.

La Condamine remercia chaleureusement doña Isabelle; Jean des Odonais garda le silence: le mot de départ l'avait fait pâlir.

Une visite à la serre termina la journée et, quand l'académicien et son ami rejoignirent don Pedro-Manuel de Grandmaison, celui-ci se trouvait de la meilleure humeur du monde : José Martinez venait de lui remettre une somme importante en échange d'un trait de plume. Isabelle gardait sur le front la sérénité qui lui était habituelle, lorsque le retour d'Antonio changea sa sécurité en angoisse.

Le misérable bondit vers doña Isabelle. (*Voir page 56.*)

V

AU PAYS DE LA CANNELLE (*suite*).

En portant les yeux sur son fils, Pedro-Manuel de Grandmaison s'aperçut tout de suite qu'Antonio était sous le coup d'une vive contrariété.

Le jeune homme se dirigea rapidement vers son père pour avoir avec lui un moment d'entretien.

— Qu'as-tu, Antonio, interrogea M. de Grandmaison, tu sembles inquiet?

— Je viens justement vous demander quelques minutes d'entretien pour vous faire part de ce qui me préoccupe.

— Je suis prêt à t'entendre, mon enfant. Parle.

Le jeune homme jeta un regard de mépris sur José Martinez, et dit à son père :

— Ne pourriez-vous m'accompagner quelques pas dans la galerie?

— Si tu veux, acquiesça le corrégidor.

Les deux hommes s'éloignèrent silencieusement, et Antonio prit la parole :

— Je viens de Guazmen, dit-il ; tout le village est dans la consternation ; le *Mita* enlève presque tous les hommes valides, et la culture va devenir impossible...

— Qu'y pouvons-nous?

— Si vous vouliez...

— Mais c'est la loi! répondit M. de Grandmaison avec un peu d'emportement.

— Je le sais, mon père ! mais je vous supplie, pour cette fois, de la faire céder devant l'humanité. Écoutez-moi attentivement : Les Indiens sont d'un caractère doux et patient; mais quand une pensée de vengeance traverse leur esprit, ils la poursuivent à travers mille obstacles, et rien ne leur coûte pour la satisfaire... Vous savez combien ils sont pauvres et sobres... laissez les époux et les pères à Guazmen, et contentez-vous d'enrégimenter les jeunes gens parmi les mitayos.

— C'est impossible!

— Mon père, dans votre intérêt même, rendez-vous à ma prière!

— Je suis ici le gardien de la loi : je la ferai respecter !

— Dieu fasse que vous n'ayez point à le regretter, mon père !

— Je sais depuis longtemps, dit M. de Grandmaison, énervé à la fin par cette insistance d'Antonio, que vous êtes l'ami déclaré des rebelles.

— Des souffrants et des malheureux, mon père.

— Vous conduirez l'autorité à sa ruine.

— Qui sait, au contraire, si l'indulgence ne sauverait pas son dernier prestige?

— Je n'ignore rien, Antonio, pas même vos rencontres avec Condorcanqui.

— Oh! Je sais que votre police est bien faite... José Martinez...

— Laissez donc Martinez, dit le corrégidor rouge de colère.

— D'ailleurs, je n'ai jamais caché mes rapports avec Condorcanqui; loin de m'en reprendre, il vous faudrait m'en remercier; sans moi, la révolte eût éclaté déjà. Le métis que vous semblez craindre a plus d'amis que vous [ne comptez de soldats, et ce fait a bien son importance.

— Mais, malheureux, souvenez-vous que le vice-roi m'honore de sa confiance. Je suis magistrat. Le corrégidor ne connaît que les lois du pays...

— Ce pays est le Pérou.

— Où commandent les Espagnols.

— Par le droit de conquête, un droit sanglant!

— Où voulez-vous donc en venir?

— A introduire plus de justice dans l'application de la loi, plus d'humanité dans nos rapports avec les naturels du pays; à remplacer maintenant la force par la douceur!

— Vous êtes fou, don Antonio, avec vos raisonnements et je suis trop bon de vous répondre. Il ne s'agit pas de discuter, mais d'obéir. Le gouverneur d'Otolabo ne recherche pas si l'application de la loi est contraire aux intérêts de quelques individus. Tant pis pour ceux qui pâtissent.

— Mon père, dit une voix grave, ne dites pas cela; vous ne le pouvez sans offenser Dieu!

Aux accents de cette voix profonde, M. de Grandmaison se retourna. L'aîné de ses fils, fray Juan, de l'ordre de Saint-Augustin, se trouvait à côté de lui.

Le corrégidor éprouva un mécontentement violent. L'union de ses enfants pour défendre une cause semblable lui semblait une injure personnelle et la preuve du dédain de son autorité. Fray Juan parlait de la part de Dieu, Antonio faisait valoir les conseils de la prudence, Isabelle demandait grâce au nom de la pitié! A beaucoup de légèreté dans le caractère, M. de Grandmaison joignait un sentiment de sa valeur personnelle qui lui interdisait, par dignité, de revenir sur la parole donnée. Les supplications de fray Juan et d'Antonio, loin de l'attendrir, n'eurent donc d'autre résultat que de le décider à user envers les Indiens de la plus grande rigueur, pour l'application du *mita*.

Les trois hommes revinrent, sans mot dire, auprès de leurs invités, Antonio et fray Juan un pli au front, le corrégidor la mine altière.

Un esclave vint annoncer que le dîner était servi. On passa dans la salle à manger et l'on prit place autour de la table familiale; mais le repas du soir fut attristé par la contrainte qui se manifestait sur tous les visages.

M. de la Condamine, seul, absorbé par la poursuite d'une solution mathématique, ne s'aperçut point de la tristesse de ses hôtes. Jean des Odonais rêvait à la ville des Armures d'or. Fray Juan et Antonio songeaient que, durant la journée du lendemain, ils tenteraient, à force de douces paroles et de sacrifices, de calmer l'irritation des Indiens.

Un entretien rapide d'Isabelle et d'Antonio augmenta les alarmes de la jeune fille. Elle redoutait, comme ses frères, que l'excès de la sévérité de leur père n'amenât de terribles représailles contre la colonie espagnole.

Elle courut dès le matin à Guazmen, entra dans les carbets, y laissa d'abondantes aumônes, supplia les femmes de conseiller à leurs maris l'obéissance à la loi, leur promettant de ne pas les abandonner, d'adopter les enfants, d'être plus que jamais la providence du pays.

Les pauvres Indiennes, attendries par la charité angélique de la jeune fille, baisèrent ses mains blanches, si saintement prodigues; mais beaucoup d'entre elles répondirent :

— La compagne du guerrier ne lui demande pas compte de ses actions.

De leur côté, fray Juan et don Antonio ne demeurèrent pas inactifs; ils essayèrent de calmer l'irritation des habitants de Guazmen et, quand ils reprirent le chemin de Sudtrépied, ils gardaient la conviction d'avoir réussi.

En effet, les libéralités d'Antonio, les affectueux efforts d'Isabelle, l'influence religieuse de fray Juan eussent triomphé des rancunes, si l'un des chasseurs les plus habiles de Guazmen, que la férocité de son caractère avait fait surnommer le Grand-Condor, n'eût rassemblé les hommes du village dans son carbet, où il leur distribua le chicha avec une largesse dangereuse. A mesure que les Indiens buvaient de cette liqueur brûlante, leur colère s'exaltait, la douleur faisait place à la rage; oubliant la bonté, la compassion, la générosité des enfants de M. de Grandmaison, ils sentirent bouillonner toutes leurs rancunes contre le corrégidor de la province d'Otolabo. Le mécontentement prit vite les proportions d'une émeute ; des arcs et des flèches, des haches et des lances se trouvèrent rapidement sous la main des invités du Grand-Condor, qui tous poussèrent à la fois un cri de haine et de vengeance.

— A Sudtrépied ! cria le Grand-Condor.

Et les Indiens, ivres de chicha, répétèrent :

— A Sudtrépied, où s'est retiré le jaguar altéré de sang et de larmes !

Cependant, les Indiens se trompaient grandement en jugeant de la sorte le caractère de M. de Grandmaison. Le corrégidor était moins dur que léger ; les nécessités créées d'un côté par la loi, de l'autre par ses besoins personnels le rendaient souvent inflexible ; mais, même dans ce cas, il croyait simplement faire de la loi une application stricte, et ne pensait jamais être coupable d'un excès de rudesse allant jusqu'à la cruauté.

Le corrégidor avait gardé toutes les idées des conquérants du Pérou ; appelé à régir le pays, vivant au milieu d'une opulence quasi-royale et ne s'occupant des Indiens que pour les faire entrer dans le devoir, il ne croyait point aux misères profondes dont ses enfants lui retraçaient le tableau; ou si, par hasard, il réfléchissait qu'en réalité la condition des Indiens se trouvait profondément misérable, il pensait, à part lui, que leur intelligence était assez inférieure pour qu'on les laissât dans cette misère, et que peu élevés au-dessus de la nature de la brute, il ne leur fallait, comme à elle, qu'une tanière et quelque proie sanglante rapportée de la chasse.

Quant à dire que les Indiens tenaient à leurs femmes, à leurs enfants, à leur foyer, cela ne lui venait jamais à la pensée. S'il ne s'opposait point d'une manière absolue aux charités d'Isabelle, c'est

que sa fille possédait du chef de sa mère une grande fortune, et
qu'il lui reconnaissait le droit d'en jouir, malgré son extrême jeunesse. Il attribuait à une grande exaltation religieuse le dévouement de fray Juan, et tout son mécontentement se reportait sur Antonio, qui, arrivé à l'âge d'homme, semblait orienter son esprit vers
des nouveautés dangereuses qui l'amenaient même à soutenir contre
son père la cause des opprimés.

Fray Juan, Antonio et Isabelle croyaient avoir pour un temps
conjuré la tempête, et toute la famille se trouvait rassemblée, le
soir de cette journée remplie par des émotions pénibles, dans le
salon où la Condamine, assis devant une grande table encombrée
de papiers, travaillait à sa *Relation de voyage*, tandis que M. de
Grandmaison fumait et que don Antonio tournait les feuillets du
cahier de musique de sa sœur.

— Mademoiselle, dit la Condamine en posant sa plume, vous
m'avez promis un échantillon de la musique péruvienne, non pas
une chanson de Lima en langue espagnole, mais un chant en *quichua*, que je transcrirai dans mes notes. Voulez-vous bien me faire
le plaisir de me faire entendre un de ces refrains populaires?

— Ces morceaux sont rares, répondit Isabelle; je ne saurais
vous dire le refrain de *Caylla Llapi*, dite souvent par les jeunes
Indiennes; je ne puis donc chanter qu'une sorte de morceau religieux, contenant un point de la mythologie du Pérou. On croit
qu'une jeune fille de la famille du Soleil habite les hautes régions
de l'air. Elle a la garde d'un vase, rempli d'eau, qu'elle répand sur
la terre quand la sécheresse est trop forte. Quand, par hasard, son
frère frappe le vase, le tonnerre gronde dans le ciel, et des pluies
diluviennes s'abattent sur la terre.

— Je vous écoute, dit M. de la Condamine.

— Et moi, ajouta fray Juan, je traduirai à mesure en latin les
paroles de ce chant bizarre; de cette sorte, il sera compris de tous
vos doctes amis.

Isabelle se leva aussitôt, se dirigea vers le clavecin et, d'une
main souple et agile, exécuta une courte ritournelle, puis elle commença d'une voix douce :

Cumac nusta
Torallequin

— Ce qui se peut traduire, dit fray Juan, par : *Pulchra nympha, frater tuus.*

— Si tu m'interromps ainsi à chaque phrase, dit Mlle de Grand-maison, j'oublierai à la fois l'air et les paroles de ce cantique bizarre. Écris la traduction à mesure que je chanterai... Je reprends le refrain.

Isabelle poursuivit :

> Punnuy quita
> Paquiz Cayau
> Ina Mantar
> Cusmum Nunnun
> Illapontac

Au moment où elle prononçait ce dernier mot qui signifie à la fois la clarté de l'éclair et le fracas de la foudre, un bruit vague, dont il ne put d'abord définir la nature, frappa l'oreille de don Antonio. Il lui semblait distinguer, se rapprochant avec une rapidité de trombe, le tumulte d'une foule, et des cris sourds poussés dans la direction de l'habitation.

— Eh bien, mon cher Antonio, dit en riant Isabelle, entres-tu si bien dans l'esprit de ce chant que tu prêtes l'oreille au tonnerre déchaîné par la malice avec laquelle un méchant frère vient de briser la cruche d'une fille du Soleil?

— Mais c'est qu'il se passe, en effet, quelque chose d'étrange! N'as-tu donc rien entendu? demanda Antonio.

— Si, la ritournelle... Tourne le feuillet, Antonio... je continue :

> Caneri Nusta
> Nnuy quita
> Para Munqui
> Riti Munqui
> Pacha Rurac
> Pacha Camac.
> Viracocha
> Cay Ilinapac.
> Chura Sunqui
> Cama Sunqui.

En ce moment, devant la maison même, éclatèrent des cris farouches; les fenêtres du salon volèrent en éclats, un groupe d'Indiens aux visages peints de noir et de rouge fit irruption dans la

pièce, tandis que Joaquin et quelques nègres arrivaient en toute
hâte au secours de leurs maîtres.

Ce fut, aussitôt, une fuite éperdue à travers le parc qui environ-
nait la maison, devant la poursuite du Grand-Condor qui venait
d'entraîner à Sudtrépied les Indiens ivres de rancune et de chicha. Le
misérable bondit vers doña Isabelle, qui cherchait éperdument une
issue, et, tandis que ses camarades contenaient fray Juan et liaient
avec des béjuques Antonio et le corrégidor, il bondit hors de la
salle, emportant sa proie à travers la nuit. Mais les Indiens, dans
leur hâte de tirer vengeance du gouverneur d'Otolabo et de sa
famille, avaient négligé de mettre Joaquin et M. des Odonais dans
l'impossibilité de se défendre. D'un regard, les deux hommes se
comprirent, et, sautant par une des croisées, ils se lancèrent à la
poursuite du Grand-Condor.

Au même moment, une flamme vive jeta ses reflets dans la salle,
les Indiens venaient de mettre le comble à leur méfait en incendiant
l'habitation.

Cependant les esclaves et quelques soldats, formant la garde et
l'escorte de M. de Grandmaison, se jetèrent vivement sur les Indiens, brisèrent leurs arcs, leurs lances, et leur portèrent tour à
tour des coups de mousquet et des coups de crosse de carabine. Si
la colère et la soif de la vengeance excitaient au plus haut point
les habitants de Guazmen, les fumées de la chicha troublaient leur
cerveau, et il ne fallut pas de grands efforts pour les mettre dans
l'impossibilité de nuire davantage. On les jeta pêle-mêle dans les
caves, entravés et saignants, tandis que les femmes rivalisèrent de zèle
pour circonscrire l'incendie, qui dévora un pavillon du jardin, mais
réussit à peine à entamer la maison du corrégidor. La lutte ne dura
pas plus d'une demi-heure ; les noirs de l'habitation adoraient trop
leurs jeunes maîtres pour ne point prendre leur parti contre les assaillants. Quand le corrégidor, débarrassé de ses liens, jeta les yeux
autour de lui, il aperçut Antonio courbé sur le dernier ennemi qu'il
eût à vaincre, et fray Juan entourant d'un mouchoir sa main blessée.

Les Indiens étaient complètement en déroute et les noirs fidèles
entraînaient les derniers prisonniers.

— Isabelle ? où est ma fille ? demanda M. de Grandmaison, agité
soudain d'un sombre pressentiment.

Un cri d'angoisse des mulâtresses répondit à la question du corrégidor. Immédiatement, des torches furent allumées, et ceux des serviteurs qui restaient inutiles pour la garde des Indiens captifs s'élancèrent dans les jardins, parcoururent le bois attenant à la demeure, et, quittant l'enceinte du parc, se répandirent dans la campagne.

— Ma fille ! rendez-moi ma fille ! répétait, avec douleur, le malheureux père...

— Calmez-vous, père, je vous en supplie, dit fray Juan... Sans doute, Isabelle est absente, mais elle n'est pas loin ; Joaquin doit être sur ses traces, et, vous le savez, il donnerait sa vie pour le salut de vos enfants.

Alors seulement aussi, M. de la Condamine constata l'absence de son jeune compagnon de voyage.

— Mlle de Grandmaison a un serviteur et un ami, dit-il aux serviteurs qui fouillaient les alentours : Jean des Odonais se ferait tuer à son service. Si vous voulez aller à la recherche de votre jeune maîtresse, je suis prêt à vous suivre.

La troupe se dissémina hors des murs d'enceinte, franchit les clôtures de grands arbres et ne tarda pas à se trouver en pleine campagne. Les torches secouées par les nègres projetaient une clarté rouge dans la nuit ; les cris d'appel se répercutaient au loin avec des échos sinistres. Dans le village de Guazmen, plongées dans l'ombre et l'angoisse, les femmes redoutaient de quitter leurs carbets, dans la crainte d'apprendre de terribles nouvelles. L'incendie de Sudtrépied venait de les frapper de stupeur ; elles devinaient que les chefs de l'émeute attireraient même sur les gens inoffensifs les représailles de la loi. Ne sachant pas si les nègres poursuivaient les coupables, les Indiens n'osaient les interroger, et force fut à M. de Grandmaison, à fray Juan et à M. de la Condamine de chercher au hasard. Une faible lueur sortant d'un carbet abandonné ne tarda pas à attirer leur attention ; ils y entrèrent et demeurèrent frappés de surprise à la vue du tableau qui s'offrait à leurs regards.

Dans un angle de la cabane, le Grand-Condor, garrotté avec des cordes de lianes, sentait sa vie s'en aller avec le sang coulant d'une affreuse blessure que lui avait faite en pleine poitrine le pistolet de

M. des Odonais. Au moment où l'Indien, enlevant sa proie, sautait dans les jardins de l'habitation et gagnait la campagne à toutes jambes, Joaquin et M. des Odonais s'élancèrent à sa suite. Les cris d'appel d'Isabelle guidèrent ses défenseurs, et, tandis que Joaquin saisissait rapidement le Grand-Condor en enlaçant ses bras autour de sa taille, M. des Odonais tirait sur l'Indien, qu'il atteignit au bras. La douleur fit lâcher prise au misérable, Isabelle sauta à terre au moment où retentissait le second coup de feu de l'ingénieur.

— Grâce pour lui! dit Mlle de Grandmaison, en s'adressant à Jean des Odonais.

Mais, tandis que la généreuse enfant tentait de sauver le Grand-Condor, celui-ci, saisissant un javelot court, en frappait M. des Odonais à l'épaule. Joaquin se précipita aussitôt sur l'Indien et réussit à renverser le Grand-Condor sur le sol; il lui lia solidement les jambes et les bras, et avisant le carbet désert, il le jeta dans un angle, bien résolu à ne pas plus s'en occuper que d'un cerf forcé à la chasse. Mais Isabelle pensait autrement; elle entra à son tour dans le carbet, commanda à Joaquin d'allumer une torche, et, à cette faible lueur, elle visita charitablement la blessure de l'Indien, parlant d'une voix basse et miséricordieuse à celui qui avait voulu la ravir à la tendresse paternelle.

Penchée vers lui, [la jeune créole s'efforçait de réveiller dans l'âme de l'Indien le souvenir des enseignements du missionnaire qui, jadis, l'initia aux croyances catholiques. Elle ne lui parlait ni de guérison ni d'espérance, mais elle tendait l'eau fraîche aux lèvres altérées et faisait désirer le ciel à ce maudit, puisque, dans le ciel, on trouve des anges.

Pendant ce temps, Joaquin s'empressait autour du jeune ingénieur; enlevant l'habit de M. des Odonais, il posait sur sa blessure, assez large, mais peu profonde, un bandage de feuilles fraîches qui soulagea rapidement le jeune homme.

Isabelle, voyant qu'une douloureuse suffocation annonçait la mort prochaine du Grand-Condor, souleva délicatement l'Indien dans ses bras, lui adressa une dernière fois des paroles d'espérance, et entendit un mot et un soupir passer sur les lèvres décolorées de l'Indien.

Le soupir montait vers Dieu, le dernier mot fut :

— Pardon !

— Tu seras vengée ! tu seras vengée, Isabelle ! dit M. de Grand-maison en pénétrant dans le carbet et en serrant convulsivement son enfant dans ses bras.

— Ne parlez pas de vengeance, mon père ! Ce sentiment est indigne d'un chrétien ; si vous me permettez même d'employer ce mot, je vous le défends... Ces Indiens sont égarés... Vous me retrouvez, ayez la joie pleine d'indulgence.

— Êtes-vous dangereusement blessé ? demanda la Condamine à Jean des Odonais.

— Non, heureusement, répondit l'ingénieur, et, grâce aux soins de l'excellent Joaquin, la plaie sera cicatrisée dans trois ou quatre jours.

— Je vous dois ma fille, Monsieur des Odonais, dit Grandmaison avec un tremblement d'émotion.

— Je n'eusse rien fait sans Joaquin.

— Oh ! s'écria le corrégidor en serrant énergiquement la main du noir, je n'en suis plus à compter les services et les dévouements de celui-là.

Le retour à l'habitation fut rapide. Isabelle s'appuyait affectueusement sur le bras de son père, et M. de la Condamine, malgré l'opposition amicale de Jean des Odonais, qui se sentait fort, s'efforçait de soutenir celui-ci.

Le corrégidor, sa fille et ses amis venaient de pénétrer dans la salle basse, quand Joaquin rentra, annonçant à M. de Grandmaison l'arrivée à Sudtrépied d'un messager du marquis de Mendoza, vice-roi du Pérou.

— Veut-il me parler ? demanda le corrégidor.

— Non, Monseigneur, il apporte seulement des lettres pour M. de la Condamine.

— Des lettres ! s'écria le savant.

— Oui, Señor.

— Allons, dit l'académicien, c'est le passeport promis par Sa Majesté Très-Fidèle.

— Déjà ! s'écria M. des Odonais.

L'académicien s'approcha du corrégidor, appuya doucement la

main sur son bras avec une familiarité qu'un long séjour rendait fort
naturelle, et lui dit d'une voix confidentielle :

— Don Pédro m'attend à Laguna, Monsieur, et nous nous em-
barquerons tous deux pour l'Amazone... Vous rendriez un éminent
service à la science et vous feriez deux heureux, si vous vouliez
bien permettre à mon jeune ami Godin des Odonais d'écrire, sous
la dictée de doña Isabelle, une grammaire de la langue *quichua*,
qu'elle parle si bien.

— Vous croyez? demanda M. de Grandmaison avec plus de surprise que de regret.

— J'en suis sûr, répondit l'académicien.

Le corrégidor fit deux pas vers Isabelle :

— Je t'accorde la grâce des Indiens fauteurs du désordre de la
nuit... Il faut bien solenniser par des actes d'indulgence les actes
notables de la vie.

— Oh! vous êtes bon! s'écria Isabelle.

— Attends! attends! je n'ai pas fini.

— Monsieur des Odonais, poursuivit le corrégidor, voici un diamant fort beau qu'affectionnait ma femme; mettez-le à votre main,
et ne vous en séparez jamais.

— Je n'oserais, Monsieur, cette bague est cent fois trop riche!
répondit des Odonais.

— Cette pierre! un caillou, mon ami.

Puis, plaçant les doigts tremblants d'Isabelle dans la main de
l'ingénieur :

— Voilà le diamant sans prix! dit-il.

— Monsieur le corrégidor, ajouta la Condamine en souriant, ma-
riez vite ces deux fiancés; le bonheur de Jean des Odonais m'empêchera d'être trop malheureux à la pensée de descendre seul le
fleuve de l'Amazone.

Une caravane s'avançait lentement. (*Voir page* 61.)

VI

LE VILLAGE ABANDONNÉ

Une caravane, composée de quarante voyageurs, s'avançait
lentement le long d'un sentier difficile, ou plutôt le sentier n'existait pas, car il fallait marcher à travers une nature tourmentée et

abrupte, tantôt à travers des escarpements de roches, tantôt à travers des fourrés impénétrables. Ils devaient abattre, parfois, les branches pendantes d'un arbre colossal, et ils se trouvaient souvent obligés de demander l'aide des esclaves afin d'enlever un tronc gigantesque, placé devant eux comme une barrière. Mais, en même temps qu'ils facilitaient le passage aux voyageurs, ils devaient garder l'œil ouvert, l'oreille tendue, afin de percevoir les mille bruits de la forêt, et de se trouver subitement prêts à combattre les mystérieux ennemis qu'elle cachait dans son ombre. Tout pouvait devenir péril au milieu de l'admirable contrée traversée par la caravane : pays inexploré, à peu près vierge de pas humains et dont l'histoire se perdait dans les obscurités de la légende. La carte de cette partie de l'Amérique restait encore à publier d'une façon exacte, et, jusqu'à ce jour, elle n'avait été traversée que par des hommes avides de l'or des Indiens, par des missionnaires armés d'un crucifix et un savant dévoré de la soif de connaître et d'enrichir le Musée du roi de ses pacifiques découvertes.

Dans le Maynas, que traversaient les voyageurs, il était impossible de se servir de mulets, en raison des difficultés de la route.

C'étaient des Indiens qui portaient les bagages et les vivres sur leur dos ; c'étaient encore des esclaves qui tiraient à force de bras le traîneau dans lequel se tenait une femme et son enfant.

Cette femme, jeune encore et dont le visage restait beau en dépit des traces profondes laissées par le chagrin, suivait la caravane ; des Indiens robustes, allongeant un pas régulier, traînaient le véhicule recouvert d'une tente dans lequel elle reposait. Parfois, cédant à la fatigue et au cahotement du traîneau, elle fermait les yeux et s'absorbait dans ses pensées ; le plus souvent, elle promenait autour d'elle des regards remplis d'admiration. Quand elle tournait la tête en arrière, elle souriait à un enfant de douze ans, placé dans le fond de l'équipage, et qui, dans son insouciance, ne trouvait rien de si charmant que ce pénible voyage.

A peu de distance du traîneau de la jeune femme, marchaient trois hommes dans la force de l'âge ; l'un d'eux portait le costume des colons du Maynas, le second une robe de religieux appartenant à l'ordre de Saint-Augustin, le troisième un habit de coupe française assez élégant. Celui-ci causait et riait, sans paraître se douter que la note joyeuse de sa conversation et l'imprévu de ses saillies formaient une note fausse à côté de la gravité de ses compagnons.

Enfin, quelques pas plus loin, Sébas, le valet du jeune Français, imitant la désinvolture et la légèreté de langage de son maître, s'efforçait de lier conversation avec trois mulâtresses assez jolies, que leur fatigue laissait complètement indifférentes aux avances du laquais.

— Antonio, demanda la jeune femme en s'adressant à l'aîné de ses frères, n'approchons-nous point du bourg de Canélos?

— Je l'espère, répondit don Antonio de Grandmaison; fray Juan, qui y a séjourné plusieurs semaines en qualité de missionnaire, affirme que nous ne pouvons être éloignés de plus d'une lieue. Pauvre sœur, tu as besoin de repos, n'est-ce pas?

— Oh! je suis loin de me plaindre, Antonio, et je ne demande rien à Dieu sinon de me faire la suite du voyage aussi facile que le commencement. Je trouve le temps long, voilà tout... et je m'effraie quand je songe au nombre de semaines qui doivent s'écouler avant que j'aie rejoint mon mari... Songe, Antonio, à ce qu'il doit souffrir, lui! séparé des siens par deux mille lieues, malade, éprouvé successivement par toutes les douleurs; il compte les jours, les heures, et il se demande peut-être si j'arriverai à temps pour le consoler, pour le guérir...

— Ma chère Isabelle, dit fray Juan, qui s'approcha du traîneau de la voyageuse, Jean des Odonais est un homme énergique; il trouvera du courage pour attendre, comme il a trouvé de la patience pour souffrir.

— Père! Père! dit l'enfant, vois donc les papillons admirables! on dirait des fleurs qui volent!

— Pablo, tu as raison, dit Mme des Odonais, en adressant un faible sourire à l'enfant; regarde les papillons de nacre et d'or, les colibris qui semblent des oiseaux de pierreries; demande à ton bon Joaquin de remplir ton hamac de fleurs. Nous arriverons vite à Canélos, *querido*... Ne garde d'autre souvenir de ce voyage que celui d'une promenade enchantée à travers les merveilleux paysages de l'Amérique du Sud.

Les mulâtresses, fatiguées d'entendre la causerie de Sébas, entonnèrent à l'unisson un chant indien : depuis le départ de Rio-Bamba, elles avaient déjà charmé plus d'une fois la longueur de la route.

Vingt-cinq ans auparavant, M. de la Condamine et le marquis de Maldonado avaient traversé ces mêmes parages, et souvent, depuis leur départ de Sudtrépied, les voyageurs avaient rappelé le nom de l'académicien qui fut leur ami.

Le noir, qui depuis quelques instants devançait les Indiens et frayait le passage, ne tarda pas à revenir vers Mme des Odonais.

— Nous verrons tout à l'heure la fumée des carbets de Canélos, dit-il ; j'ai traversé jadis ce pays, et dans la crique qui se dessine là-bas, les Indiens ont coutume d'attacher leurs canots.

— Merci de cette bonne nouvelle, Joaquin, répondit Isabelle.

— Je ne vois pas de fumée, je ne vois pas de carbets ! s'écria Pablo en se soulevant dans son hamac.

— Je suis, cependant, certain de reconnaître les environs de Canélos, cher petit maître... et voyez là-bas... distinguez-vous des toits de palmiers?

— Certainement ! Mais je ne vois toujours pas la fumée...

Joaquin fit quelques pas en avant. Il ne s'était pas trompé : le groupe de cabanes de branchage qu'il avait reconnues formaient en effet, le bourg de Canélos. Mais les cabanes restaient silencieuses, la crique était veuve de canots, un silence de mort planait sur le village.

— Nous sommes à Canélos, vint dire Joaquin à don Antonio ; mais l'aspect du bourg me surprend et m'inquiète...

— Dans tous les cas, répondit le jeune homme, nous ne pouvons faire autrement que de nous y arrêter. Les porteurs sont las, et nous-mêmes nous avons besoin d'un souper et d'un abri.

— Oui, señor Antonio, nous camperons ici, quoi qu'il advienne. Donnez vos ordres, tandis que j'irai à la découverte.

Aidée par les mulâtresses, Mme des Odonais descendit de son traîneau ; les Indiens étendirent un tapis dans un carbet qui paraissait abandonné depuis longtemps ; Sébas, qui joignait à une intarissable verve de réels talents de cuisinier, commença les apprêts du repas, pendant que les Indiens, chargés des provisions, les étalaient sur le sol qui allait servir à la fois de couche et de table, car il n'existait pas un seul meuble dans le carbet offrant provisoirement un refuge à la caravane.

Un quart d'heure ne s'était pas écoulé depuis que Joaquin était allé à la découverte, que fray Juan le vit revenir plus troublé qu'il ne voulait le paraître.

— Qu'y a-t-il? demanda le moine.

— Le village est abandonné, répondit le noir.

— Bah! demanda le Français, les Indiens sont à la chasse ou à la guerre.

— Vous vous trompez, Señor, répondit Joaquin : un terrible fléau les a chassés de Canélos.

— Quel fléau?

— La petite vérole, répondit le noir.

— Est-ce qu'on en meurt? demanda le Français en riant. Je suis médecin, vous le savez, et j'ai sauvé tous les malades atteints par cette épidémie. Le pis qui arrive est que la peau du visage demeure légèrement altérée, et jusqu'à un certain point, je comprends que les blancs y attachent de l'importance! Mais des noirs! des peaux rouges! des hommes dont le teint ressemble à des disques de cuivre! comme rien ne saurait les enlaidir, je ne conçois pas qu'ils en éprouvent une frayeur si grande!

— Docteur Rivals, répondit don Antonio en s'adressant au médecin, on ne souffre pas seulement de la petite vérole ici, on en meurt! Tout homme atteint est un homme perdu, à de rares exceptions près.

— A quoi donc faut-il attribuer l'intensité de la maladie?

— Nos médecins le constatent sans l'expliquer d'une façon absolue; la plupart, cependant, regardent la peau des Indiens comme rebelle à une éruption qui peut devenir le salut. Ces hommes, qui vivent presque nus à l'air libre, nagent comme des poissons, s'oignent d'huiles diverses et se couvrent de peintures, sont étouffés par le mal, de l'heure où il se déclare. Ajoutez à cela qu'ils refusent absolument de prendre d'autres remèdes que ceux de leurs jongleurs et de leurs magiciens.

— Si l'on ne peut guérir le mal, on doit le prévenir, du moins, et l'inoculation n'est plus un mystère.

— Un missionnaire carme a tenté d'en répandre l'usage : il a
échoué; un second prêtre des bords du Rio-Negro a voulu l'enseigner : nul n'a témoigné de bonne volonté ni de confiance. Aussi,
désespérant de trouver le soulagement ou le·salut, l'Indien fuit
·devant le fléau, au lieu d'essayer de le combattre... Lorsque, dans
·un village, un homme est attaqué par la petite vérole, on l'enferme
·dans son carbet comme un lépreux, et il n'est plus permis de
·communiquer avec lui... Dès qu'un second Indien est frappé, les
·habitants s'éloignent du village, et l'abandonnent souvent pour
jamais... L'Indien est tellement sobre que peu lui importe de
dresser plus loin sa cabane de feuilles. Il trouvera toujours du
poisson dans les rivières et du gibier dans la forêt.

— Mon Dieu! mon Dieu! s'écria Mme des Odonais, que faire?

— Ne vous tourmentez pas, Madame, pour l'amour de Dieu,
répondit Joaquin; je n'ai pas·encore fouillé toutes les cases... Peut-
être reste-t-il à Canélos un homme, un enfant! Pourvu que l'on
m'apprenne de quel côté se sont enfuis les Indiens, nous les rejoindrons en quelques jours, et nous les déciderons certainement à
revenir ici avec une flottille de canots.

— Allez, mon bon Joaquin, allez, répondit Mme des Odonais;
songez qu'il ne s'agit pas de moi, car je ne tiens à la vie que pour
ceux qui m'aiment, mais de mon mari, qui m'attend, et que mon
devoir est de rejoindre à tout prix.

Puis se tournant vers don Antonio :

— Le commencement de ce voyage s'était fait d'une façon si
rapide et si heureuse... Partis de Rio-Bamba le 1er octobre, nous
avons traversé sans péril la route difficile qui nous séparait de
·Canélos... Ici, nous devions trouver des barques, et descendre le
Bobonazo jusqu'à Pataza, qui nous eût conduits dans l'Amazone...
C'était trop beau! Dieu veut nous éprouver.

Tout à coup Rivals, qui s'était éloigné du carbet, poussa un cri
de joie.

— Victoire! dit-il, victoire! j'aperçois Joaquin accompagné de
deux Indiens.

Le visage de Mme des Odonais reprit sa sérénité; elle embrassa
Pablo, qui s'était glissé sur ses genoux, et serra les mains
d'Antonio.

Le médecin ne se trompait pas : Joaquin, ayant trouvé dans un carbet deux Indiens à peine convalescents, venait de les décider, sur la promesse d'une grosse récompense, à se joindre à la caravane des voyageurs et à lui fournir les moyens de descendre le Bobonazo.

Isabelle interrogea ces deux hommes dans leur langue, qu'elle parlait avec la même facilité que l'espagnol.

— Juan, dit-elle, Antonio, ces Indiens se souviennent d'avoir vu passer M. de la Condamine, ils se rappellent le nom de mon mari... Ils savent que jadis l'on m'appelait l'ange de Guazmen... Ils nous sauveront... Voyons, poursuivit-elle en s'adressant aux deux Indiens, que voulez-vous?

— De l'or, répondit le plus vieux, beaucoup d'or !

— Nous vous paierons ce que vous voudrez quand vous nous aurez conduits à Languna, où nous voulons nous rendre.

— La langue de l'homme peut trahir la vérité, dit l'Indien... payez d'avance...

— Mais qui vous répond de leur probité? demanda Rivals en voyant Mme des Odonais remplir de dollars les mains des Indiens.

— Rien, je l'avoue, répondit-elle ; la coutume est de solder tout service avant de l'avoir reçu. Nos porteurs sont également payés d'avance.

— Cela me semble fort imprudent, dit Rivals.

— En général, la parole d'un Indien est sacrée.

— Avez-vous encore des canots? demanda don Antonio aux convalescents.

— Il y a des arbres dans la forêt, répondit le plus vieux des Indiens.

Sébas avait terminé les apprêts du repas, les voyageurs, brisés de fatigue, y firent largement honneur; puis les guides et les porteurs préparèrent le campement pour la nuit. Il avait été décidé que, le lendemain seulement, les hommes aux gages de la famille de Grandmaison et les deux Indiens de Canélos s'occuperaient de creuser des canots.

Plusieurs feux furent allumés sur les bords du Bobonazo, afin d'éloigner les bêtes fauves, puis les voyageurs s'étendirent sur des couvertures, et ne tardèrent pas à s'endormir.

Les Indiens composant leur escorte se retirèrent dans une partie plus obscure du bois, tandis que les hommes de Canélos s'abritaient sous le carbet le plus proche.

La nuit descendit, et bientôt la forêt immense s'emplit vaguement de bruits indéfinissables et terribles. Des frôlements sinistres s'entendaient dans l'herbe, les branches craquaient sous le poids d'êtres invisibles; des cris, des miaulements, des sifflements se croisaient en bas dans les bois de la forêt, tandis qu'en haut éclataient des appels stridents.

Plus d'une fois, Pablo ouvrit des yeux effrayés et se souleva sur sa couche de feuilles; mais alors il apercevait les feux soigneusement entretenus par Joaquin, et il entendait la voix monotone du noir mêlant sa mélodie naïve aux bruits étranges composant le concert de la nuit.

Don Antonio fut debout le premier.

Les brasiers achevaient de s'éteindre, et Joaquin avait déjà retrouvé sa vigueur à l'aide d'un bain matinal dans le Bobonazo.

— A l'œuvre! lui cria don Antonio, ne perdons pas une minute; ma sœur se tourmente et se désole; dans le pays, tout Indien sait abattre un tronc d'arbre, que le feu suffit à creuser. Réveille nos porteurs, je me charge d'avertir les hommes de Canélos.

— Bien, maître, répondit Joaquin.

Le noir s'éloigna pour chercher les nègres de l'escorte.

Mais ses regards fouillèrent vainement la forêt, il appela vainement les porteurs et les guides, nul ne lui répondit, et rien ne lui révéla leur présence, hors les traces de leur campement et quelques ballots en désordre jetés sur les bords de la rivière.

— Les misérables! s'écria Joaquin, les misérables!

En un instant, le nègre comprit le danger de la situation.

Que pouvait devenir le petit groupe de voyageurs au milieu de solitudes immenses? Sans doute, il restait encore des vivres, des effets de valeur, et les hommes de Canélos promettaient de creuser des canots; mais les Indiens, en s'éloignant, venaient d'emporter une partie des armes et des instruments de travail. Joaquin ne voulut point annoncer tout de suite cette nouvelle à Mme des Odonais, et, revenant vers don Antonio, il le prit à l'écart et lui révéla la fuite des Indiens...

— Ce sont des lâches ! dit Antonio de Grandmaison, et cependant le vol n'est pas leur principal mobile ; ils ont fui devant le fléau, plus qu'ils n'ont songé à nous dépouiller.

— Quel est votre avis, maître? demanda Joaquin.

— De retourner à Rio-Bamba, répondit Antonio.

— Dieu veuille que doña Isabelle y consente !

Antonio de Grandmaison revint vers Mme des Odonais. Celle-ci tout en caressant Pablo, encourageait les deux Indiens à se mettre à l'œuvre, et paraissait impatiente de revoir arriver Joaquin en compagnie des noirs. Ce fut Antonio qui prit place à côté de sa sœur, et dit en lui pressant tendrement les deux mains :

— Ma chère Isabelle, il faut avoir du courage, il faut écouter la voix de la raison... Nous pouvons tout attendre du Ciel, mais nous ne devons point tenter la Providence.

— Qu'est-il arrivé? demanda Mme des Odonais ; réponds, Antonio, parle vite, un malheur nous menace...

— Ce malheur est accompli, les trente Indiens de notre escorte se sont enfuis. Nous voilà seuls dans un pays inconnu, sans guides, presque sans ressource.

— Cela est terrible, en effet, répondit Mme des Odonais, mais Dieu mesure la force à l'épreuve.

— Quelquefois, cette épreuve nous marque sa volonté !

— Je ne comprends pas, Antonio... La volonté de Dieu peut-elle s'opposer jamais à ce qu'une femme accomplisse son devoir ?

— Pour te le rendre plus facile, fray Juan et moi nous n'avons reculé devant rien, Isabelle. Dans la crainte de te voir accomplir seule un voyage dont s'épouvanteraient des hommes courageux; Juan et moi nous avons tout quitté ! Il devait se rendre à Rome par une autre voie; moi, tu sais si je me trouvais heureux à Rio-Bamba, avec ma femme et mes deux enfants. Toutes les précautions semblaient prises pour nous promettre un voyage facile et, dès le premier bourg, nous nous trouvons arrêtés par un fléau. Retournons à Rio-Bamba, ma sœur; un des Indiens ou Joaquin lui-même se rendra à Loreto pour y rejoindre ton père et le ramener à son tour.

— Est-ce aussi le conseil que tu me donnes, fray Juan? demanda Isabelle des Odonais d'une voix fiévreuse.

— L'avis d'Antonio est sage, ma sœur.

— Il n'y a de sage et de grand que l'accomplissement du devoir, répondit Isabelle. Juan, tu m'as mariée devant Dieu avec l'homme de mon choix ; tu as exigé le serment de lui rester fidèle dans la bonne comme dans la mauvaise fortune, dans la santé et dans la maladie... Ce que j'ai promis, je le tiens... Ah! s'il était heureux, j'aurais le droit peut-être de me soustraire à une obligation sacrée; mais la maladie le cloue à Oyapock, il m'attend, il me dit qu'il ne veut pas mourir sans m'avoir revue... Je sais ce que pense Antonio, Jean est absent depuis si longtemps...

Oui, la séparation fut longue; j'ai bu toute l'amertume de cette solitude, consolée seulement par vous... Mais vous me restiez! J'avais mon père! j'avais ta femme et tes fils, Antonio, hélas! puis ma fille, que le ciel m'a enlevée... ma fille que Jean n'a point connue, et que je veux aller pleurer dans ses bras.

— Mon Dieu! mon Dieu! murmura Antonio.

— Oui, tu as raison! c'est à Dieu donc qu'il faut s'adresser au milieu d'épreuves semblables... Les guides sont partis, qu'importe? Ces deux Indiens vont construire un canot, un seul suffira désormais; nous descendrons paisiblement le Bobonazo et nous ne tarderons pas à rejoindre le bâtiment du roi de Portugal, qui nous attend dans les eaux du Marañon.

— Mais cent cinquante lieues nous séparent de Laguna! dit Antonio.

— Nous les ferons en douze jours, mon frère.

— C'est plus qu'une imprudence! dit M. de Grandmaison, c'est une folie! Nous avons voulu faire le possible; notre devoir est maintenant de veiller à ton salut et à celui de Pablo.

— Ainsi, tu songes à retourner à Rio-Bamba?

— Oui, répondit Antonio.

— Tu es libre! répondit Mme des Odonais. Je t'approuve même, car ta femme et ton fils te pleurent là-bas... Quitte-moi donc. Si Juan me reste, je l'en bénirai; s'il te suit, je ne l'accuserai pas...

— Et tu persisteras dans ton projet?

— J'irai vers mon mari à travers le désert, répondit Isabelle; j'irais vers lui à travers la mort...

Les deux frères échangèrent un long regard.

— Je reste ! répondit fray Juan.

— Je reste ! ajouta Antonio.

Mme des Odonais se jeta dans les bras d'Antonio.

— Merci ! dit-elle. Hâtez maintenant le travail des Indiens : j'ai hâte de monter dans le canot ; chaque heure d'inactivité est une heure perdue, et mon mari m'attend là-bas... Joaquin, poursuivit Mme des Odonais en s'adressant au noir, j'ai sauvé jadis la vie de ta mère ; donne-moi une part de la tienne, aide à ces hommes : il s'agit de racheter l'existence de M. des Odonais.

Joaquin alla retrouver les Indiens, Sébas se joignit à eux ; il avait essayé de tous les métiers, il ne se trouvait maladroit pour aucune besogne.

Les Indiens de Canélos se dirigèrent vers un arbre gigantesque. Le matopolo qu'il s'agissait d'abattre était certainement un des plus beaux spécimens de cette étrange famille. Le matopolo commence, comme tous les ambitieux, par se faire petit et modeste. C'est d'abord une humble plante cherchant, pour grandir, l'ombre d'un colosse de la forêt. Mince, flexible, tremblant à toute brise, le matopolo a besoin d'ombre et de protection ; il accroche ses rameaux aux robustes branchages de son vigoureux voisin. Tant qu'il demeure sous leur abri, il reste chancelant et frêle ; mais à peine arrive-t-il à se baigner dans l'air libre, à peine sa couronne d'un vert pâle absorbe-t-elle la lumière et les rayons du soleil, que la sève, ce sang de l'arbre, afflue dans les fibres végétales ; la tige se dresse, les rameaux s'étendent, le tronc grossit et cette rapide et prodigieuse croissance se développe à mesure que meurent au pied du matopolo les arbres qui lui prêtaient leur appui. Il domine alors, il règne, il devient l'égal, puis le roi des géants de la forêt vierge. Le jour où il atteint toute sa beauté et toute sa force, un Indien qui a besoin d'un canot le regarde, l'admire, prend sa hache et l'abat.

Grâce à l'ardeur de Joaquin, au zèle de Sébas, à la bonne volonté des Indiens convalescents, le travail avança rapidement. Tandis que le brave nègre besognait, les mulâtresses préparaient les repas.

Pablo courait sur le bord de la rivière avec l'insouciance d'un enfant heureux de voir des pays nouveaux ; plus d'une fois fray Juan, absorbé dans la prière, recommanda ceux qu'il aimait à la

providence des voyageurs. Antonio ne parlait plus des difficultés
du voyage ; depuis qu'il avait donné à Isabelle sa parole de l'accompagner, il ne se trouvait plus le droit de la quitter quoiqu'il
advînt, et il se croyait au contraire obligé de laisser briller devant
ses regards une espérance qu'il était loin de partager d'une façon absolue. Quant à Mme des Odonais, elle suivait les travaux de la construction du canot avec un intérêt puissant, passionné. Si grande
était sa hâte de rejoindre son mari, qu'elle refusait de voir les difficultés de l'entreprise pour ne songer qu'à leur résultat.

C'était un rite sacré des Indiens. (*Voir page* 75).

VII

UN PILOTE

La journée s'écoula rapidement et, pour la seconde fois, la nuit vint surprendre la petite troupe dans la forêt.

Joaquin s'obstina à veiller auprès du feu. La fatigue étant moins grande ce soir-là, les voyageurs s'endormirent plus tard. Rivals, ouvrant les yeux au milieu de la nuit, faillit laisser échapper un cri de terreur. Les caïmans, très nombreux dans le Bobonazo, attirés par la clarté du feu, quittaient le lit de la rivière, s'allongeaient sur l'herbe, leurs petits yeux braqués sur les brasiers et faisant claqueter leurs énormes machoires.

— Silence, Señor, lui dit Joaquin d'une voix impérieuse; n'enlevez pas à ma chère maîtresse l'illusion de ses songes.

— Comment! vous ne tremblez pas pour elle, pour vous?...

— Ni pour elle ni pour moi! Les caïmans ne sont pas des alligators, car ils sont doux comme des agneaux, et rarement ils attaquent l'homme. Lorsque les rivières rentrent dans leur lit après avoir inondé les rivages, il n'est pas rare de voir des caïmans errer dans les villages, et pousser leur innocente effronterie jusqu'à pénétrer dans les carbets, d'où les enfants les chassent à coups de branches d'arbres.

En dépit de la tranquillité de Joaquin, le médecin français se montra peu rassuré, et ne réussit point à se rendormir. Vers l'aube, les caïmans s'éloignèrent lentement des foyers assaillis et, rentrant dans les eaux du Bobonazo, ils se dispersèrent pour la chasse matinale.

Une première proie ne tarda pas à se présenter ; un chiguire, animal que les Indiens appellent cochon d'eau, s'approcha du bord pour se désaltérer. Durant la nuit, il avait échappé aux griffes des tigres; il semblait n'avoir plus rien à redouter à l'aube, et pouvait se promettre une journée paisible. Ses petits yeux clignotants inspectèrent le rivage; il remua sa queue en vis avec une évidente confiance, et, sûr de son habileté de nageur, il s'élança dans la rivière, plongea, reparut la tête levée, nageant comme un chien ; puis, rafraîchi et désaltéré, il s'approcha lentement du rivage, y prit pied, secoua ses longues oreilles, et resta un moment immobile au soleil, séchant ses soies rudes et luisantes. Il n'avait pas vu un caïman gigantesque qui le suivait du regard, en se cachant au milieu d'une touffe de roseaux.

Tout à coup le caïman bondit, ses mâchoires s'abattirent sur le chiguire; on entendit un cri de détresse, un craquement d'os, puis rien : le caïman repu s'endormait doucement au soleil, tandis que les zamaros, sorte de petits vautours que l'on peut comparer aux plus hauts percaoptères de la basse Égypte, descendaient en cercles afin de se repaître des restes du chiguire, dont on ne vit bientôt plus que les os sur le bord de la rivière.

Durant le jour, ces immenses solitudes paraissaient presque muettes. Mais, la nuit, elles se peuplaient de clameurs étranges comme si, dans le lointain, s'accomplissait quelque sabbat mystérieux.

— Pour Dieu! dit Rivals, je donnerais cher pour savoir qui peuvent être les démons qui se livrent à un tel vacarme, durant la nuit!

Un Indien, qui avait entendu le docteur, répondit :

— Ce sont des tribus sauvages qui fêtent la pleine lune!

Rivals crut d'abord que l'Indien se moquait de lui, mais don Antonio l'assura que c'était là un des rites sacrés de cette caste d'Indiens.

Dès les premiers rayons du jour, la sécurité renaissait pour les voyageurs ; aux tableaux effrayants succédaient des scènes pleines de grâce et d'imprévu. Sur les troncs des cambarils énormes, s'abattaient des bandes de plotus, oiseaux assez semblables aux amaighas, et qui restent de longues heures immobiles, le cou dressé vers le ciel, dans la pose la plus réjouissante du monde ; puis les caïmans s'allongeaient sur le sable, et de petits hérons, blancs comme la neige, se promenaient gravement sur la tête et la queue des amphibies.

Enfin le canot s'acheva ; il ne fut point nécessaire de le munir de voiles, les Indiens ayant résolu de le conduire à l'aide d'une pagaie.

La joie de Mme des Odonais fut grande au moment où on monta dans cette frêle embarcation. Don Antonio l'y installa commodément, mit le petit Pablo à ses côtés, céda le pas à Rivals, et prit avec fray Juan les dernières places à l'arrière, tandis que les mulâtresses, Sébas, Joaquin et les Indiens de Canélos se mettaient à l'avant.

La tristesse contre laquelle Isabelle n'avait pu réagir, depuis que ses frères lui avaient démontré la folie de son héroïsme, s'évanouit au moment où le canot commença à descendre le Bobonazo.

L'embarcation filait rapidement ; fray Juan et don Antonio lui-même reprenaient courage. Deux jours et deux nuits se passèrent

de la sorte. Le troisième jour, les Indiens déclarèrent que leurs
forces étaient à bout, et supplièrent Mme des Odonais de permettre
que l'on descendît à terre pour y passer la nuit suivante. Leurs
mains avaient peine à tenir la pagaie; d'un autre côté, des gymnotes, très nombreux en cet endroit, fatiguaient le canot des rudes
coups de leurs queues électriques. Malgré son regret à la pensée de
voir interrompre le voyage pendant quelques heures, Isabelle céda
aux raisons que lui donnèrent ses deux frères.

Une tente fut dressée à la hâte, des feux allumés sur la rive. Un
bosquet de zamangs, espèce de mimosa, servit d'enceinte au campement.

La nuit se passa paisiblement; au matin, Joaquin, suivant l'ordre
de sa maîtresse, partit pour donner ordre aux Indiens de remettre
la barque à flot; il revint bientôt en donnant les signes de la douleur la plus profonde et s'écria :

— Trahis! señora! Pour la seconde fois, nous sommes trahis!

A l'exclamation désespérée de Joaquin, Antonio répondit avec
découragement :

— Dieu ne veut pas que ce voyage s'accomplisse!

— Mon frère! mon cher Antonio, ne prononcez pas une semblable parole, répondit Mme des Odonais. Si, Dieu veut que ce
voyage s'achève, afin de prouver ce que peut la volonté, soutenue
par le sentiment du devoir! Nous sommes trahis par des gens payés
pour s'associer à notre projet; mais ces gens sont des mercenaires,
de pauvres ignorants, poursuivis par la frayeur de la mort. Ils ne
songent pas même qu'ils nous volent en nous privant de services
rémunérés d'avance. Le plus important est fait; d'ailleurs, nous
possédons un canot.

— C'est vrai, ma sœur, répliqua fray Juan, mais nous ne savons
pas ramer.

Joaquin se taisait. Il était facile de voir que le nègre partageait
les inquiétudes de messieurs de Grandmaison, plus que les espérances d'Isabelle. Mais, pour lui, cette jeune femme était restée
l'ange de Guazmen, et l'expression de sa volonté était sacrée. Il ne
se permettait point de la discuter. A l'aveugle soumission de l'esclave, il joignait un de ces dévouements que rien ne rebute et n'effraie. Et, certes, il fallait que son désir de satisfaire sa maîtresse

fût bien grand car, en lui venant en aide, il ne pouvait s'empêcher de songer avec une sorte de rancune à ce mari qu'il s'agissait d'aller rejoindre à travers mille périls.

Fray Juan gardait le silence; Antonio contemplait son fils avec angoisse.

— Eh! mon Dieu, s'écria Rivals, tout le monde sait ramer de naissance. Tenez, Sébas est de Toulon : je gage qu'il a manœuvré sur mer pendant sa première jeunesse. Nous ne sommes ni paresseux, ni maladroits. En nous relayant, je suis convaincu que nous parviendrons à conduire la barque jusqu'à Andoas; il nous faudra plus de temps, sans doute; mais qu'importe, si nous arrivons!

— Oui, Monsieur, dit vivement Isabelle, oui, nous parviendrons à Andoas. Cinq hommes robustes peuvent suffire, ce me semble, au maniement de la pagaie; je vous remercie.

— Je remplis seulement une stricte obligation, Madame. Je me trouvais fort empêché de trouver le moyen de passer en France, quand, à mon instante prière, vous avez bien voulu me faciliter le moyen de gagner comme vous la barque du roi de Portugal, qui vous attend... Vous m'avez rendu, en agissant de la sorte, un de ces services que l'on ne saurait trop payer.

La bonne humeur de Rivals, l'assurance de Sébas calmèrent un peu les inquiétudes de fray Juan et d'Antonio. Tous deux, d'ailleurs, se sentaient poussés en avant par une force irrésistible. Convaincus qu'ils ne décideraient jamais leur sœur à retourner en arrière, il ne leur restait plus qu'à la suivre à travers ces déserts de l'Amérique, dont rien ne peut rendre la sauvage grandeur et la désolante tristesse.

Contre toute attente, Sébas se tira assez bien de la manœuvre du canot. On avançait lentement, mais on avançait.

Tout à coup les yeux des mulâtresses devinrent fixes et hagards, et leurs bras s'étendirent vers la rivière. Évidemment, elles venaient d'apercevoir un objet effroyable. L'excès de la terreur arrêtait les cris dans leur gorge serrée. Après avoir désigné à Joaquin la cause de leur effroi, elles s'aplatirent dans le fond de la barque comme si elles attendaient un trépas trop effroyable pour le regarder en face.

— Tais-toi! dit Joaquin en prenant Pablo dans ses bras, ne

t'effraie pas comme une femme : tu es déjà un petit homme... Tu
vois ce serpent gros comme une tonne et long de cent pieds... c'est
le reptile que les Indiens appellent la *mère de l'eau*... Ils racontent
sur lui des fables invraisemblables... Étudie-le bien pour répéter
plus tard, en France, que tu as aperçu un serpent deux fois plus
grand que les boas constrictors.

Pablo, dont l'effroi n'était pas moins grand que celui des mulâtresses, se roidit contre l'ébranlement nerveux qui le gagnait, et
s'efforça de regarder avec calme le reptile gigantesque. Il nageait
la tête levée, lavant dans les eaux claires du Bobonazo le limon
dont se trouvait couverte sa peau rugueuse. Sa tête plate, fuyante,
ses yeux de charbon rouge, sa gueule ouverte en faisaient un être
capable de justifier la terreur des mulâtresses. Sans doute, à terre,
un combat contre un reptile de cette taille et de cette force aurait
pu avoir des suites funestes, mais la *mère de l'eau* ne parut point
remarquer le canot des voyageurs et s'éloigna paisiblement.

Alors Pablo battit des mains, embrassa sa tante et railla les mulâtresses qui, revenues de leur effroi, soulevaient lentement leur
tête au-dessus du bordage de la barque.

Sébas et Joaquin, las d'une journée de navigation à la pagaie,
abordèrent vers la fin du jour dans une crique étroite. Le canot fut
attiré sur la rive, amarré à un tronc d'arbre à l'aide de béjugues ;
puis le noir et le valet se disposèrent à dresser une espèce de tente.

— Tiens ! s'écria le nègre au moment où il se préparait à dérouler
une sorte de moustiquaire, la Providence nous envoie bien mieux
que cela ! Le tolda sera ce soir fourni par le désert.

Joaquin venait d'apercevoir des feuilles de vijahuas s'étalant sur
le sol en touffes gigantesques. Ces feuilles, si grandes qu'elles
peuvent servir de drap de lit, naissent du sol, sans tige, et atteignent une hauteur de près de dix pieds, sur deux pieds et demi de
large. Vertes au dedans, blanches au dehors, elles sont couvertes
d'une sorte de duvet sécrétant une poussière gluante. Rien n'est
plus étrange que de voir dans les solitudes ces feuilles que ne sou-
tient aucune tige, que n'accompagne aucune fleur, et dont une seule
suffit pour composer la couche d'un voyageur.

Joaquin en cueillit assez pour que chacun eût son abri végétal
contre la piqûre des mosquitos et de toutes les espèces dangereu-

ses, sanguinaires et redoutables d'insectes qui leur ressemblent.

En France, même en Europe, certains moustiques causent à peine une gêne passagère ; dans l'Amérique du Sud, ils constituent un fléau. Les Indiens affirment que nul ne peut se vanter d'avoir tué une mouche noire comme le jais, et qu'ils nomment *colofas*. Les zodares ne tombent qu'enivrés par le sang tiré des veines des malheureux qu'ils assiègent ; les *pitos* gris sont des ennemis non moins redoutables. Enfin, quand on est assailli par une nuée de *coquitos*, on ne peut avoir l'espérance de s'en défaire qu'en les asphyxiant à l'aide d'un âcre odeur de tabac. Et ce ne sont pas seulement les variétés de mosquitos qu'il faut craindre : tout insecte est un ennemi, ennemi souvent mortel, d'autant plus dangereux souvent qu'il est plus petit et se fait invisible.

Chacun d'eux est un bourreau, un empoisonneur. Quelques-uns portent en eux un virus mortel ; d'autres s'insinuent sous la peau, y pondent leurs œufs, et la couvée, s'infiltrant dans le sang, vous tue en quelques jours. Le *coya rouge*, assez semblable à la tique, est fort dangereux en ce genre. Le culubrilla semble plus hideux encore. On lutte contre le tigre, on attaque le serpent, on ne peut se défendre de l'insecte. Aussi est-il facile de comprendre quelle joie ressentit Joaquin quand il eut roulé le petit Pablo dans une feuille de *vijahuas*, et qu'à la lueur du foyer allumé pour la nuit, il put voir paisiblement endormis ceux qu'il aimait avec un si puissant dévouement.

Dès l'aube, la petite troupe remonta en canot ; cette fois, Sébas et Joaquin manièrent tour à tour la pagaie ; en dépit de leur bonne volonté, le canot n'avançait guère ; dans certains endroits, des courants dangereux semblaient l'attirer vers des abîmes. D'autres fois, les coups de queue des gymnotes, le passage d'une troupe de caïmans menaçaient de renverser la barque. Quand vint le soir, on campa comme la veille. Ce fut au tour de fray Juan à veiller près du feu destiné à éloigner les tigres. La nuit était admirable. Le ciel, d'un blanc pur, brillait du feu des constellations et, aussi lumineuse et plus mystérieuse qu'elles, la lumière zodiacale répandait sur l'ensemble du paysage ses admirables clartés. Vers le milieu de la nuit, Mme des Odonais, qui ne pouvait dormir, vint rejoindre fray Juan auprès du brasier.

— Frère, dit-elle, l'arc-en-ciel fut donné aux hommes en signe de promesse de paix et de bonheur; ne te semble-t-il pas que cette lumière, à la fois douce et brillante, nous promet visiblement la protection de Dieu ?

— Dieu le veuille! répondit fray Juan. Crois et espère ; la foi est une force, et l'espoir un bonheur.

Isabelle avait raison dans sa confiance; la beauté de la lumière zodiacale, envahissant le firmament et se reflétant dans les flots, présentait un merveilleux spectacle. Isabelle l'avait vue bien des fois déjà; jamais, cependant, cette clarté ne lui avait paru si magnifique et ne versa tant d'apaisement dans son âme. Il est très rare, dans les contrées que traversait à cette heure Mme des Odonais, que la lumière zodiacale ne brille pas au ciel. Souvent, pourtant, l'œil la cherche en vain. Cette lumière est-elle une clarté réfléchie, une clarté directe? Nul n'a pu l'affirmer encore. Elle affecte une forme et une marche déterminées. La voie lactée pâlit à côté de sa splendeur. On distingue au milieu de cette clarté des intensités de lumière spontanées, variant de deux minutes en deux minutes; ces changements ont lieu dans toute l'étendue de l'éblouissante pyramide, mais principalement dans l'intérieur. Aucune traînée de vapeur ne diminue l'effet de ce phénomène, auprès duquel pâlissent les étoiles de quatrième et de cinquième grandeur. L'aurore boréale, qui semble réchauffer les glaces polaires, n'a pas plus de grâce et de beauté que la colonne de clarté zodiacale, rappelant cette autre colonne lumineuse qui, dans le désert, guidait les Hébreux vers la Terre promise.

Si Mme des Odonais, que consolait fray Juan près du feu nocturne, s'endormit la dernière, elle fut cependant la première debout. Elle ne voulut pas enlever à ses compagnons de voyage un repos trop nécessaire pour les remettre des fatigues passées et leur donner la force d'affronter les fatigues futures; profitant des premiers instants du jour qui se levait, elle voulut contempler l'admirable forêt, dont les derniers arbres trempaient leurs rameaux fleuris dans les ondes du Bobonazo. Combien l'eût-elle trouvée plus magnifique encore si des terreurs sans nombre n'étaient venues l'assaillir! Isabelle, qui poursuit son projet avec une invicible fermeté d'âme, ne peut se dissimuler que de nouveaux périls vont entraver sa marche et retarder le moment où elle pourra rejoindre son mari. Avant de s'enfoncer dans le bois, elle s'approche de Pablo endormi, pose un léger baiser sur son front et s'éloigne.

Du milieu des touffes de hautes herbes ruisselantes de rosée s'élancent des vols de perdrix atteignant à peine la grosseur de nos cailles. Les oiseaux-mouches et les colibris cherchent les fleurs empourprées des lianes. Dans les branches des citronniers amers, dont le feuillage, au lieu de s'arrondir en cercle, monte droit comme les branches de nos lauriers, s'éveillent des aras verts, ayant la tête, le dessous et les extrémités des ailes d'un jaune pur. Des perroquets d'espèces variées, dont le plus rare, de couleur jaune citron, ressemble à une fleur d'or, se penchent sur un arbuste haut d'environ six pieds, et qui, de loin, produit l'effet d'un bouquet de roses gigantesques. Ce ne sont cependant pas les fleurs qui lui donnent un semblable éclat, mais bien les feuilles ou plutôt les bractées qui en tiennent lieu, et qui sont d'une couleur de rose inimitable.

En avançant davantage, Mme des Odonais pénétra dans un bosquet plein d'ombre et de parfums, animé par un bruit léger d'élytres bruissants et de coups d'ailes rapides, agitant les feuilles d'un vert luisant, ces feuilles lustrées et persistantes, qui n'abandonnent jamais sous les tropiques la branche qu'elles ont embellie. Dans un espace relativement resserré se trouvaient d'admirables spécimens des merveilles végétales qu'enfante la terre des palmiers. Le *cybidium* et la vanille odorante se suspendaient au tronc des anacadas et des figuiers gigantesques. La fraîche verdure du dracantium et les feuilles profondément découpées de pothos contrastaient avec les merveilleuses couleurs des orchidées, luttant de forme, d'éclat et d'imprévu, entre la corolle, l'insecte et l'oiseau. Les *bauchimia* grimpants, les persiflores dont les calices gardent les instruments de la passion, les banistères dorés enlaçaient les grands arbres, s'élançaient au loin dans les airs et redescendaient vers le sol en souples rideaux qu'agitait la brise.

Des fleurs délicates sortaient des racines noires du *théobroma* et de la rude écorce des *crescentia*. Dans ce pays de merveilles, le calice s'épanouit sur le tronc de l'arbre; des feuilles germent de terre sans tiges qui les supportent; des colonnes végétales se hérissent d'épines sans produire ni feuilles ni fleurs. Au sein des

forêts de l'Amérique méridionale, le luxe, la profusion, le désordre
exubérant de la végétation sont tels que l'œil chercherait en vain
à quelle branche appartient la fleur, quelle tige a produit les ramures.
Un seul arbre enlacé de *poulmia*, de *bignonia*, de *drudrobium* forme
un groupe de plantes qui, séparées les unes des autres, suffiraient
à couvrir une grande étendue de terrain.

Dans des arbres hauts comme nos chênes et portant des fleurs
égalant nos lis en grandeur et en éclat, se pressaient des nuées de
quindés que la rapidité de leurs mouvements faisait presque paraître immobiles. Des lianes sans feuilles tordues en cordages, et
formant de vacillantes échelles, tremblaient au rapide passage des
jeunes singes à fourrure dorée qui s'y balançaient en poussant des
cris de joie, puis s'enfuyaient et disparaissaient dans la profondeur
des feuillages sombres.

Mais, quelque merveilleux que parût cet Éden à Mme des Odonais, elle ne tarda pas à rejoindre ses frères. Pablo tremblait déjà
pour celle qu'il chérissait comme une mère, et il se jeta dans les
bras d'Isabelle et couvrit ses mains de baisers.

— Où est Joaquin? demanda Mme des Odonais; nous pourrions
partir s'il aidait Sébas à mettre le canot à flot.

— Joaquin s'est éloigné depuis peu d'instants; mais tenez, je
reconnais sa chanson favorite : il ne peut tarder à revenir.

Mais à la chanson de Joaquin succéda un cri de joie qui fit battre
à les rompre les cœurs de tous les membres de la petite caravane.

— Un pilote! j'amène un pilote!

Un pilote! c'était la sécurité, le salut des voyageurs.

En effet, le noir reparut accompagné d'un vieillard affaibli par
une récente maladie. Au lieu d'émigrer comme les autres habitants
de Canélos, il s'était contenté de s'enfoncer dans la forêt, où il
vivait de sa chasse et d'un reste de manioc. L'Indien refusa d'abord
de conduire les voyageurs à Andoas. Le tremblement de ses mains,
son épuisement le mettaient, disait-il, dans l'impossibilité d'entreprendre un si long voyage. On lui offrit de l'or, il le repoussa.
Joaquin commençait à désespérer de vaincre sa résistance, quand,
pour dernier argument, il prononça les noms d'Antonio et d'Isabelle.

— Don Antonio de Grandmaison y Bruno?

— Lui-même; l'as-tu connu?

— L'Indien avait une vieille mère, et l'Indien allait être pris par le *mita*, quand don Antonio paya un jeune homme pour le remplacer; l'Indien se souvient, il payera sa dette!

Une sorte de transformation s'opéra dans ce vieillard qui paraissait à peine conserver un souffle de vie, au moment où Joaquin le trouva occupé à entourer de coton le bout de ses flèches empoisonnées. S'il fallait mourir en remplissant son devoir, l'Indien se déclara prêt à mourir.

Quand il aperçut Isabelle, il se prosterna devant elle; après vingt ans, il reconnut don Antonio et lui jura de le mener à Andoas.

— Celui-là ne nous abandonnera pas! s'écria Mme des Odonais.

Le vieillard prit place à l'avant de la barque, dont il saisit le gouvernail. Sa vue s'affaiblissait, ses mains devenaient débiles, mais il connaissait admirablement le pays et pouvait indiquer à coup sûr l'étranglement ou le rétrécissement subit de la rivière, les remous dangereux, les passages difficiles.

La présence du pilote rend le courage aux voyageurs. Sébas et Joaquin, Rivals et Antonio manient tour à tour la pagaie. Le canot descend rapidement, laissant derrière lui les rivages en fleur où chaque soir on aborde. Alors les feux s'allument où échoue le canot. Une causerie intime s'établit autour du foyer, jusqu'à l'heure où le sommeil clôt toutes les paupières. La dernière aspiration des voyageurs monte vers le ciel. On le bénit pour le jour qui vient de finir; on le supplie de veiller sur les heures du lendemain. Nulle assurance, en effet, n'est permise à la caravane. Tant de déceptions se sont multipliées qu'il semble seulement que le danger fasse trêve.

Deux jours s'écoulent, puis un jour encore.

— L'Indien saura faire face au péril, dit le pilote; tenez-vous tous groupés au fond du canot; il ne me faut qu'un seul homme maniant avec moi la pagaie.

— Que redoutez-vous? demanda doucement Mme des Odonais.

— Les courants terribles que nous devons franchir.

— Y a-t-il du danger?

— L'Indien le conjurera; priez, Dieu vous écoute!

Isabelle rapprocha de sa poitrine l'enfant de don Antonio. Son

dévouement et cette innocence ne devaient-ils point attirer la protection du ciel ?

En ce moment, Rivals tenait la pagaie. Sans souci du péril, il
riait avec Sébas, car, au sein du désert, un péril commun rapprochait les distances. Le vieux pilote apostropha rudement le médecin.

— A la pagaie ! lui dit-il, à la pagaie ! nous approchons des
courants...

Rivals mania rapidement, imprudemment, sa large rame ; il se
pencha si près de la rivière qu'il faillit tomber à l'eau ; il put se retenir au cordage du canot, mais son chapeau roula dans le Bobonazo, et le médecin laissa échapper un cri.

— Sébas ! dit-il, Sébas ! ramasse mon chapeau.

— A terre chaque fois que vous l'exigerez, Monsieur ; mais sur
une pareille route, jamais !

L'Indien haussa les épaules, remit sans rien dire le gouvernail
entre les mains de fray Juan, puis il s'élança dans le fleuve, avant
qu'il fût possible de deviner son projet.

Il fit quelques brasses pour saisir le malencontreux chapeau, et
il venait de le prendre, quand brusquement ses mains battirent
l'eau d'une façon désespérée, et les voyageurs le virent disparaître
subitement.

— Mon Dieu ! Mon Dieu ! cria Isabelle, le pilote se noie !

Il sentit ses jambes enlacées par un reptile énorme. (*Voir page 86.*)

VIII

UN PILOTE (*suite*).

Sans calculer le danger, n'écoutant que son courage, Antonio
sauta hors du bateau et disparut sous les eaux de la rivière. Pen-

dant une minute, il chercha vainement autour de lui. Enfin, il
aperçut le malheureux pilote et allait le saisir, quand il sentit soudain ses jambes enlacées par une sorte de reptile énorme, gluant,
visqueux, dont le poids l'entraînait au fond du fleuve. Il se sentit
perdu à son tour. Mais Joaquin, qui s'était élancé dans la rivière en
même temps que son maître, avait vu le danger et, tirant de son
flanc le large couteau dont il ne se séparait jamais, il attaqua le
monstre qu'il taillada à coups redoublés. L'énorme bête lâcha sa
proie pour faire face à son agresseur.

Devenu libre, Antonio, ne pensant plus à lui-même, poursuivit
ses recherches et se dirigea vers le point où le pilote avait disparu
et d'où le reptile l'avait dérivé.

Pendant ce temps Joaquin, habitué à lutter dans la baie de
Guyaquil contre les requins infestant la côte, se dérobait à la poursuite de son ennemi, lui portait de nouveaux coups, le criblait de
piqûres de son couteau affilé et, tout en se défendant au milieu du
cercle rouge formé par le sang du monstre, il s'efforçait de rejoindre son jeune maître pour l'aider dans le sauvetage du malheureux Indien. Par un mouvement habile, plongeant rapidement,
il passa sous le reptile et d'un coup de main plein d'assurance il
lui trancha la tête. L'animal, perdant son sang à flots, se détendit
soudain et se laissa aller au fil de l'eau. Alors Joaquin, en quelques
brasses puissantes, rejoignit Antonio et, réunissant leurs efforts,
ils parvinrent à dégager le vieux pilote dont les membres étaient
agrippés par un réseau de lianes où il s'empêtrait davantage à
chaque mouvement. Joaquin coupa les rameaux qui enserraient
l'Indien, le souleva d'un bras, et, nageant de l'autre, de conserve
avec Antonio le ramena jusqu'au bordage du canot.

Don Antonio vint à son aide pour le hisser; fray Juan saisit le vieil
Indien, le coucha au fond de l'embarcation, et Joaquin se trouva à
peine dans la barque, à son tour, que s'agenouillant à côté du pilote, il interrogea le cœur du malheureux.

Une vive expression d'angoisse passa sur le visage du
noir.

— Perdu! murmura-t-il, perdu!

— Allons donc! dit Rivals, une syncope, une simple syncope...
Tournez ce bonhomme sur le flanc, frottez-lui l'épigastre, insufflez

de l'air dans ses narines... Est-ce que l'on meurt pour être resté une minute sous l'eau !

— Le temps vous a semblé court, señor, répondit le noir avec une certaine dureté.

Joaquin ouvrit un petit sac pendu à sa ceinture, en tira de la poudre de noix muscade renfermée dans une boîte et chercha sur le corps du pilote une imperceptible blessure, que n'indiquait pas même une gouttelette de sang.

— Mais frictionnez-le, que diable ! s'écria Rivals... Vous ne m'apprendrez pas à faire revenir les noyés, morbleu ! je suis médecin, et il ne s'agit pas de traiter cet homme avec des empirismes de nègres.

Joaquin fixa sur Rivals un regard dans lequel l'indignation se mêlait au mépris.

— Peut-être êtes-vous médecin en France, señor ; vous l'avez dit, du moins... Mais le dernier des noirs ou des Indiens vous en remontrerait, dans ce pays où toute bête est venimeuse, où toute plante renferme un poison... Le seul moyen de guérison possible est d'employer de la poudre de noix muscade, et je le fais... Seulement, il est tard, bien tard.

En effet, le vieillard ne donnait plus signe de vie. La terrible maladie à laquelle il échappait à peine, quand Mme des Odonais implora son secours, lui laissait bien peu de force pour lutter contre l'envahissement de l'asphyxie. Parmi les hommes robustes à qui survient une immersion aussi prolongée que celle de l'Indien, un très petit nombre échappe à la mort. Joaquin avait donc raison de croire le vieillard perdu.

Cependant, au bout de quelques minutes, l'Indien s'agita faiblement, ses paupières battirent, et il se souleva dans les bras de fray Juan.

— Mon ami, lui demanda Antonio, nous voyez-vous, nous entendez-vous ?

L'Indien fit un signe affirmatif, et, avec un effort visible, il parvint à se tenir presque assis. Sa main tremblante effleura la robe de fray Juan, ses doigts rencontrèrent le crucifix à l'extrémité de son rosaire, il l'attira sur ses lèvres. Puis, après avoir pensé au Dieu que les missionnaires lui avaient appris à connaître, il murmura, en songeant aux dangers que couraient les voyageurs :

— L'Indien aurait voulu vivre... les remous... prenez garde aux grands courants...

Ses regards vitreux se tournèrent vers l'ange de Guazmen, et il expira.

On ne songea pas à poursuivre le voyage, ce jour-là. Après avoir attaché le canot à un arbre robuste dominant le rivage, Joaquin, aidé de Sébas, creusa une fosse pour l'Indien. Il la plaça au pied d'un motopolo gigantesque ; deux feuilles de vijahuas servirent de linceul au cadavre, puis la terre du désert américain retomba sur cette dépouille mortelle.

Joaquin veilla sur les restes de l'Indien, tant que fray Juan demeura agenouillé sur la fosse.

Au moment où le moine se relevait, le nègre lui dit d'une voix presque solennelle :

— Priez Dieu, mon Père, pour que cette tombe soit la seule...

— Ainsi tu redoutes comme moi les suites de ce voyage ?

— L'ange de Guazmen a des droits sur ma vie, fray Juan, et je la lui donne !

Au même instant s'avança Mme des Odonais, inquiète de ne voir reparaître ni son frère ni Joaquin. Elle était très pâle, le sort du vieux pilote lui avait arraché des larmes ; mais elle ne prononça pas une seule parole pouvant indiquer qu'épouvantée par les incidents signalant le commencement de son voyage, elle songeait à y renoncer, et nul ne lui adressa une parole à ce sujet.

Joaquin fut assez adroit pour tuer un pécari, dont les deux jambes firent les frais du repas ; on dressa les tentes, on alluma les feux, et le nègre laissa Sébas et Rivals surveiller les brasiers destinés à éloigner les bêtes sauvages.

Jamais Rivals n'avait inspiré de sympathie à Joaquin ; mais, depuis les paroles échangées au sujet du pilote, celui-ci ressentait presque de l'aversion contre le médecin français, non point parce que le docteur avait traité dédaigneusement la médecine indienne, qui a pour elle les résultats acquis, mais parce que Rivals avait pu, dans un moment terrible, railler la sollicitude de Joaquin. Jusque-là, le noir avait jugé le médecin orgueilleux et léger ; cette fois, il ajouta au fond de sa pensée :

— Il manque de cœur.

Tandis que Rivals et son valet, assis sur le sol, surveillaient les feux et y jetaient de temps en temps quelques branchages, Joaquin, que le souvenir du pilote privait de sommeil, épiait les physionomies du maître et du valet éclairées par le reflet rouge des brasiers. Aucun d'eux ne songeait au malheur qui venait d'atteindre la petite troupe. A l'expression de leurs visages, on aurait dû croire que Rivals exposait à Sébas un plan compliqué. Celui-ci écoutait, approuvait ou faisait répéter l'explication. Enfin les deux interlocuteurs s'entendirent. Sébas fit signe qu'il comprenait et acceptait, et le docteur, posant les coudes sur ses genoux, s'absorba dans une profonde rêverie.

— Allons, pensa Joaquin, j'aurai soin de les surveiller.

Dès l'aube, le noir fut debout, remit le canot à flot, y conduisit Isabelle, porta Pablo encore ensommeillé dans ses robustes bras, le coucha sur un pan de la robe de Mme des Odonais, et l'enfant continua son rêve.

Fray Juan et Rivals se chargèrent de guider la barque pendant les premières heures. Elle descendait tranquillement, et les mains inhabiles mais nerveuses du moine et du médecin suffisaient à la manœuvre. Il vint cependant un moment où le canot fila sur la rivière avec une rapidité plus grande ; de petites vagues montèrent et descendirent, des cercles concentriques se dessinèrent sur l'eau.

— Nous marchons bien ! Oh ! comme nous marchons bien ! s'écria l'enfant.

— Cédez-moi votre pagaie, señor ! dit Joaquin en s'adressant à Rivals.

— Je ne suis pas fatigué, répondit le médecin.

— Les remous se font sentir, et nous entrons dans les courants.

— C'est bien ! fit Rivals, j'essaierai de les combattre.

Le noir jeta un regard inquiet à don Antonio.

Celui-ci s'approcha de son frère :

— Cède ta place à Joaquin, dit-il, l'orgueil de ce Rivals est insupportable.

Le noir prit la place du moine ; mais si peu de temps que demandât ce changement de manœuvre, il suffit pour faire perdre des minutes précieuses ; le canot, entraîné, descendait tantôt avec une

rapidité folle, ou tournoyait comme si des mains invisibles l'atti-
raient vers des abîmes. Bientôt une voie d'eau se déclara ; les
mulâtresses essayèrent de l'aveugler à l'aide de quelques lambeaux
de vêtements, quand une vague entra dans la barque au moment
où le vent la poussait sur le flanc gauche.

Les voyageurs n'avaient pas d'écope ; le chapeau de don Antonio,
les mains des mulâtresses en tinrent lieu ; mais la rivière, extrê-
mement dangereuse en cet endroit, formait à la fois des courants et
des vagues ; le canot s'emplissait d'eau, en dépit du zèle avec
lequel on s'efforçait de l'alléger. Joaquin comprit que nul parmi
eux n'avait assez l'habitude de naviguer sur cette rivière pour se
charger de conduire une embarcation chargée de passagers et de
bagages.

Mme des Odonais s'appuyait sur l'épaule de fray Juan, don Antonio serrait son fils dans ses bras, Joaquin s'efforçait vainement de
mouvoir le gouvernail, le canot ne se soutenait plus que par
un miracle, et les jeunes mulâtresses poussaient des cris de
terreur.

— Nous coulons ! dit Mme des Odonais, qui sentit le canot s'enfoncer sous ses pieds.

En effet, un remous furieux attirait la barque, la mort était là !
une mort terrible, inévitable...

— Mon mari ! mon mari ! cria Mme des Odonais.

La suprême pensée de cette femme héroïque était pour l'époux,
qu'à cette heure elle doutait de revoir jamais.

Comprenant l'imminence du danger couru par ses maîtres, Joaquin se laissa glisser hors du canot avec assez de précaution pour
n'en pas déranger le reste d'équilibre, puis il se mit à nager en
remorquant la frêle embarcation. Ce fut une lutte terrible que la
lutte soutenue par le noir contre des courants rapides, des remous
vertigineux. Tantôt il lui semblait que le gouffre allait l'engloutir
en même temps que le canot ; tantôt un peu d'apaisement dans les
vagues lui permettait de respirer et de reprendre courage.

Tandis qu'il tentait ce moyen de salut, les passagers s'efforçaient
d'alléger le canot de l'eau qui le remplissait. Enfin, après un quart
d'heure d'angoisse, Joaquin épuisé put s'accrocher à des lacis de
lianes, dont les câbles trempaient dans le Bobonazo ; un dernier

effort rapprocha l'embarcation de la rive, que gagnèrent les passagers.

Après avoir constaté que nul d'entre eux n'avait trop souffert, Joaquin redescendit dans le canot, et le débarrassa des bagages qu'il contenait. Il devenait urgent de mettre les vivres à l'abri, de dérouler les ballots renfermant des objets de valeur de diverse nature, et de faire sécher les farines, les viandes emportées de Rio-Bamba.

Le noir porta tour à tour les bagages à côté de trois arbres énormes, présentant une sorte de demi-cercle, et disposés tout exprès pour servir de base à la construction d'un carbet.

— Don Antonio, dit Joaquin à M. de Grandmaison, nous serons sans doute forcés de faire dans cet endroit une halte plus ou moins longue. Que toutes nos précautions soient prises pour que ma chère maîtresse n'ait pas trop à souffrir. Vous déciderez dans votre sagesse ce que vous croirez convenable.

— Tu as raison, répondit Antonio, nous camperons plusieurs jours ici.

Le jeune homme fit quelques pas, puis revenant subitement vers le noir :

— Ne crois-tu pas qu'en dépit de la difficulté du retour, mieux vaudrait encore prendre la route de Rio-Bamba ?

— Je le pense, don Antonio ; mais je me souviens des paroles de doña Isabelle : « J'irai chercher mon mari à travers le désert, j'irai le rejoindre à travers la mort ! »

M. de Grandmaison ne répliqua rien. Il concourut avec fray Juan, le docteur et Sébas à l'abatage des pieux et des branches nécessaires pour la confection du carbet. Des feuilles de palmier devaient servir de toiture, une claie suffirait à former la porte de l'habitation rustique, que défendraient, la nuit, des feux entretenus avec soin. Il ne fallut pas plus d'une demi-journée pour terminer le carbet. Des pièces d'étoffe, choisies dans les ballots, servirent à séparer en deux l'habitation. Mme des Odonais partagea l'une des chambres avec les jeunes mulâtresses et Pablo, tandis que fray Juan, don Antonio et Rivals occupaient la seconde pièce. Il fut convenu que Sébas et Joaquin veilleraient tour à tour sur les brasiers destinés à éloigner les tigres.

Tandis que les hommes achevaient ce rude labeur, Zora, la plus jeune des esclaves de Mme des Odonais, suspendait aux arbustes et aux lianes du désert américain les robes de velours et de brocart renfermées dans les ballots, les pièces de batiste et d'étoffes, tandis que Dorilla et Ouida s'occupaient du repas des voyageurs.

L'excès de fatigue ne leur permit guère d'y faire honneur. Le trépas du pilote les avait tous frappés, et les efforts de Rivals pour traiter légèrement la situation échouèrent contre la gravité des circonstances et la secrète angoisse de tous.

Aussi, le repas terminé, les malheureux songèrent immédiatement à se retirer à l'abri du carbet, sinon pour y goûter le sommeil, du moins afin d'y trouver le repos et le silence : le profond silence ami des grandes infortunes.

Sébas s'offrit pour la veillée; la fatigue de Joaquin lui eût sans doute rendu impossible de passer une nuit sans sommeil. Le valet de Rivals recueillit le bois nécessaire pour l'entretien du foyer durant la nuit et, tandis que don Antonio et fray Juan remettaient leur vie entre les mains de la Providence, le médecin se rapprocha de Sébas. On eût dit parfois, à voir l'intimité de la causerie à laquelle s'abandonnaient ces deux hommes, qu'un lien secret les unissait l'un à l'autre. Sans doute, Rivals ne se faisait pas faute de traiter Sébas de maroufle et de coquin devant la famille de Grandmaison; mais lorsque le maître et le valet se trouvaient seuls, la distance qui les séparait s'affaiblissait d'une façon sensible, et chaque fois qu'il eut l'occasion de le constater, Joaquin éprouva une sorte de terreur.

Tandis que Rivals et Sébas parlaient à côté du feu, ce dernier s'arrêta tout à coup, et, posant la main sur le bras du docteur, il lui demanda :

— Avez-vous entendu?

— Quoi? un cri, une plainte, le bruissement d'un serpent dans l'herbe?

— Non, le bruit de l'or.

— Tu dois te tromper : les sommes distribuées aux Indiens infidèles ont presque épuisé les ressources de Mme des Odonais, et il est grand temps qu'elle rejoigne la barque du roi de Portugal.

— Qui vous a conté cela?

— Joaquin.

— Et vous avez cru Joaquin ?

— Il n'a jamais menti, affirme don Antonio.

— Il n'a jamais trahi, non plus, et ce serait presque une trahison de nous révéler, à nous étrangers, quelles sont les ressources de la famille de Grandmaison.

— C'est possible ! répondit Rivals.

— C'est de l'or, vous dis-je, c'est de l'or qui sonne... je reconnaîtrais ce bruit entre mille... Il m'est impossible d'abandonner mon poste, mais vous pouvez vous éloigner et tourner le carbet. Il n'est point bâti d'une façon assez solide pour qu'on ne puisse, en écartant les branches, voir ce qui se passe dans la chambre de Mme des Odonais... Je ne me trompe pas, c'est dans cette pièce que l'on a compté de l'or.

Rivals se leva, promena autour de lui un regard rapide, et, se voyant bien seul, il se rapprocha de la cabane de feuillage ; puis, s'agenouillant sur le sol, il sépara doucement quelques branches et plongea un regard curieux dans la partie du carbet habitée par Mme des Odonais.

Joaquin avait attendu cette heure pour faire, devant sa maîtresse, l'ouverture de certains ballots et de deux caisses soigneusement closes. Éparses sur le sol, se trouvaient de magnifiques pièces d'argenterie, que Zora, Onida et Dorilla débarrassaient de l'eau limoneuse qui, en pénétrant dans les coffres, avait terni la vaisselle plate. Dans un pays où les mines d'or et d'argent se cachaient dans les entrailles du sol, tous les objets qui, en Europe, se font en cuivre ou en porcelaine, s'exécutaient en métal. Chaque famille possédait pour une grosse somme d'argenterie, et Mme des Odonais, qui connaissait le projet de son mari de quitter l'Amérique pour rentrer en France, avait emporté avec elle la plus grande partie de ce qu'elle possédait d'objets précieux.

— Oh ! oh ! pensa Rivals, Sébas avait raison. On cache avec soin des trésors, et l'aménité des Grandmaison n'entraîne pas une confiance sans bornes.

Dorilla et Zora replacèrent l'argenterie dans le coffre, le fermèrent et en remirent la clef à Mme des Odonais.

— Allez reposer, mes filles, dit Isabelle aux mulâtresses, la journée de demain suffira pour terminer cette besogne.

— Maîtresse, répondit Dorilla, mieux vaut achever ce soir...
Joaquin peut avoir découvert demain le moyen de continuer ce
voyage... et vous ne pouvez laisser vos diamants souillés de sable...
Rangeons la cassette... nous trouverons toujours le temps de dormir... Joaquin nous a recommandé de ne jamais parler de vos pierreries devant le Français et son valet; encore moins pourrions-
nous les ranger en leur présence.

— Ah! fit Isabelle pensive, Joaquin vous a fait cette recommandation?

— Joaquin n'aime pas le señor Rivals, dit Zora.

— Moi, ajouta Dorilla, il m'a regardée un jour d'une façon qui
m'a fait peur.

Mme des Odonais ouvrit une cassette et la renversa sur ses
genoux. Alors, à la lueur d'un monceau de gomme flambant au
centre du carbet, Rivals vit étinceler, dans les mains et sur les vêtements d'Isabelle, des pendeloques de brillants, des colliers d'émeraudes, des agrafes, des tabatières d'or et de pierreries, des bon-
bonnières précieuses, des fils de perles à réjouir un rajah de Mysore,
des aiguilles destinées à retenir les nattes de cheveux et dont chacune forme une aigrette. Ce fut un scintillement à rendre fou un
Juif et envieuse la femme la plus simple.

Isabelle sourit en regardant les diamants et les fit ruisseler dans
ses mains en cascades prismatiques.

— Je les aime! dit-elle avec un sourire attendri; je les aime,
car le prix que j'en retirerai rendra la paix et le bonheur à mon
cher Jean... Que n'a-t-il pas tenté, quelles peines ne s'est-il pas
données pour trouver l'or que me vaudront ces pierres... Ah! s'il
avait compris combien le bonheur était facile et tout près!..

Le souvenir de son mari fit passer un rayon sur le visage d'Isabelle; elle aida à Zora et à Dorilla à rendre tout leur éclat aux diamants sauvés de tant de ruines et de naufrages, puis elle les ren-
ferma dans la cassette. Zora, Ouida et Dorilla transportèrent
ensuite le coffre d'argenterie et la cassette remplie de diamants
dans la partie la plus reculée du carbet; elles rangèrent quelques
couvertures pour servir de lit à leur maîtresse, puis toutes trois,
gardiennes fidèles de l'ange de Guazmen, s'étendirent à ses pieds,
appuyées sur l'épaule l'une de l'autre.

— Mais, pensa Rivals, la cassette ne renferme pas seulement une fortune suffisante pour calmer les ambitions de M. des Odonais... Cet ingénieur fantaisiste n'est point le seul homme de talent qu'ait trahi le sort, et j'en sais plus d'un... Ce Joaquin a décidément trop de perspicacité pour un nègre... Il est des dévouements plus dangereux que bien des vices...

Avec des précautions infinies, Rivals quitta son poste d'observation, et s'éloigna du carbet. Mais il ne se rapprocha point du feu qu'entretenait Sébas et, gagnant sans bruit la partie de la cabane dans laquelle reposaient déjà fray Juan et don Antonio, il s'étendit sur le sol et resta tout éveillé.

Un long mugissement qui s'éleva vers l'aurore, sur les bords de la rivière, arracha tous les voyageurs au sommeil. Ce mugissement était si épouvantable et retentissait si près, que Pablo, effrayé, poussa à son tour un cri de terreur. Joaquin accourut et enleva l'enfant dans ses bras robustes,

— N'aie pas peur, mon petit homme, lui dit-il, l'animal qui vient de t'épouvanter si fort ne te ferait aucun mal s'il passait près de toi.

Tu es courageux, Pablo, viens voir de près l'énorme bête qui n'a de redoutable que la voix, veux-tu?

— Oh! je n'ai peur de rien avec toi, répondit Pablo.

Joaquin prit l'enfant par la main et lui montra à quelques pas du carbet un *pexe-bucy*, qui, sortant du Bobonazo et s'aidant de ses nageoires courtes et rondes afin de gravir la pente de la berge, venait de commencer à paître paisiblement. Il n'avait, en effet, rien de repoussant; sa physionomie gardait la douceur propre aux lamantins et aux veaux marins; ses yeux, d'une incroyable petitesse, brillaient comme un charbon incandescent; ses oreilles semblaient plus petites encore, et cependant cet animal est doué d'une grande finesse d'ouïe. La vue des voyageurs, qui venaient de suivre Joaquin sur le rivage, ne parut point l'effrayer; il continua tranquillement son repas; puis, poussant de nouveau le mugissement qui lui a fait donner le nom de poisson-bœuf, il se replongea dans la rivière et se mit à nager.

— Voilà, depuis notre voyage, la première fois que nous rencontrons le *pexe-bucy*, dit don Antonio; est-il commun dans ces parages?

— Oui, señor; mais nous nous trouvons à la dernière limite qui semble lui avoir été assignée, car, au delà des premières roches que l'on rencontre sur les bords du Bobonazo, le poisson-bœuf est entièrement inconnu.

Le bruit d'une troupe légère traversant le bois, en froissant sur son passage les branches et les arbustes, détourna l'attention de Pablo qui, jusqu'à ce moment, avait suivi du regard le *pexe-bucy* nageant paisiblement en maintenant sa grosse tête ronde hors de l'eau. Un groupe de chevreuils venait de s'enfoncer dans la forêt. Plus peureux que le poisson-bœuf, ils s'enfuirent effarés à la vue des voyageurs.

Joaquin regretta vivement de n'avoir pas eu sous la main des bolas, à l'aide desquels il aurait sans nul doute réussi à s'emparer de l'un deux. Le noir se consola en songeant que les provisions ne manquaient pas. La journée se traîna péniblement. Aucun des voyageurs n'avait encore osé émettre un avis sur le parti à prendre. Parfois, Mme des Odonais se rapprochait du canot échoué sur le rivage, comme s'il restait encore pour elle l'unique chance de salut.

La nuit suivante fut troublée par les aboiements des chiens sauvages, qui s'approchèrent assez près du carbet pour causer de vives alarmes à Joaquin. Le noir saisit dans chacune de ses mains des torches de bois résineux, et poursuivit les bandes de carnassiers en poussant des cris qui les effrayèrent. Plus d'une fois, néanmoins, ils revinrent à la charge, et le nègre, qui devinait les angoisses de Mme des Odonais et les terreurs que Pablo étouffait avec un courage surprenant pour son âge, se réjouit quand les premières clartés de l'aube mirent en fuite ces dangereux ennemis.

Et, cependant, si Joaquin avait pu lire dans l'âme de tous ceux qui restaient à l'abri de la cabane de feuilles, il eût sans nul doute été plus effrayé des pensées de l'un d'eux que des féroces aboiements des chiens sauvages en quête d'une proie vivante.

Il prit en courant la route du carbet. (*Voir page* 103.)

IX
LE CARBET

Au matin, quand fray Juan et don Antoniore joignirent Isabelle,
celle-ci leur dit d'une voix brisée :

— Qu'allons-nous faire? dites-le moi... Nous ne pouvons rester
ici... mieux vaut agir que nous consumer dans une immobilité
pareille... Nous sommes à peu près reposés... parlez, parlez, Juan,
Antonio...

Les deux frères échangèrent un regard dont Mme des Odonais
comprit la signification.

— Non, non! dit-elle en tordant légèrement ses mains, ne parlez
pas... ce que vous me répèteriez est sage, sans doute, mais je ne
veux pas vous croire et je ne saurais vous obéir... C'est mon devoir,
à moi, d'aller en avant! Jean m'attend et m'appelle. Je ne puis
abandonner mon mari, je ne puis le condamner à la solitude, à la
mort... Dieu me l'a donné, je lui dois ma vie...

Rivals s'avança vers Mme des Odonais. Il était fort pâle; mais la
teinte presque livide de son visage pouvait s'expliquer par les
angoisses de la nuit et la gravité de la proposition qu'il venait
faire.

— Madame, dit-il, on affirme que les Français sont d'une nature
aventureuse; je vais tâcher de vous prouver qu'ils savent mettre
leur courage au niveau de leur reconnaissance. Vous avez bien
voulu m'admettre, moi, étranger, dans votre compagnie et me
faciliter de la sorte le moyen de regagner Cayenne... Rien, en vérité,
ne saurait payer un pareil service... Je me trouvais fort empêché à
l'heure où don Antonio et fray Juan daignèrent me présenter à vous,
et je suis trop heureux de saisir l'occasion de vous devenir utile.

— Vous ne pouvez rien, Monsieur, rien! répondit Mme des Odonais.

— On peut toujours risquer sa vie, répondit Rivals en s'inclinant.

— Quel serait votre projet? demanda don Antonio.

— Le canot dans lequel nous avons navigué a failli sombrer bien
moins parce que nul de nous ne connaissait la manœuvre d'une
façon suffisante, qu'en raison de la charge trop lourde qu'il supportait. Placez maintenant dans cette barque la moitié des bagages et
un seul homme, la barque descendra comme une flèche, traversant
les courants difficiles et bondissant sur les eaux soulevées. Je ne
suis certes pas marin, mais je suis certain de parvenir à manœuvrer
seul la barque dans ces conditions.

— Cela est possible en effet, répondit don Antonio.

— Si vous y consentez, reprit Rivals, je monterai le canot, et je descendrai vers Andoas...

Combien me faut-il de jours pour y arriver, Joaquin?]

— Six environ.

— Faisons la 'part des incidents et de la fatigue... dans quinze jours, je puis être revenu... A Andoas, je trouverai facilement une grande barque, je louerai des rameurs, et vous quitterez le carbet dans des conditions qui vous rendront le voyage supportable.

— Vous vous jetez dans de grands périls, Monsieur Rivals, dit fray Juan.

— Qu'importe! si je les épargne à Mme des Odonais.

— J'accepte! j'accepte! répondit celle-ci avec un sentiment de reconnaissance d'autant plus sincère qu'en ce moment elle regrettait d'avoir suspecté le médecin.

— Prenez le canot, ajouta don Antonio, Joaquin y placera des vivres.

— Vous pouvez également vous débarrasser d'une partie des bagages... Je crois qu'ils seront plus en sûreté dans les mains du chef de la mission, à qui je les remettrai, que si vous les abandonniez à la merci des Indiens... L'appât du gain et une notion très incomplète sur les lois de la propriété leur font considérer le vol moins comme un crime que l'égal d'une preuve d'adresse... et je redouterais de les voir en présence d'objets de valeur capables d'exciter leur convoitise.

Joaquin voulut s'approcher de Mme des Odonais; mais celle-ci ne comprit pas le mouvement du noir, et, convaincue de la générosité de Rivals, elle lui répondit :

— Oui, oui, emportez les caisses renfermant nos objets les plus précieux, et remettez-les dans les mains du chef de la mission, qui nous les rendra lors de notre arrivée à Andoas.

Sur un signe de son maître, Sébas entra dans le carbet et, en dépit des gestes alarmés des mulâtresses, Isabelle désigna à Rivals le coffre rempli d'argenterie et la cassette de diamants. On ajouta quelques ballots d'étoffes, des pièces d'habillement, des vivres, et le chargement du canot se trouva complet.

Joaquin détacha les béjuques fixant la barque au tronc d'arbre, plaça deux pagaies dans le fond, puis il revint vers Rivals, qui adressait ses adieux à don Antonio et à fray Juan.

— Que Dieu vous ramène, Monsieur ! lui dit Isabelle.

— Avec l'aide de Dieu, Madame, vous me reverrez dans quinze jours.

Rivals sauta dans la barque.

— Où sont les pagaies ? demanda-t-il à Joaquin.

— Je vais vous les donner, répondit le noir.

Joaquin fit le geste de porter à ses lèvres la main de sa maîtresse.

— Au nom de votre salut, dit-il, laissez-moi faire.

Joaquin entra dans le canot, se pencha vers le fond de la barque, y trouva les deux pagaies, en remit une à Rivals et commença à manœuvrer l'autre.

— Merci, dit le médecin, vous pouvez regagner le rivage.

— Je vous accompagne, señor, répondit le noir ; vous ne savez pas combien une entreprise semblable à la vôtre est difficile à mener à bonne fin.

— Je suffirai à la besogne que je me suis tracée.

— Deux dévouements valent mieux qu'un.

— Dieu vous garde ! docteur Rivals, dit la voix grave de fray Juan.

— Dieu vous bénisse ! Joaquin, ajouta Mme des Odonais, en tombant à genoux sur le rivage.

Tant qu'il fut possible d'entrevoir le canot, les voyageurs le suivirent du regard ; lorsqu'il eut disparu, les mains de fray Juan, d'Antonio et d'Isabelle s'unirent dans une puissante étreinte.

— Ils seront ici dans quinze jours ! murmura Mme des Odonais.

— S'ils ne revenaient pas ? dirent tout bas les mulâtresses, en cachant leurs visages dans leurs petites mains.

Cependant l'espérance consola les voyageurs. L'empressement de Rivals, le dévouement de Joaquin étaient faits pour inspirer la confiance. Dorilla, Zora et Ouida se multiplièrent afin de remplacer les intelligents services de Joaquin. Condamnés à passer dans le carbet un certain nombre de jours, les voyageurs s'efforcèrent de les rendre moins longs, en faisant d'intéressantes promenades sur les bords de la rivière.

Zora dépouilla un cotonnier sauvage de ses produits soyeux ; trop

fin pour être filé, ce coton forme des matelas excellents; celui que
la jeune fille amassa dans la chambre de Mme des Odonais rendit
plus douce la couche de la vaillante femme.

Dorilla, qui surveillait la marche d'un essaim d'abeilles, revint
un matin annoncer qu'elle récolterait, sans nul doute, du miel
excellent, dans le creux d'un arbre transformé en ruche par les
industrieuses abeilles.

Laissant ses compagnes s'occuper de cuire quelques aliments,
elle se rendit seule vers le nid d'abeilles, recueillit les gâteaux de
cire, les enveloppa dans de larges feuilles et reprit le chemin du
carbet.

En face d'elle, depuis un instant, elle apercevait une masse
immobile, semblable à un tronc d'arbre tombé de vieillesse, abattu
par la foudre et couvert d'une végétation grisâtre pareille à de la
mousse. Zora était lasse, elle se dirigea vers le prétendu tronc
d'arbre et s'y assit paisiblement, à l'ombre d'un rideau de lianes
fleuries. Mais bientôt elle se leva épouvantée : ce qu'elle avait pris
pour un tronc d'arbre était le corps d'un *yuca-mama* gigantesque,
couvert de limon, de plantes parasites, qui, engourdi par une
digestion difficile, était depuis de longs jours vautré dans les herbes.
En le reconnaissant, Zora poussa un cri strident.

Le serpent, se remuant avec peine, venait de tourner la tête vers
la jeune fille et, fixant sur elle ses yeux saillants, ouvrant sa vaste
mâchoire, il darda une langue fourchue en se dressant sur le sol. A
demi soulevé, il s'avançait avec lenteur, comme si, d'avance, il
était sûr que sa proie ne pourrait lui échapper.

Si l'on affirme que le boa constrictor fascine et magnétise les
oiseaux dont il veut faire sa proie, fait qui semble prouvé par les
remarques de tous les naturalistes, les habitants du Pérou, et en
particulier les Indiens, les mulâtres et les noirs, sont convaincus
que le souffle du *yuca-mama* exerce sur la proie qu'il convoite une
influence fascinatrice. Zora le croyait, et Zora sentait déjà cette
force terrible l'attirer malgré elle vers le reptile, qui s'avançait et
déroulait ses orbes monstrueux.

Zora essaya d'échapper au danger en se cramponnant à des
lianes, mais elle comprit vite que le serpent la suivrait dans cette
route aérienne. Debout, frémissante, elle demeura accotée contre

un arbre, regardant sans bouger le monstre, qui levait de plus en plus haut la tête et qui soufflait sur elle son haleine empestée. Ses jambes fléchissaient, tout son corps frissonnait; elle devint bientôt incapable de se soutenir, et tomba sur les genoux.

Alors le *yuca-mama* s'arrêta comme s'il voulait se donner un plaisir plus grand que celui de la chasse, et obliger la victime elle-même à s'avancer vers lui. Zora tordit ses bras au-dessus de sa tête et, pour la seconde fois, poussa un cri d'appel résumant les angoisses d'une terreur folle. Le serpent s'agitait sur son ventre énorme, battait le sol de sa queue, renversait son cou en le gonflant et soufflait, plus rapide et plus empressée, l'haleine qui commençait à stupéfier la jeune mulâtresse. Ses bras, qu'elle avait levés par un geste de supplication ardente, retombèrent avec lenteur; ses mains se joignirent et s'étendirent vers le monstre, comme s'il pouvait céder à un sentiment de compassion... Malgré elle, et tandis qu'elle rejetait son buste en arrière et renversait sa tête effarée, dont les cheveux balayaient le sol, Zora se traînait sur les genoux du côté du *yuca-mama*. Lui attendait, sifflant, dardant sa langue fourchue et fixant sur la malheureuse fille des yeux ardents de convoitise. Zora n'avait plus la force de crier, le son s'arrêtait dans sa gorge : un sanglot étouffé soulevait seul son sein. Une seconde encore, le monstre allait l'atteindre, quand un manteau d'étoffe sombre fut rapidement agité entre le *yuca-mama* et la mulâtresse.

— L'haleine est coupée! cria Sébas, fuis, Zora! fuis!

Mais la malheureuse n'était plus en état de se lever du sol où il lui semblait que ses genoux venaient de prendre racine; sa prostration était telle qu'elle serait demeurée à la merci du monstre, si Sébas, rejetant sur le serpent le manteau que tout à l'heure il agitait devant lui, n'eût soulevé dans ses bras Zora, et pris en courant la route du carbet.

Au moment où la jeune fille s'était trouvée en face du redoutable reptile, elle n'était pas assez éloignée de la cabane pour que ses cris ne fussent point entendus. Sébas saisit le premier morceau d'étoffe qui lui tomba sous la main, car un manteau est dans beaucoup de cas un moyen de défense, s'arma d'un couteau à large lame et courut dans la direction que paraissait lui indiquer l'appel

de la mulâtresse. Cependant, il hésitait de quel côté diriger sa
marche, quand un second cri plus terrible encore retentit à ses
oreilles. En quelques pas, il se trouva en présence d'un horrible
spectacle : Zora, fascinée, convaincue qu'elle était à l'avance empoisonnée et attirée par le souffle du reptile, s'en approchait en
rampant sur les genoux.

Sébas connaissait la croyance populaire des Indiens au sujet du
yuca-mama. Le seul moyen de lui échapper, affirment les sauvages,
est d'agiter, entre lui et la proie convoitée par ce monstre, un objet
capable d'agiter l'air et de couper l'haleine du serpent. Alors seulement la victime se relève, elle est sauvée. Sans doute Sébas,
sans nier l'attraction du *yuca-mama*, ne la croyait pas douée d'une
si fatale puissance ; cependant, pour rendre un peu d'énergie à
Zora, il employa le seul remède regardé comme efficace. Malheureusement la mulâtresse, à demi-morte, restait incapable d'aider à
son propre salut. Sébas l'enleva rapidement et reprit la route du
carbet. Mme des Odonais et fray Juan vinrent au-devant de lui.

— Est-elle blessée ? demanda Isabelle.

— Nullement, mais elle a failli être dévorée...

— Par un congouar ?

— Par le *yuca-mama*, qui remonte en ce moment paisiblement
le Bobonazo, et y lave le limon dont il est couvert.

Pablo frissonna à l'aspect du monstre, et, puisant de l'eau dans
une large feuille, il en mouilla les tempes de Zora, qui ne tarda
pas à rouvrir les yeux.

Quand la jeune fille reconnut ceux qui l'entouraient, elle respira
fortement.

— Qui m'a sauvée ? demanda-t-elle avec une expression tou-
chante de gratitude.

— Je suis arrivé à point, Zora, pour vous empêcher de vous jeter
vous-même dans la gueule du monstre... répondit Sébas.

Du reste, Zora retrouva vite sa force et sa gaieté et, rassurée par
la certitude que le *yuca-mama* nageait paisiblement dans la rivière,
elle résolut de retourner vers l'endroit où elle avait laissé les gâteaux de miel qui avaient failli lui coûter si cher. Cette fois Pablo
désirait l'accompagner, mais don Antonio n'y consentit qu'à la condition de marcher avec son fils et la mulâtresse. Celle-ci frissonna

bien un peu en reconnaissant l'endroit où le *yuca-mama* avait failli la dévorer ; mais, rassurée par la présence d'Antonio, et douée, comme tous les êtres appartenant à la race nègre, d'une grande légèreté d'esprit, elle se réjouit comme un enfant en retrouvant les gâteaux de miel destinés au dîner de Mme des Odonais.

Mais il était dit que de lugubres incidents marqueraient cette journée, car, tandis qu'il bondissait gaiement à quelque distance de son père, Pablo heurta un corps placé en travers de la route : c'était le cadavre déjà roidi d'une sorte de marsupiau. La bête était glacée, et cependant l'enfant entendait des cris semblables à une sorte de vagissement. Mais déjà don Antonio avait rejoint son fils, et, répondant à sa question muette, il lui dit :

— C'est un *muca-muca*, mon enfant.

— Est-il mort ?

— Depuis plusieurs heures.

— Écoute pourtant...

Don Antonio se pencha, entendit les cris plaintifs, et, plongeant la main dans la poche que le *muca-muca* porte comme les animaux de sa race, il en tira quatre petits, criant de faim et qui, sans doute, allaient mourir de la mort de leur mère.

— Père ! dit Pablo, laisse-moi les emporter.

— Qu'en feras-tu, *querido*...? Quand la mère manque, tout manque, ne le sais-tu pas ?

— Pour les *muca-muca*, dit-il.

— Et pour les enfants ?

— Il reste le père ! répondit Pablo.

M. de Grandmaison serra son fils dans ses bras et poussa un profond soupir.

— Dieu veuille, dit-il, oui, Dieu veuille qu'au prix de la mienne je puisse toujours protéger ta vie !

L'enfant emporta les petits du *muca-muca* mort, et, rentré dans le carbet, il leur prépara un soyeux lit de coton ; mais la prévision de don Antonio se trouva vite justifiée : ils moururent le lendemain, faute de douce chaleur et du lait maternel.

Une semaine se passa. Les seuls événements qui vinrent marquer le séjour des voyageurs, dans la cabane de palmier, furent la capture de quelques poissons faite par Sébas dans le Bobonazo, la rencontre d'un fourmilier immobile, qui, sa langue gluante et démesurée étendue sur le sol, attendait les milliers de fourmis rouges qu'il devait engloutir. La fin de chaque journée était marquée sur le tronc d'un des arbres formant les piliers de charpente du carbet : il ne resta bientôt plus que deux journées d'attente, et quand se leva l'aurore du quinzième jour, qui devait voir revenir Rivals et Joaquin, la petite troupe impatiente suivit la route de la rivière, et, après avoir marché aussi longtemps que le permirent les forces des femmes, s'arrêta au milieu d'un bosquet ombreux, dont les derniers branchages ruisselaient de l'eau limpide du Bobonazo.

Les yeux fixés sur la rivière, l'oreille tendue, les voyageurs interrogeaient l'horizon pour y distinguer un point noir, et se demandaient, inclinés dans la surface limpide du Bobonazo, s'ils n'entendaient point le bruit des rames d'un canot.

Nul point noir, par un bruit.

A la chute du jour seulement, Mme des Odonais consentit à regagner le carbet.

La nuit était d'une sérénité admirable ; la colonne lumineuse dessinée dans l'azur par la lumière zodiacale brillait d'un éclat paisible et doux. Comme il lui arrivait quand sa pensée montait vers Dieu, et quand son esprit s'abandonnait au charme pénétrant des beautés d'une nature merveilleuse, Mme des Odonais se sentit rassérénée par le sentiment de la prière et par le calme de la nuit. Si Joaquin et Rivals n'étaient point arrivés ce jour-là, ils viendraient sans nul doute le lendemain. Cependant, au lieu de rechercher de préférence l'entretien d'Antonio, Isabelle se rapprocha de fray Juan. Elle éprouvait le besoin d'entendre parler du ciel et de la bonté de la Providence.

Le lendemain, le surlendemain, la petite troupe recommença le même voyage, et reçut le choc d'une semblable désillusion. Après une quatrième déception, Mme des Odonais résolut de ne plus courir au devant de la barque, mais de l'attendre dans le carbet.

En dépit de son courage, quels jours, quelles nuits elle passa !

Elle calculait les difficultés de la route. Le canot pouvait avoir été attiré dans des remous terribles ; le passage d'un serpent, le saut d'un caïman devaient suffire à le renverser... Deux hommes seulement le montaient, deux ! et qui sait si Rivals...

Mme des Odonais chassa comme une mauvaise pensée l'idée subite qui lui traversa l'esprit.

— Les diamants ! murmura-t-elle, les diamants !

Elle dissimula les violentes inquiétudes qui commençaient à la torturer.

D'ailleurs, elle s'aperçut qu'en faisant le matin la distribution des vivres, fray Juan en diminuait insensiblement la quantité. Il encourageait les mulâtresses dans la recherche des rayons de miel, et don Antonio pêchait avec Sébas à l'aide d'une ligne de liane et d'un fragment d'arête de poisson, frotté d'une herbe stupéfiante, dont les propriétés lui furent enseignées par Ouida. Le poisson, attiré par l'odeur, se groupait autour de l'appât et, à demi asphyxié, se laissait pour ainsi dire prendre à la main.

Enfin, un matin, en se relevant, Isabelle compta les marques creusées dans l'un des arbres du carbet.

— Vingt-cinq jours, dit-elle, voilà vingt-cinq jours qu'ils sont partis !

Puis se tournant vers ses frères :

— Il faut partir, leur dit-elle, partir et gagner Andoas, puisque ni Joaquin ni Rivals ne viennent à notre rencontre.

Mme des Odonais s'attendait à recevoir le conseil de patienter encore, mais fray Juan lui répondit d'une voix émue :

— Vous avez raison, Isabelle, nous abandonnons ce carbet sans retard...

Mme des Odonais souhaitait le départ avec une douloureuse impatience ; ses frères comprenaient que, placés par suite d'incidents inattendus, dans une situation dont chaque heure aggravait le péril, il fallait quitter hâtivement et à tout prix ce désert qui, pour n'être pas une plaine couverte de poussière soulevée par le simoun, n'en restait pas moins un dangereux désert.

La forêt mystérieuse renfermait plus d'ennemis que l'espace sablonneux parsemé de rares oasis. Si les lions d'Amérique n'ont point le rauquement terrible et la crinière ondoyante des lions du Sahara, ils ne s'en montrent pas moins avides de proies palpitantes. D'ailleurs, en dépit de la quantité d'arbres et d'arbustes, de lianes et de plantes grandissant, se mêlant, s'accrochant avec une sorte de furie végétale, les arbres ne donnaient point de fruits, les arbustes ne portaient point de baies, et l'on pouvait mourir de faim dans ces solitudes sans bornes.

Oui, il devenait indispensable de partir, mais de quelle manière s'effectuerait ce départ? Sans doute, MM. de Grandmaison s'étaient montrés très peu habiles dans le maniement de la rame ; cependant le canot monté par Rivals et Joaquin leur faisait grandement défaut. Tandis que fray Juan et son frère se consultaient, Pablo s'approcha de don Antonio.

— Père, dit-il, j'ai lu, dans les histoires de voyages, que les naufragés construisaient des radeaux, quand les navires avaient sombré et que les embarcations s'étaient perdues... Nous ressemblons à des naufragés... Si nous les imitions?

— Oui, cher niño, nous allons les imiter, répondit Antonio. Si peu habilement construit qu'il soit, ce radeau suffira pour nous porter jusqu'à Andoas.

Encore une fois, il y eut un moment d'élan, de confiance entre ces malheureux. Sébas se mit à l'œuvre avec d'autant plus de zèle qu'il lui tardait de rejoindre son maître, dont l'absence n'était pas pour lui sans doute un impénétrable mystère. Du reste, si mauvais qu'il fût, car Sébas avait traversé trop de ruisseaux bourbeux pour n'avoir pas connu toutes les fanges, il ne pouvait se défendre d'un sentiment ressemblant à un remords, quand il voyait Mme des Odonais, si belle, si noble, si vaillante, encourager ses jeunes esclaves, supporter sans plaintes les privations et les fatigues, et se transformer, sous l'influence d'un impérieux devoir, en une de ces héroïnes que l'imagination est impuissante à créer, par cette raison que les grands héroïsmes puisent leur source dans le cœur.

Ce fut donc avec empressement que Sébas et don Antonio entreprirent d'abattre une certaine quantité de troncs d'arbres, coupés ensuite par fray Juan à une égale longueur.

Don Antonio connaissait assez les Indiens pour avoir une idée de leur façon de construire les radeaux et les balses. Il savait que l'Indien ne se sert jamais de clous. Ses moyens de consolidation se bornent à l'emploi de béjuques et de chevilles de bois. Les mulâtresses coupèrent une énorme quantité de câbles végétaux, doublèrent leur provision de coton ; puis, tandis que les hommes liaient entre eux les troncs d'arbres à l'aide de lianes, que leur flexibilité rend propre à la confection des nœuds marins, Mme des Odonais commanda aux jeunes filles de creuser une cachette dans le carbet, afin d'y enfermer les vivres et les ballots dont il serait impossible de surcharger le radeau.

Après avoir assemblé les pièces de bois, Sébas attacha au-dessus des branchages moins lourds; les interstices furent calfeutrés à l'aide de coton; les ballots, arrimés à l'aide de béjuques, devaient servir de siège; un jeune arbre fournit une pagaie.

Si fruste que fût ce travail, il prit plusieurs jours.

Mme des Odonais en surveilla les progrès avec un intérêt intense. L'unique chance qu'elle eût de gagner Andoas n'était-elle pas la navigation sur le Bobonazo ? Et, cependant, quelle sécurité pouvait offrir cet assemblage d'arbres liés par des lianes et guidé par des marins inexpérimentés ?

Un prêtre appelle 'a bénédiction du ciel. (*Voir page* 110.)

X

LE RADEAU SUBMERGÉ

Certes, une des émotions puissantes qu'il soit donné de ressentir dans un de ces événements pour lesquels nous implorons la bénédiction de l'Église, est le baptême du navire qui doit traverser les

océans, visiter des rivages distants de milliers de lieues, et subir
tour à tour la furie du vent, le choc des lames, la lutte contre
les trombes, les cyclones, le feu du ciel, et soutenir souvent à la
fois l'assaut des éléments déchaînés. Oui, cela est imposant et fait
pour remplir l'âme d'une émotion puissante, de voir un prêtre
appeler sur le navire la bénédiction du ciel, demander pour lui
la clémence des vents, une mer paisible, un rapide voyage. Il
semble alors que toutes les brises du ciel, subitement adoucies,
vont souffler dans les voiles, que les mâts ne plieront jamais sous
les coups d'une tempête, qu'agrès, cordages resteront dans cet
ordre grandiose et charmant qui nous captive quand nous mettons
le pied sur un vaisseau. Toutes les poésies des psaumes, toutes les
invocations à l'Étoile des mers s'unissent dans les paroles du prêtre.
Et, pendant ce temps, on baptise comme un nouveau-né la charpente puissante; on lui impose un nom comme à une créature
vivante. Le capitaine est grave; les marins recueillis. On pavoise
et fleurit les mâts. C'est fête! grande fête! Le parrain et la mar-
raine font des largesses aux futurs matelots.

— Bon voyage! prompt retour! que *Stella maris* vous garde!
Les yeux se mouillent, les mains se pressent, le prêtre sourit,
les mères pleurent! Mais c'est fête! une grande et imposante fête,
que le baptême d'un navire!

Sur les rives du Bobonazo, fort resserrées en cet endroit, le
radeau se balançait doucement, retenu à un vieil arbre par un
anneau de lianes. Tout était prêt, et les voyageurs attendaient que
don Antonio donnât le signal de l'embarquement.

Fray Juan s'avança.

— A genoux! dit-il, à genoux!

Et quand il vit groupés autour de lui son frère, sa sœur et
Pablo, il dit d'une voix tremblante d'émotion :

— Seigneur, vous gardez le passereau, et vous avez pitié des
faibles... Nous sommes en danger, et nous crions vers vous...
De quelque côté que se tournent nos regards, nous voyons un péril,
et ce péril, nous sommes dans l'impossibilité d'en triompher.
Vous êtes bon! et nous croyons en vous... bénissez le frêle radeau
sur lequel nous allons monter... Donnez à nos bras la force, à
notre esprit l'intelligence, à notre âme l'espoir! Ayez pitié d'un

enfant innocent qui ne sait rien du mal; ayez compassion d'une femme à qui vous faites un devoir d'aimer son mari, et qui remplit ce devoir au péril de sa vie !

Fray Juan se leva et passa sur le radeau, sa sœur le suivit, Pablo s'assit près d'elle. Sébas aida les mulâtresses à gagner leurs sièges, et don Antonio se chargea de gouverner l'embarcation.

Les voyageurs étaient groupés au centre, indiqué par un mât léger soutenant une voile en feuille de palmier. Le vent était doux, le courant peu rapide, et le radeau, une fois l'amarre coupée à l'aide d'une hachette, descendit assez rapidement.

Et, cependant, tandis que le radeau glissait sur le Bobonazo, les caïmans le suivaient à la nage en poussant un cri semblable à un vagissement. Une forte secousse imprimée à l'embarcation signala plus d'une fois le passage d'un monstre, dont l'obscurité ne permettait pas de distinguer complètement les formes. Le rugissement des hôtes de la forêt arrivait aux passagers du radeau, et souvent une ligne droite et sombre, émergeant subitement de l'eau, révélait la présence d'un serpent redoutable.

La nuit se passa; à cette nuit succéda une journée paisible. Le radeau avançait avec une rapidité rassurante sur la rivière apaisée. On pouvait croire que la région des courants et des remous se trouvait enfin dépassée. Il fut décidé que l'on ne s'exposerait plus aux dangers de bivouaquer sur le bord de la rivière, et que l'on continuerait d'avancer. Les vivres diminuaient, on avait perdu beaucoup de temps à attendre Rivals, il fallait se hâter d'atteindre Andoas et d'y armer une barque indienne. Qui pouvait répondre que le navire portugais envoyé par Sa Majesté Très-Fidèle se résignerait à attendre plus longtemps Mme des Odonais?

Oui, il fallait arriver, arriver vite à la prochaine mission.

Durant la nuit suivante, et tandis que Sébas tenait la rame, les sons éclatants de plusieurs trompettes résonnèrent tout à coup sur le rivage.

— Les sauvages! s'écria Pablo en ouvrant brusquement les yeux.

La pagaie s'échappa des mains de Sébas, et si don Antonio ne l'avait retenue à temps, elle glissait dans la rivière.

Le bruit des trompettes éclata de nouveau comme une fanfare de guerre. Au moment où ce bruit strident l'arrachait au sommeil,

au cri de Pablo, Antonio se dressa sur le radeau, s'appuyant d'une
main au mât et interrogeant les ténèbres avec anxiété ; mais, a la
seconde aubade de trompettes, il ne put s'empêcher de sourire.

— Non, Pablo, dit-il, ce ne sont pas les Indiens, et cette côte
est inhabitée.

— Mais, père, qui donc sonne une fanfare ?

— Tout simplement un oiseau que l'étrangeté de ce bruit a fait
surnommer le *trompetero*.

— Eh bien ! cet oiseau possède une singulière voix !

— Voix n'est pas absolument le mot propre, Pablo... Les premiers voyageurs et les premiers missionnaires qui l'entendirent et
lui donnèrent son nom, crurent d'abord que cet oiseau était doué
d'un larynx conformé d'une façon spéciale, mais ils ne tardèrent
pas à constater que la trompette de l'oiseau n'était point dans sa
gorge, au contraire...

Pablo rit de bon cœur et se rendormit sans rien craindre des
Indiens, des caïmans, des pumas et des cougouars.

Le voyage se continua sans incidents, tout le long du Bobonazo
fleuri de passiflores et des calices rouges des lianes qui s'enche-
vêtraient en berceaux de verdure piqués de pourpre ; le voyage
semblait devoir se poursuivre sans encombres, lorsque tout à
coup, brusquement, sans que l'eau parût moins calme, le radeau
chavira, poussé par une force inconnue, et sans que la brusquerie
de ce mouvement eût pu être prévue par les passagers. Un cri de
terreur jaillit de toutes les poitrines ; les femmes venaient de disparaître, et l'enfant avec eux. Une petite main apparut au-dessus
de l'eau formant des cercles, puis rien...

Heureusement, Antonio et fray Juan étaient excellents nageurs.

Le premier plongea, cherchant sa sœur et son fils. L'enfant ne
luttait point contre une mort qui paraissait imminente ; il était
tombé au fond de la rivière, et déjà les bêtes formidables qui dévorent et empoisonnent arrivaient vers le point où le sinistre
venait de s'accomplir. Mais don Antonio aperçoit Pablo, le saisit
par un bras, nage, remonte, gagne la berge, l'y dépose en sûreté
et, plongeant de nouveau, il cherche Mme des Odonais. Le courant,
si faible qu'il fût, l'avait entraînée. Le sentiment de la conservation
luttant contre l'effarement de la catastrophe, lui donnait assez de

courage pour tenter d'échapper à la mort. Elle agitait les bras,
essayant de remonter du fond de l'abîme. Sa poitrine s'oppressait;
elle entendait des bruits sourds dans les oreilles; l'énergie dont
elle faisait preuve céda bientôt à la fatigue. Incapable de gagner le
rivage, elle se laissait aller au courant, quand la crainte d'un nouveau péril lui fit rassembler ses forces. Un gymnote s'avançait vers
elle, et le monstre préparait déjà ses armes, afin d'étourdir sa victime. Isabelle essaie de fuir; le gymnote nage plus vite; un coup
de sa queue électrique paralyse subitement les membres de la
malheureuse femme, qui, à la minute suprême où elle sent ses
forces physiques lui échapper, envoie une dernière pensée vers
celui que, suivant son expression, elle allait chercher dans la mort.

Cependant, Antonio continuait à la chercher; deux fois la fatigue
l'oblige de remonter à la surface de l'eau afin de respirer; deux
fois il plonge, cherchant avec angoisse, avec désespoir. Le gymnote, en s'avançant à son tour sur lui, le force à manier le couteau
pendu à sa ceinture, et, tandis qu'il perce le monstre au flanc,
il aperçoit immobile, étendue sur son lit de sable, Isabelle, vers
laquelle d'autres monstres s'avancent en nageant et en rampant.
Avec une présence d'esprit égalée par son courage, il continue
de menacer la bête dont les propriétés stupéfiantes font courir à
ceux qu'elle atteint un immense danger; puis, enlevant par ses
longs cheveux noirs Mme des Odonais, il nage vers le bord.

Si peu redoutables que parussent souvent les caïmans du Bobonazo, Antonio sentit un effroi mortel en voyant s'avancer vers lui
un de ces amphibies à la queue squameuse, à l'énorme mâchoire.
Le gymnote perdait trop de sang pour rester dangereux; tous les
efforts d'Antonio devaient donc tendre à éloigner ou à vaincre son
nouvel ennemi. Le fuir n'était plus possible; la bête nageait, se
rapprochant sans cesse. Encore une seconde et elle ouvrait sa
gueule armée de dents formidables pour dévorer l'une et l'autre
des proies qui lui étaient envoyées. Il ne fallait pas songer à entamer la peau rugueuse du monstre. Le seul moyen de lui échapper
était d'employer celui auquel ont recours la plupart des Indiens
dans la baie de Guayaquil ou de Santa-Fé de Bogota. Antonio
s'efforça de soulever hors de l'eau la tête d'Isabelle évanouie,
qu'il soutenait de la main gauche; puis, raidissant son bras droit

armé d'une large lame espagnole, il attendit. Le caïman ouvrit sa
mâchoire démesurée dans laquelle disparut le bras d'Antonio. Au
même instant, un rugissement de douleur échappa à l'amphibie; sa
mâchoire essayait de se fermer, mais chaque tentative enfonçait
plus avant le couteau et doublait l'horreur de la blessure.

En quelques brasses, Antonio se trouva près de la rive, il saisit
une liane et déposa Mme des Odonais sur l'herbe. Elle était sans
mouvement. La paralysie, causée par la décharge électrique du
gymnote, l'avait pour de longues heures privée de sentiment.
Obligé, pour la rejoindre, de descendre le courant avec elle, don
Antonio se trouvait alors à quelque distance de l'endroit où surna-
geaient les débris du radeau. L'épaisseur des fourrés ne lui permettait de voir aucun de ses compagnons. Son angoisse grandissant de seconde en seconde, il appela d'une voix déchirante son
frère et Pablo.

Fray Juan lui répondit, et bientôt le moine, agenouillé sur le
sol, tout ruisselant encore, affaibli par le sauvetage des trois mulâtresses, s'occupa de concert avec Antonio de rappeler Isabelle à la
vie. Lentement et au bout de plusieurs heures, Mme des Odonais
ouvrit les yeux.

— Antonio! Juan! dit-elle, Dieu est bon, je vous retrouve...
Pablo?

— Sauvé!

— Dorilla, Zora, Ouida?

— Vivantes.

— Qu'est devenu Sébas?

— Il en sera quitte pour la peur.

Isabelle, rassurée, tomba dans une sorte de demi-sommeil.

Antonio et fray Juan appelèrent alors les mulâtresses, et leur
donnèrent des indications sur ce qu'elles avaient à faire pour
soulager Mme des Odonais.

Tandis que les deux frères s'éloignaient, Dorilla, Ouida et Zora
enlevèrent à Isabelle ses vêtements mouillés, frottèrent doucement
son corps avec des touffes de coton; puis, cherchant non loin ces
feuilles dans lesquelles Joaquin trouva jadis des couvertures, elles
entourèrent Mme des Odonais d'un pagne en feuilles de dimensions
énormes, et, avec un goût charmant et bizarre, en drapèrent

soigneusement ses épaules. En un instant, les mulâtresses en firent autant pour elles-mêmes, remplaçant leurs vêtements, alourdis et ruisselants d'eau, par un costume plus agreste. Il fallait peu de temps au soleil pour sécher les habits de Mme des Odonais et ceux de ses compagnes, et quand, reposées par un court sommeil des terribles émotions qu'elles venaient d'éprouver, les jeunes filles rouvrirent les yeux, jupes et mantilles pouvaient être reprises par les voyageuses.

La nature de l'accident auquel était dû le désastre fut alors connue : un de ces arbres géants qui bordent le Bobonazo, miné par les eaux ou par l'âge, avait roulé de la berge dans la rivière, dont les eaux lui servaient de soutien ; le radeau, faiblement assemblé, avait été accroché par les branches de l'arbre submergé, disloqué et renversé, en un instant, par une de ces fatalités que l'homme reste impuissant à prévoir.

Le radeau, qui, deux jours auparavant, semblait aux voyageurs un moyen de salut providentiel, ne pouvait plus devenir d'aucune utilité. Ce qui venait d'arriver pouvait se présenter encore.

— Décidément, dit fray Juan, il faut renoncer à naviguer sur le Bobonazo !

— Que faire ? demanda Antonio.

— Nous avons des vivres pour deux jours à peine, ajouta fray Juan.

— C'est vrai, frère, dit en survenant Mme des Odonais, mais il en reste au carbet...

— Quoi ! tu songerais à y retourner ?

— Il le faut !

— Tu n'aurais jamais la force de faire cette route à pied.

— Tu te trompes, frère, je l'aurai... La fatigue est moins redoutable que la faim... Ne faut-il pas, d'ailleurs, que j'arrive à Cayenne ?

— Ah ! plutôt renoncer à cet impossible voyage ! Il est beau d'avoir du courage, mais il ne faut pas tenter Dieu !

— J'ai seulement confiance en lui... Il nous éprouve, mais il nous garde !

— Il nous garde ! répéta Antonio avec une sorte d'amertume. Rappelle-toi le village abandonné, la fuite des porteurs, la trahison du pilote, le départ sans retour de Rivals, le naufrage du radeau...

— Mais nous vivons, frère, nous vivons! et il nous reste assez de force encore pour retourner là-bas, et pour y prendre des vivres...

— Et après? demanda fray Juan.

— Après? nous marcherons!

— Vers Cayenne? demanda Antonio.

— Vers Cayenne, où m'attend mon mari.

— Mais la force te manquera.

— Ma force est dans mon cœur, et dans l'obligation de remplir mon devoir...

— Nul ne t'oblige à t'immoler à ce devoir.

Mme des Odonais se tourna vers fray Juan :

— Tu m'as mariée à Jean des Odonais, dit-elle; réponds comme prêtre à ce que dit Antonio.

— Ah! s'écria le moine, la prudence humaine te donne tort; mais je t'aime comme frère, et comme prêtre je t'admire et je t'approuve!

— Partons donc, dit Isabelle, nous n'avons que trop perdu d'heures!

— Attendons à demain; c'est assez d'un naufrage et de huit sauvetages dans un jour.

On campa sur le bord du fleuve, à l'abri de trois brasiers entretenus par Sébas, et dès le matin on se remit en route. En dépit des espérances de Mme des Odonais, il fallut quatre jours pour regagner le carbet, et la petite troupe y arriva dans un complet abattement, causé par l'excès de fatigue et le manque presque absolu de nourriture.

On trouva dans la cachette du manioc et du maïs; ces provisions furent équitablement partagées entre les voyageurs; chacun devait rester chargé de ses vivres jusqu'à l'arrivée à Andoas. Il ne fallait nullement compter sur les ressources de la forêt. Ni Sébas, ni Antonio, ni fray Juan, privés d'armes à feu et ignorant la façon de chasser des Indiens, ne pouvaient tuer de gibier. La pêche seule offrait quelques chances de succès. Mais la pêche demandait du temps, et le temps était désormais la vie !

Les voyageurs reprirent à la file une route étroite le long de la rivière. En ne s'écartant point de ses bords, si le chemin devait

prendre un grand nombre de jours, ils étaient du moins certains
de ne pas s'égarer.

Mme des Odonais conservait le même courage ; elle semblait
même prendre à tâche de se montrer sans inquiétudes. Depuis le
commencement de ce voyage, elle affirmait ne point sentir de
fatigue. Une noble pensée, un saint héroïsme soutenaient ce corps
délicat. La créole de Rio-Bamba n'était plus qu'une femme intré-
pide, allant au-devant du péril parce que son devoir était de le braver.

Il faut bien l'avouer, depuis la catastrophe du radeau, don Antonio paraissait en proie a une morne inquiétude. Ses regards se
tournaient vers son fils avec une angoisse qu'il n'était plus maître
de dissimuler. Jeté par son affection pour sa sœur au milieu d'une
terrible aventure, il se demandait s'il n'était pas coupable envers
sa femme et ses fils. Il pressait Pablo dans ses bras avec une tendresse effrayée, douloureuse, et Pablo souriait... Mais l'insouciance de son âge, moins qu'une délicatesse précoce, amenait le
sourire sur ses lèvres. Lui aussi s'épouvantait de cette route sans
fin, des canots coulant sous les pieds, des trahisons multiples, des
visions monstrueuses, des bruits terrifiants que chaque nuit rame-
nait avec elle. En dépit d'une bravoure charmante, il se sentait
parfois frissonner à un souvenir.

D'ailleurs, si bas que parlassent fray Juan et Antonio, l'enfant
saisissait un lambeau de phrase, un mot, devinait le sens d'une
réticence. Un autre symptôme l'effraya plus encore : à l'heure des
repas, sa portion de manioc ou de grains de maïs, que faisaient
griller les mulâtresses, demeura semblable à celle des jours précé-
dents ; mais il ne tarda pas à remarquer que celles de Zora, de
Dorilla et de Ouida diminuaient un peu, tandis que celles des
hommes se trouvaient réduites de moitié. Et, cependant, Pablo
riait en marchant le long du Bobonazo, et semblait n'avoir d'autre
souci que celui de cueillir les fleurs à portée de sa main, et d'essayer de saisir les magnifiques papillons.

— Maîtresse, dit Zora à Mme des Odonais, le troisième jour
du voyage, ne trouvez-vous pas que la rivière a les allures d'un
buio ? Elle se déroule comme le géant des serpents. Après une
pointe de terre se creuse une crique, puis de nouveau le rivage
varie, et nous doublons la route à faire.

— C'est vrai ! murmura Mme des Odonais.

— Dis-moi, demanda Pablo, le *buio* est-il plus terrible que le *yaca-mama*.

— *Santa Virgen!* petit maître, Dieu veuille que nous ne le trouvions pas sur notre route ! Une seule fois, dans ma vie, j'ai aperçu un de ces monstres, et j'ai failli mourir de peur.

— Tu es brave, cependant ! répliqua Pablo.

— Oh ! brave ! répéta la mulâtresse... Figurez-vous, petit maître, que personne n'est brave devant un *buio*.

— Il est donc bien affreux ?

— Plus que je saurais dire... D'abord, sa grosseur égale au moins celle de la mère de l'eau ; mais ce qui augmente l'horreur qu'il inspire, c'est qu'il est complètement couvert de poils hérissés et durs... On dirait une immonde chenille de la grosseur d'un arbre de dix siècles, comme celui dans lequel l'Indien creusa notre canot. Le *buio* étouffe un bœuf, un chiguire, un cheval, dans ses replis; seulement, comme il manque de dents, il se contente de briser sa proie dans ses étreintes, de l'amollir avec sa salive ; puis il l'avale lentement, des pieds à la tête, et met longtemps à la dévorer. Un *buio* que Joaquin tua, un jour, dans un bois, avait avalé déjà la moitié d'un caïman. On ne voyait plus du reptile que ses pattes de devant et ses grandes mâchoires s'agitant avec un bruit effroyable... Joaquin tua le *buio*, que les difficultés de la digestion rendaient incapable de se défendre... Mais bien peu d'hommes en auraient eu le courage...

— Oui, répéta l'enfant, Joaquin est brave ! pauvre Joaquin !

Deux journées se passèrent encore. Le jour où la petite troupe campa sur les bords du Bobonazo, en face du radeau dont les derniers débris flottaient à la surface, la diminution des vivres était si grande qu'une même terreur saisit à la fois Antonio, fray Juan et Mme des Odonais. Le moine prit dans ses mains les mains fiévreuses de sa sœur :

— Une des mulâtresses faisait, il y a peu de temps, une remarque d'une grande justesse : les sinuosités de la rivière doublent la longueur d'un chemin déjà si long... Nous pourrions raccourcir de beaucoup la route; mais le moyen à employer offre lui-même des dangers.

— Qu'importe? répondit Mme des Odonais; jusqu'à cette heure, nous les avons traversés avec l'aide Dieu, Dieu est encore avec nous... Que pouvons-nous faire pour arriver plus vite?

— Quitter les rives du Bobonazo et couper à travers la forêt.

— En effet, répondit Isabelle, de cette façon nous arriverons plus vite à Andoas.

— Est-ce aussi ton avis, frère? demanda fray Juan à Antonio.

— Oui, oui, répondit Antonio, car mon enfant pâlit et mon cher niño a la peau brûlante. Allons devant nous, tout droit... Chaque soir, nous aurons le soin de nous endormir dans la direction de la rivière, et de cette façon nous éviterons de nous égarer.

Les mulâtresses inclinèrent la tête avec soumission. Elles ne chantaient plus, elles se parlaient à peine... Pauvres filles de seize ans! Elles se souvenaient alors des longues soirées à Sudtrépied, de la gaieté de Rio-Bamba, des fêtes et des danses qui les réunissaient parfois au son d'un orchestre bizarre; et tandis qu'elles évoquaient ce passé joyeux, elles suivaient, lasses et la poitrine brûlante, le chemin que don Antonio ou fray Juan frayaient à coups de hache.

Il fallut bientôt porter Pablo; Sébas le gardait sur son épaule, et s'efforçait, grâce à une verve demeurée intarissable en dépit des événements, de rendre la gaieté au niño. Celui-ci remerciait du regard, d'un mot affectueux, mais il ne pouvait plus cueillir les fleurs de lianes ni poursuivre les colibris dans les corolles empourprées.

Tant que les voyageurs suivirent les rives du Bobonazo, il leur fut possible de voir le ciel, l'eau claire et bleue; mais, depuis qu'ils étaient entrés dans la forêt, la cime des arbres empêchait les rayons du soleil de parvenir jusqu'à eux. L'air ne circulait pas dans les branches.

Une atmosphère épaisse, souvent délétère, les oppressait, cette atmosphère des lieux humides qui fait monter du sol une sorte de fermentation dangereuse causée par les débris de végétaux et d'animaux qui engraissent la terre et sont le secret d'une fécondité presque effroyable. Qu'elle leur semblait vaste et sans fin, cette forêt pleine d'ombres épaisses, au milieu de laquelle n'existait aucune route. Les terreurs de la nuit s'augmentaient d'un sentiment d'isolement plus grand qu'ils ne l'avaient ressenti dans la première partie de leur voyage.

Tandis qu'au-dessus de la cime des arbres s'épanouissaient des fleurs admirables, tout restait sombre et morne dans le bois.

La chaîne des Andes, dont les voyageurs suivaient presque la dernière vallée, et qui partage l'Amérique méridionale en deux parties inégales, monte, puis descend la gamme des végétaux. Tous les genres de plantes se trouvent réunis dans un espace relativement restreint, et le condor peut effleurer dans la même journée les plans de la Cordillère, équivalant à la région des rhododendrons, des *réfaria* et des herbes alpines, tandis que son dernier coup d'aile rase les fleurs rosées des quinquinas, les groupes divers des plantes lactescentes, comprenant les euphorbiacées, les apocinées, les urticées, qui réclament une haute température pour l'élaboration de leurs sucs.

Dans les *silvas* qu'allaient parcourir les voyageurs, les arbres ne couvrent pas seulement la majeure partie des plaines suivant le Bobonazo, la Palaza et l'Amazone, mais la Cordillère de Chiquitos, celle de la Parime.

La forêt au sein de laquelle s'enfonçaient les malheureux, que la sublime folie du dévouement poussait vers Cayenne et l'Oyapok, est six fois plus grande que la France; elle s'étend du 18ᵉ sud au 7ᵉ et 8ᵉ nord, et occupe 120.000 lieues carrées; et c'est au sein de cette solitude qu'erraient, affaiblis et presque sans vivres, deux hommes, un moine, une femme, trois jeunes filles et un enfant!

La bête s'élança brusquement. (*Voir page* 128.)

XI
DANS LA FORÊT VIERGE

Un matin, fray Juan prit à part Antonio et Sébas. L'humilité du moine et la charité de l'homme rendaient égaux, à

cette heure, les compagnons de l'héroïque Mme des Odonais.

— Voici ce qui reste de vivres, dit fray Juan : nous les garderons pour les femmes et Pablo.

— C'est bien, répondit Antonio.

Sébas ne répondit rien, et se promit d'essayer de prendre au moins un perroquet ou un jeune singe.

Mais la chasse devenait impossible en cet endroit. Sébas était sans armes, et quand il s'approchait d'une proie qui paraissait sans défiance, l'oiseau s'envolait rapidement, et le singe, soutenu par les lacis des béjuques, éclatait de rire en se voyant à l'abri du chasseur.

Depuis trente-six heures, les trois hommes n'avaient rien pris, quand don Antonio découvrit un plant de coca. Il le dépouilla de ses feuilles et partagea sa récolte. Ces feuilles de coca étaient la vie pour plusieurs jours. Les malheureux mineurs, travaillant aux mines d'or, ne se soutiennent qu'en mâchant la feuille de ce précieux arbuste.

Jusqu'à ce moment, les voyageurs, suivant le conseil d'Antonio, avaient grand soin de se coucher, le soir, dans la direction du Bobonazo. Ils étaient certains de ne s'être point égarés. En dépit de leur faiblesse, des épreuves de la faim qu'ils commençaient à ressentir, ils espéraient encore arriver à Andoas, sinon robustes, du moins vivants.

Un soir, tandis que Sébas cherchait du bois mort pour allumer le feu de la veillée, un bruit lointain, retentissant, frappa l'oreille des voyageurs. On eût dit la course cadencée d'une troupe d'animaux au pas lourd. Ce bruit s'approchait; Antonio enleva son fils dans ses bras, Juan se rapprocha de Mme des Odonais, et les malheureux attendirent, en proie à une terreur profonde, se demandant quels ennemis allaient fondre sur eux. Les hommes saisirent des bâtons et s'apprêtèrent à soutenir une lutte inégale.

Le galop effréné se rapprochait toujours. Que pouvaient les voyageurs? — Fuir? Leur épuisement les eût bientôt fait tomber sur le sol; mieux valait attendre, serrés l'un contre l'autre, et tenter d'assommer les premiers assaillants.

Ceux-ci arrivèrent comme un torrent en furie, courant, bondissant, la tête baissée, ne voyant, ne menaçant point, mais fuyant

comme affolés! Les coups portés par Antonio, Juan et Sébas
atteignirent les chiguires sans parvenir à les séparer; mais, loin
d'avoir à s'applaudir de ce succès, Antonio dut bientôt le regretter.
Deux des mulâtresses, renversées sur le sol, furent piétinées par la
troupe furieuse; la terreur saisit la dernière esclave et Pablo,
échappant à la sauvegarde de sa tante, s'éloigna, croyant échapper
au danger par la fuite. Antonio court à son fils, le rejoint, le
serre sur sa poitrine, le calme et le réconforte; la bande des chiguires disparaît dans l'ombre, le tumulte de sa course insensée
s'apaise et les voyageurs respirent.

Sébas allume le feu du bivouac, et les malheureux vont chercher
un peu de repos, quand Mme des Odonais s'écrie, en joignant les
mains :

— Antonio, Juan, retrouverez-vous la route?...

En effet, la commotion produite par le passage de la bande de
chiguires avait fait perdre aux voyageurs la ligne droite parallèle
au Bobonazo, dont ils ne s'étaient pas éloignés depuis leur entrée
dans la forêt.

— Dors en paix! lui répondit Antonio, demain nous la reconnaî-
trons.

Mais la question de sa sœur venait de jeter M. de Grandmaison
dans une profonde inquiétude. Au moment où déboucha la bande
des chiguires, les voyageurs, heurtés, effrayés, meurtris, perdirent
la direction suivie. Tout en rassurant Isabelle, don Antonio était
loin d'être tranquille. Il ne put dormir de la nuit. Tandis qu'il
regardait le feu du bivouac brûlant dans l'ombre, il repassait les
terribles péripéties de ce voyage, et demandait si Dieu lui permet-
trait de l'achever.

Les tourments de la faim commençaient à se faire sentir. On
ne pouvait espérer trouver beaucoup de coca dans cette partie de
la forêt. Qu'allaient devenir les voyageurs si, à l'aube, l'un d'entre
eux ne reconnaissait pas la route? Un indice aurait pu les guider :
la trace des pas; mais les chiguires l'avaient sans doute effacée
sous leurs piétinements.

Antonio fut debout le premier. Il interrogea le sol, les
troncs d'arbres, la direction des branches; il vit de tous côtés
des traces de dévastation, mais aucun indice découvrant le

chemin suivi, rien de capable de lui révéler la route d'Andoas.

Sans nul doute, Joaquin aurait su retrouver la voie, lui! mais Joaquin devait être mort, puisqu'il n'était pas revenu... L'heure que passa Antonio à demander une trace, un indice, fut une de ces heures dont les angoisses ne peuvent être décrites. Que faire? que dire? que répondre à sa sœur quand elle dirait :

— Allons!

Quel était le but? ou plutôt comment l'atteindre? Combien Antonio regretta amèrement d'avoir quitté les rives du Bobonazo, si tortueuses qu'elles fussent. La vue du ciel et de l'eau bleue réjouissait le regard. On pouvait espérer de pêcher quelques poissons à l'aide de plantes enivrantes; mais, dans ce bois, que restait-il à faire? qu'allaient devenir des malheureux incertains de la route à suivre? Tandis qu'Antonio s'adressait cette question terrible, Fray Juan posa la main sur l'épaule de son frère.

Ce que don Antonio se demandait, Juan venait de le demander à Dieu.

— Perdus, n'est-ce pas? dit le moine.

— Perdus! répondit Antonio.

— Isabelle! pauvre Isabelle! s'écria fray Juan.

— Eh! que me ferait de mourir, ajouta Antonio, si je ne devais voir l'agonie de Pablo... comprends-tu cette chose affreuse : voir expirer de faim un être faible et charmant qui meurt sous vos caresses, et que ne sauraient ressusciter vos larmes?

— Cherchons! cherchons encore! dit le moine.

Ce fut en vain que les deux hommes consultèrent les branches froissées, le sol piétiné; ils ne trouvèrent rien! rien!

Isabelle les rejoignit au moment où ils venaient de perdre une dernière et fugitive espérance. Il fallut lui révéler la vérité :

La petite troupe était égarée, elle était perdue...

— Non! non! dit Mme des Odonais, cela est impossible! Dieu doit un miracle à ma confiance; ce miracle, il le fera! Marchons, mes frères, marchons! Il me semble qu'un ange descendrait plutôt du ciel pour nous conduire que de nous laisser en proie à la faim et aux bêtes sauvages. Fray Juan, je vous dois ma foi inaltérable, dites-moi que vous m'approuvez!

Le moine dit à Antonio :

— Marchons !

Alors, à son tour, Mme des Odonais interrogea la forêt sombre. Elle présentait de tous les côtés un aspect presque identique. C'était un amoncellement de troncs géants, auxquels s'accrochaient des béjuques, montant et descendant du sommet au sol, et remontant du sol vers les cimes. Ces masses énormes, ces troncs gigantesques, ces draperies flottantes de feuilles et de fleurs, le charme et l'humeur de ces solitudes remplissaient l'âme d'Antonio et de fray Juan de sentiments opposés ! Le monde végétal agit puissamment sur notre organisme. Son immobilité et sa grandeur nous dominent. Les géants dont l'âge se grave dans l'aubier nous causent une sorte de terreur et de respect.

Mme des Odonais reste un moment immobile.

Tout à coup, cédant à un mouvement de foi et de tendresse admirable, elle prit Pablo dans ses bras, l'amena entre Antonio et fray Juan, puis, s'agenouillant sur le sol, et fixant sur l'enfant des yeux plein de larmes :

— Mon Dieu ! dit-elle, cet être est innocent de nos fautes, il n'a pas mérité sa part de nos malheurs... J'ai entendu raconter que durant une tempête, à laquelle il semblait impossible que résistât son navire, le grand Albuquerque prit dans ses bras un tout petit enfant, et vous demanda en son nom, au nom de sa candeur qui le rapprochait de l'ange, de faire grâce à l'équipage tout entier. Après cette prière, cette adjuration, sublime inspiration d'un cœur chrétien, l'orage s'apaisa, les vagues s'abaissèrent, le navire reprit sa marche et, plus tard, les malheureux, sauvés par vous, allèrent s'agenouiller devant une image miraculeuse... Où vous voudrez, j'irai, Seigneur, pieds nus, sur les genoux... Je me traînerai le long des chemins, pèlerine du devoir et de la reconnaissance... Nous sommes perdus dans ce désert ; l'ange qui apparut à Agar nous en montrera l'issue... Nous avons faim, nous souffrons de la soif, guidez l'enfant, et que l'enfant nous conduise... Où il ira, nous irons, Seigneur ! et cette confiance est notre plus grand témoignage de respect et d'amour...

Les yeux du moine se mouillèrent de larmes. Il posa la main sur la tête de Pablo.

— Va! dit-il, quelle que soit la volonté du Seigneur, nous nous y soumettons !

Pablo se rejeta en sanglotant dans les bras de Mme des Odonais.

— Je ne sais pas! dit-il, je ne sais pas !

— Il le faut! comprends-tu, Pablo, il faut marcher ; il faut que j'arrive, il faut que nous soyons tous sauvés!.. Niño, choisis le sentier et, comme l'a dit fray Juan, nous nous inclinons sous la main du Seigneur!

Pablo regarda autour de lui, étendit les mains, et dit :

— Par là...

Et la petite troupe se remit en marche.

Peu après, comme si le ciel eût voulu leur donner un signe favorable, les troncs d'arbres parurent moins rapprochés, et il fut possible d'entrevoir le ciel à travers la cime des arbres. Une clairière ne tarda pas à s'ouvrir, clairière remplie de fleurs et d'oiseaux, et dont le riant aspect consola les voyageurs sur lesquels pesaient les ombres du bois. La plaine étroite, succédant à la forêt, présentait des oppositions végétales inattendues. Parfois on ne voyait sur des troncs vivants aucune trace de feuilles. Hérissés de dards et couronnés de fleurs semblables à des flammes rouges, ils ressemblaient à un gigantesque bouquet. Des cactus se roulaient en globes sur le sol récemment dévasté par un incendie ; d'autres se dressaient, réguliers et pressés, semblables à un jeu d'orgue végétal. Des cierges énormes s'élançaient en sveltes colonnades, des raquettes bizarres portaient des corolles flamboyantes.

En fouillant le sol, Zora trouva un melocactus défendu par de cruelles épines, mais dont elle approcha la moelle fraîche des lèvres altérées de Pablo, tandis que fray Juan, déchirant l'écorce d'un cactus haut de trente pieds, appelait sa sœur et don Antonio, afin qu'ils se désaltérassent aux sources végétales du désert. Le soulagement, apporté à la souffrance des voyageurs par la découverte de ces plantes bienfaisantes, affermit Mme des Odonais dans l'espérance que son ardente prière venait d'être exaucée.

Elle voulut passer la nuit suivante dans cette clairière. Au matin, le suc des cactus calma les tortures des voyageurs, qui, profitant de l'augmentation de forces procurée par cette rencontre, se mirent en marche avec un nouveau courage.

Mais ils ne tardèrent pas à quitter la clairière pour rentrer dans le bois plus sombre, où des frôlements dans l'herbe leur révélaient la présence de serpents nombreux.

Parfois, à l'élasticité du sol, ils devinaient que leurs pieds reposaient sur un terrain marécageux ; mais les lianes, les plantes avaient jeté au-dessus un pont élastique, et la troupe passait.

Le long de cette route sans issue, poursuivie avec une constance héroïque, leurs regards étaient attirés vers des plantes vivantes qui ont leur nourriture dans le cadavre des arbres morts. Les pothos couvraient les branchages vermoulus de tiges herbacées et charnues ; les orchidées épanouissaient leurs fleurs, qui semblent, dans la bizarrerie de leurs variétés, vouloir lutter de forme et de couleur avec les papillons et les fleurs de ce monde, où les fleurs n'ont pas seulement l'éclat des couleurs, mais la chaleur vivante.

Afin d'occuper l'esprit de sa sœur pendant un des repas que prenait la petite troupe dans la forêt, Antonio lui désigna des *ariodées*, plantes sans tronc, poussant à des racines aériennes, et lui dit :

— Peut-être, Isabelle, et toi, Pablo, n'aurez-vous jamais occasion de revoir une autre fois cette plante étrange, douée de la propriété vitale de développer une chaleur fébrile, appréciable au thermomètre.

— Qui cause cette chaleur temporaire, père ? demanda l'enfant.

— Une augmentation considérable dans l'absorption de l'oxygène atmosphérique.

— Oui, répondit doucement l'enfant, je conterai cela, plus tard, aux autres enfants de l'Europe... quand tu m'auras placé au collège... Mais comme c'est loin, l'Europe, père, et comme je suis las!..

Depuis une minute, Sébas, frappé par une violente odeur de musc, restait à demi caché dans un buisson, guettant si une proie ne passait point à sa portée. Il croyait avoir trouvé une piste.

— Levez-vous, et n'attendez pas davantage, lui dit une des mulâtresses, cette partie du bois devient dangereuse. Le violent parfum, qui trahit le passage de la bête que vous voudriez saisir, pourrait nous asphyxier... Après cela, murmura Zora, mourir de cette mort est sans doute moins douloureux que de mourir de faim.

Le soir venu, Pablo se sentit tellement brûlé par la fièvre, qu'au lieu de le confier à Antonio, Mme des Odonais le plaça dans une sorte de lit suspendu, formé d'un filet de lianes.

Il y avait deux jours que les voyageurs avaient trouvé quelques cactus, et, depuis ce temps, la faim et la soif les faisaient cruellement souffrir.

Une sorte de délire s'emparait de Dorilla. Assise sur le sol, et moins pour endormir Pablo que pour se bercer elle-même, elle chantait vaguement, les yeux levés vers la voûte des arbres majestueux, envahis par les ramures fleuries des *paulinia*, du *bonisteria*, des passiflores; les rameaux sans feuilles des *bauhinia* tombaient des cimes élevées des acajous et ces *swietenia*. Un balancement léger paraissait agiter les lianes.

Tout à coup, la jeune fille frémit de tout son corps, elle venait d'apercevoir les yeux d'un chien sauvage luisant entre les feuillages. Ces animaux, dont la cruauté surpasse celle des couguars, possèdent une prodigieuse habileté pour s'insinuer à travers les lianes, afin d'y chercher des oiseaux, des serpents, et même des singes.

Pâle de terreur, la mulâtresse conserva cependant assez d'empire sur elle-même pour garder le silence.

Elle se leva sans bruit, s'approcha d'Antonio et lui montra l'animal.

Le jeune homme prit le couteau passé à sa ceinture et qui lui servait, durant le jour, à frayer un chemin à sa sœur, puis, s'accrochant à un cordage de *bauhinia*, il parvint à la même hauteur que la bête.

De l'enfant immobile, l'attention du fauve se porta sur l'adversaire qui se plaçait en face de lui. Antonio avait une seule main libre, celle qui tenait le couteau. La bête recula, darda ses yeux verdâtres sur l'homme, et vint tomber sur la poitrine de M. de Grandmaison qui eut un mouvement de surprise. L'animal essaya de mordre son ennemi; mais celui-ci, levant son couteau, trancha la gorge du chien, qui roula au pied du hamac de Pablo.

— Père, demanda l'enfant, qu'y a-t-il?

— Sébas va cuire notre souper, répondit fray Juan.

En effet, quelque peu savoureuse que soit la chair du chien sau-

vage, les voyageurs, à demi morts de faim, lui trouvèrent une saveur
exquise. Réconfortés par ce repas, ils se mirent le lendemain en
route avec un nouveau courage, et continuèrent à marcher devant
eux, de l'aurore au soir; puis, après avoir dormi sous la garde de
fray Juan entretenant les brasiers, le lendemain ils marchèrent
encore... et toujours ainsi, toujours...

Mais la capture du chien sauvage fut le dernier moyen de salut
qu'ils trouvèrent dans la forêt sans bornes.

Jour par jour, heure par heure, ils sentirent la faim leur déchi-
rer les entrailles, la soif brûler leur gorge et leur poitrine, la fièvre,
une fièvre terrible, les dévorer. Après avoir marché, ils se traînèrent...

Enfin, chancelants, le front entouré d'un cercle de feu, les
oreilles pleines du bruissement des cascades ou des grondements
de la foudre, ils s'étendirent sur le sol non plus pour s'y reposer,
mais pour y mourir.

Les tortures successives avaient épuisé leurs forces plus que
leurs courages : Mme des Odonais demeura la dernière debout.
N'espérant trouver aucun aliment dans ce désert, elle multiplie les
tentatives pour tromper la faim dont souffraient ses infortunées
compagnes. Elle demande à la fleur, à la feuille roulée une goutte
de l'eau du ciel pour les lèvres brûlées de l'enfant. Elle arrache
du sol des racines inconnues, et les rejette dans la crainte que ces
plantes ne recèlent du poison.

Les trois mulâtresses, pâles comme des spectres, se traînent à
ses genoux et les embrassent :

— Maîtresse, lui dit Zora, vous avez été bonne et nous mour-
rons avec joie à votre service !

— Mourir! s'écrie Sébas en se dressant sur les pieds avec l'énergie du désespoir, mourir! Mais je ne veux pas! Je tiens à vivre,
moi! Qu'importe que ce soit dans la peau d'un coquin, si je respire,
si je bois, si je joue, si je gagne et dépense de l'or!.. Mourir,
quand mon maître m'a promis la moitié du butin! Non, non! Je
brouterai de l'herbe, je me traînerai comme un reptile, mais je
vivrai, je veux vivre!

Un étourdissement le jeta sur le sol.

— Je ne peux pas! je ne peux pas! Suivez-moi, ajouta-t-il en se

tournant vers don Antonio, oubliez le mal que vous a causé Rivals
en emportant, en volant les pierreries... Le jour du départ, il
savait bien qu'il ne reviendrait jamais!

— Misérable! dit Antonio qui se dressa sur ses mains, misérable! tu connaissais ce complot infâme...

— Rivals me l'a confié, mais je n'ai pas trahi, moi, j'ai porté
ma part de fardeaux, j'ai manié la pagaie... Sacripant j'ai vécu, et
sacripant je reste! De l'eau, Madame, une goutte d'eau : l'enfant
est perdu, tandis que moi, je garde encore des forces, je puis
vivre...

Et Sébas essaya de saisir une feuille conservant un peu de rosée
et qu'elle destinait à Pablo.

Antonio crispa l'une de ses mains sur le bras du misérable.

— Tu mourras! dit-il, tu dois mourir, je te condamne, moi!

Et, levant son couteau, M. de Grandmaison allait frapper.

Fray Juan lui arracha l'arme des mains.

— Il n'est plus de vengeance pour ceux que Dieu rappelle, dit-il.
Il nous reste quelques heures pour nous pardonner et prier...
Sébas échappa à M. de Grandmaison, arracha une poignée de
feuilles et la mâcha avidement; s'il ne la satisfaisait, il trompait
du moins sa faim. Mme des Odonais, qui gardait, à elle seule,
plus d'énergie que tous ses compagnons, découvrit un malheureux
oiseau que venait de blesser à mort une bête de proie. Ce fut
un repas encore... La nuit se passa, le jour revint. Le souper de la
veille avait rendu aux malheureux la force de se traîner; ils cou-
rurent dans le désert, cherchant avidement de quoi apaiser leur
faim. Sébas trouva un rayon de miel. Étranger au pays, avide d'aliments, il porta le gâteau à sa bouche et, quelques minutes après,
il se tordait dans les convulsions de l'agonie. Ce miel, comme le
suc des plantes dont il fut formé, était devenu un poison.

Fray Juan s'approcha du valet de Rivals, essaya de lui parler de
repentir; mais Sébas se tordait dans des douleurs atroces, il
repoussait le moine, et ce fut avec un nouveau blasphème qu'il
rendit le dernier soupir.

Antonio serre sur son sein son enfant, qui délire, et couvre de
baisers et de larmes son front innocent.

— Père! père! dit Pablo, vois-tu comme Dieu nous prend en

pitié... Des anges descendent du ciel, ils portent des corbeilles pleines de fruits et des coupes de cristal remplies d'une eau limpide... A boire, chers anges! j'ai soif... A manger, messagers d'en haut, j'ai faim... Après, si vous le voulez, vous me donnerez des ailes comme les vôtres, et j'irai là-haut, là-haut où volent les condors des Andes, où passent les nuages blancs... Père! père! les anges ne me donnent pas les beaux fruits de leurs corbeilles, ils me couvrent de fleurs, ils me parlent du paradis, ils m'attachent des ailes...

— Pablo, dit Antonio d'une voix brisée, tais-toi! tais-toi!

— Ah! murmura l'enfant, tu ne veux pas me laisser partir!

— Non, niño, mio querido, reste! reste!

— Je t'attendrai, répondit plus bas encore Pablo défaillant, nous irons tous deux par le même chemin des anges.

Mme des Odonais se mit à sangloter, puis elle se traîna vers Antonio, et serrant dans ses bras défaillants ces deux êtres qu'elle avait tant aimés :

— Pardon! dit-elle, pardon... C'est moi qui vous ai entraînés à ma suite dans ces solitudes, moi qui vous ai perdus en acceptant votre dévouement admirable! C'était mon devoir, à moi, de courir du côté où m'appelait mon mari... Mais vous! vous pouviez rester et vivre heureux à Rio-Bamba... Toutes vos douleurs sont mon œuvre : j'ai seule causé votre martyre... pardonnez-moi! pardonnez-moi!

Fray Juan se dressa contre un arbre, dominant le groupe d'agonisants de sa haute taille. Les mains étendues pour absoudre, il murmura une admirable prière :

— Dieu nous voit, dit-il, Dieu accepte notre martyre en expiation des fautes de notre vie. Sois absoute, Isabelle, des fautes que t'arracha la fragilité humaine; ne tremble pas, Antonio, à la pensée de paraître devant ton Juge; tu pris toujours le parti du faible contre le fort, tu distribuas tes biens d'une main libérale : ces actions généreuses te seront payées là-haut!

Juan effleura les fronts courbés, de ses mains tremblantes; puis il tomba sur le sol, les bras en croix, la face contre terre.

Les mulâtresses enlacées sont unies dans le même trépas, et ne

paraissent plus entendre ni les exhortations du moine ni les sanglots de Mme des Odonais.

Seule, elle conserve assez d'héroïsme pour aller encore de l'un
à l'autre des êtres chéris qu'elle voit expirer sous ses yeux, et
tenter de les soulager. Elle rafraîchit leurs fronts brûlants, elle
approche une feuille humide de leurs bouches; elle leur parle de sa
tendresse et de sa douleur au moment où leurs seins exhalent
à peine les derniers soupirs d'une vie expirante. D'un moribond
à un autre moribond, elle se traîne de la sorte.... Nul espoir à
conserver... Nulle aide à attendre... Le lion d'Amérique, le couguar
peuvent, la nuit suivante, faire leur proie de ces malheureux, qui
seront si vite des cadavres.

Quelle suite d'événements étranges et terribles a jeté dans un
désert cette Isabelle de Grandmaison, que nous avons vue à Quito
régner par sa beauté et sa grâce, à Guazmen par son inépuisable
charité?

Comment se fait-il que, pour rejoindre M. des Odonais, elle
ait pris un chemin dont s'effraierait l'homme le plus brave?

Quels malheurs séparèrent ces époux, qui eurent pour témoins
d'une union heureuse M. de la Condamine? Quelle série d'épreuves
a fait de la perle de Rio-Bamba cette voyageuse pâle, amaigrie,
dont les vêtements tombent en lambeaux, et qui garde à peine la
force de mettre le baiser d'adieu sur le front des agonisants, avant
de se coucher près d'eux pour mourir?

L'académicien prit congé du jeune homme. (*Voir page* 139.)

XII
LES JARDINS D'OR DE L'INCA

Quand Isabelle de Grandmaison épousa Jean des Odonais, ce mariage, s'il laissa des regrets à quelques brillants créoles, ne

parut cependant étrange et disproportionné à personne. Dans
l'Amérique du Sud, où les fortunes s'improvisaient, les questions
d'argent demeuraient secondaires. De plus, la mission des académiciens français au Pérou avait appelé, sur tous les savants voya-
geant avec eux, la sympathie et l'intérêt des Péruviens. Il parut
naturel que M. de Grandmaison y Bruno, venu dans les États
lointains du roi d'Espagne sans autre fortune que ses épaulettes
de général, y épousât doña Joseph Pardo y Figueroa, la plus riche
héritière de Guayaquil, et donnât à son tour sa fille à un homme
jeune, ardent, déjà connu par des travaux estimables et qui paraissait prédestiné à un brillant avenir.

Isabelle avait quinze ans. En France, cet âge est encore l'adolescence prête à se fondre dans la jeunesse. Mais sous l'ardent soleil
des tropiques, la créole de quinze ans vient d'atteindre toute sa
grâce et toute sa beauté. De plus, Isabelle, dont la mère était
morte depuis longtemps déjà, et qui passait sa vie à soulager les
misères des Indiens, possédait la maturité d'esprit, la force de
cœur qui complètent la femme réellement digne de ce nom.

Le corrégidor de Rio-Bamba voulut entourer d'une grande
pompe le mariage de sa fille. En dépit de sa simplicité, Isabelle
dut essayer des parures, commander des toilettes. Le soir de la
signature du contrat, il lui remit avec une certaine solennité les
diamants et les perles de doña Josepha.

Isabelle ouvrit devant son fiancé des écrins vraiment royaux.

Au lieu de paraître heureux, à la pensée de voir sa femme couverte de ces magnifiques parures, M. des Odonais devint triste, et
dit à Isabelle :

— Je dois vous faire un aveu.

— Grave? demanda en souriant la jeune fille.

— Très grave : il s'agit de mon honneur !

— Je vous écoute.

— Je suis pauvre, Isabelle, très pauvre; on m'accorde du talent,
et je me sens une puissance de volonté capable de triompher de
tous les obstacles; cette volonté m'empêchera, dans l'avenir, de
subir l'infériorité dont je souffre aujourd'hui.

— Orgueilleux! répondit Mlle de Grandmaison.

— Peut-être... Mais cet orgueil est de la dignité, Isabelle... Je

prétends me créer une fortune personnelle, due à mes efforts, si
vous le voulez, à mon génie... Et jamais, entendez-vous, jamais
je ne toucherai à votre dot, sinon pour réaliser ce rêve.

— Comment ferez-vous fortune? demanda Isabelle en souriant.

— Mes plans sont encore très vagues ; mais, dans ce pays-ici, où
les diamants sont à fleur de sol, où les rivières roulent sur un lit
de paillettes d'or, il est facile de conquérir des millions quand on
possède mon énergie et mes connaissances minéralogiques. Tenez,
par exemple, la rivière de las Esmeraldas doit encore charrier des
émeraudes ; la mine de ces pierres merveilleuses n'est pas perdue...
Je ferai plus : j'irai à Xamolata et j'y chercherai les trésors enfouis
de cette Atahualpa dont vous m'avez raconté l'histoire.

Il reste dans le mont Pintcha assez d'or pour faire de moi le
plus riche habitant de Rio-Bamba, du Pérou peut-être...

— Savez-vous bien, Monsieur, dit Mlle de Grandmaison avec
une tristesse adoucie par un sourire, qu'à l'heure de m'épouser
vous ne me parlez que de séparation !

— Séparation rapide, Isabelle. Et puis je ne quitterai pas tout
de suite Rio-Bamba... Je tiens seulement à vous faire connaître
toute ma pensée, à vous initier à mes projets... Vous m'estimeriez
moins si je n'avais à cœur de gagner une fortune, et si je me con-
tentais de dépenser celle de ma femme.

— J'apprécie votre délicatesse, reprit Isabelle, mais vos intentions me plongent dans une profonde tristesse... Prenez garde de
laisser le bonheur paisible de la maison pour courir à la poursuite
de vos chimères... J'ai eu tort de vous rappeler le souvenir des
Incas, de vous raconter leur légende quasi-fabuleuse... Croyez-moi,
depuis longtemps, la rivière de las Esmeraldas ne charrie plus de
pierres précieuses, et ce serait une folie de chercher le jardin d'or
des Incas. S'il vous plaît de doubler ma fortune, je ne m'y oppo-
serai point ; plus nous serons riches, plus nous ferons de bien.
Sans quitter la province d'Otolabo, vous pouvez augmenter sensiblement notre fortune ; cultivez et améliorez les cannelliers, préparez les récoltes de quinquina, dont M. de la Condamine naturalisera
l'emploi en France. Sans toucher à mon bonheur, vous réaliserez
ainsi vos souhaits. Votre ambition est honorable, vous la gâteriez
en l'exagérant.

— Vous le voulez, Isabelle?

— Je l'exige; un secret pressentiment m'avertit qu'une séparation serait la ruine de notre félicité.

— J'obéirai! répondit le jeune homme.

— Avec regret?

— N'exigez que ma soumission, Isabelle.

Le lendemain de cet entretien fut célébré le mariage de Mlle de
Grandmaison y Bruno avec Jean Godin des Odonais.

Au moment où la jeune fille allait partir pour l'église, Joaquin
s'agenouilla devant elle et lui présenta une perle d'un éclat et d'une
grosseur admirables, un parangon réellement merveilleux.

— Acceptez-la, lui dit Joaquin : c'est un trésor que j'ai gardé
pour vous !

— Non! dit Mme des Odonais, je ne puis : elle vaut dix fois
votre liberté!

— Je ne veux pas être libre... Si vous m'offriez cette liberté, je
la refuserais... Où vous vivrez, je dois vivre... Mon père était un
pauvre noir atteint de la lèpre, vous en avez eu compassion... les
larmes que j'ai vues couler de vos yeux au spectacle de ses misères valent mieux que toutes les perles du golfe de Guayaquil.

— J'accepte, dit Isabelle, un refus froisserait ton cœur, mon bon
Joaquin; oui, où je vivrai, tu vivras; où j'irai, je te laisserai me
suivre.

Toutes les cloches des églises et couvents de Rio-Bamba lancent
leurs volées harmonieuses; la fête de famille du corrégidor semble
celle de la population entière. Ce n'est pas que l'on aime le magistrat, dont le joug pèse lourdement sur les Indiens et sur les pauvres ;
mais les rigueurs du père s'effacent devant le dévouement de don
Antonio, la tendre charité de doña Isabelle. Des deux côtés des
rues que doit traverser le cortège, les indigènes de la province
d'Otolabo forment la haie. Hommes et femmes tiennent dans les
mains des branches de verdure, des bouquets odorants, qu'ils ré-
pandent sur le pavé. Les plus riches étendent sous les pieds de la
fiancée des manteaux de plumes aux couleurs brillantes. Pour cette
solennité, les hommes se sont *taripés* avec soin, leurs chevelures
luisantes d'huile de coco sont ornées de plumes d'aigle et de condor; leurs armes de bois poli brillent suspendues à leurs dos; les

femmes, enveloppées d'une sorte de tunique de coton bleu, laissent
flotter leurs chevelures dans lesquelles éclatent des calices blancs,
roses ou bleus. Une croix de cuivre, humble présent d'un missionnaire, descend sur leurs poitrines. Les enfants, vêtus d'innocence
et de feuillage, battent joyeusement des mains.

En attendant l'apparition du cortège, les pauvres de Rio-Bamba
évoquent le souvenir des traits de bonté et de dévouement d'Isabelle et de son noble frère ; les Indiens de Guazmen prient à haute
voix pour le bonheur de la fiancée.

Elle paraît toute blanche sous ses dentelles, portant avec une
fière modestie la couronne des vierges et les parures de la jeune
femme. Les diamants se mêlent aux fleurs odorantes ; les chapelets
de perles s'unissent aux feuillages lustrés. Le bonheur brille à
travers ses cils baissés ; elle sourit aux humbles amis qui s'inclinent
sur son passage ; et, tandis que le corrégidor traverse orgueilleusement les flots pressés de la multitude, Isabelle laisse, après elle,
le parfum des vertus qui l'ont faite si sainte, et l'ont rendue populaire.

L'église espagnole resplendit de lumière, de dorures, de fleurs
et de tentures brochées d'or. Isabelle et Jean des Odonais s'age-
nouillent sur des coussins de velours, et fray Juan monte à l'autel.

C'est le fils aîné de M. de Grandmaison y Bruno qui recueillera
les serments d'Isabelle et de Jean des Odonais. Son émotion est
puissante. Il chérit trop sa sœur pour ne point se sentir profondément remué par cette cérémonie.

Quand le religieux de Saint-Augustin, descendant les degrés de
l'autel, s'approcha des jeunes gens, un frémissement parcourut
tout l'auditoire.

— Ma sœur, dit le moine d'une voix vibrante, tu as, jusqu'à cette
heure, employé ta vie à la consolation de tous, au soulagement des
misères qui se sont trouvées sur ta route... Partout où tu as vu
pleurer, tu as séché des larmes... Ceux qui m'écoutent ici le savent
aussi bien que moi... Ta destinée change, à partir de cette heure ;
tout en restant compatissante à la douleur des autres, tu devras
désormais te consacrer au bonheur... d'un seul. Je ne te demande
point si tu comprends l'importance de tes nouveaux devoirs, je te
sais capable de tous les dévouements. Je ne te rappellerai point

que, dans le mariage, la femme fait abnégation d'elle-même, tu le sais, et le souvenir de notre mère te laisse de hauts enseignements...

Librement, tu choisis pour époux un homme que tu crois capable de te rendre heureux, quoi qu'il advienne. Dans la santé comme dans la maladie, dans l'opulence comme dans la misère, dans la félicité aussi bien que dans l'épreuve, tu te dois à lui, sans calculer l'étendue du sacrifice, sans garder le droit de reculer dans la voie du dévouement. Ce que les hommes appellent les éléments du bonheur humain se trouve rassemblé dans cette union ; mais la Providence garde ses secrets ; les lendemains sont souvent terribles ; la joie peut être de courte durée, et l'épreuve prendre des proportions inattendues.

Fortifie-toi, à partir de cette heure, contre la douleur à venir et des devoirs nouveaux. Ces devoirs entraîneront des larmes, des séparations et des deuils... La vie est souvent amère à ceux qui ont cru la trouver facile... Mais aucun malheur ne dépasse les forces d'une épouse chrétienne. Jeune fille, tu laisses à tous le souvenir de tes qualités, de tes bienfaits ; jeune femme, jeune mère, tu donneras à tous de nouveaux exemples... Mets sans crainte ta main dans la main de l'homme que tu prends pour compagnon... Tu deviens sa fiancée, son amie, sa servante ; mais, à quelque titre que tu lui appartiennes, ce titre est sanctifié par Dieu... Jures-tu obéissance et fidélité à Jean Godin des Odonais ?

— Oui, répondit Isabelle d'une voix vibrante.

Le jeune homme prononça le même serment et passa son anneau au doigt d'Isabelle, qui s'absorba dans le sentiment de son bonheur et le recueillement de la prière.

La messe de mariage achevée, le cortège rentra dans le palais du corrégidor, dont l'intendant reçut ordre de faire des largesses à la foule de pauvres gens groupés sous les fenêtres de l'opulente demeure.

Dès le lendemain de son mariage, Jean des Odonais reçut avec moins de joie que d'humiliation la dot considérable de sa femme. Il avait solennellement promis de ne se livrer à aucune entreprise du genre de celle dont il s'était entretenu avec sa fiancée ; il était de bonne foi, et il jura de tenir la parole donnée ; mais, en même temps, poursuivi par la pensée de se créer une fortune indépen-

dante, il se lia avec des négociants de Rio-Bamba et entreprit,
sous leur nom, des transactions commerciales, tandis qu'aidé par
des propriétaires du pays, il s'occupait de la culture des cannelliers
du Pérou.

Peu de jours après le mariage de son jeune ami, M. de la Condamine commença ses préparatifs de départ.

Selon qu'il en était convenu, il devait attendre à Laguna l'arrivée
du marquis de Mendoza.

— Mon cher des Odonais, dit l'académicien en prenant congé
du jeune homme, vous tiendrez sans doute à montrer la France à
votre jeune femme, et nul ne sait si vous ne reviendrez point vous
fixer dans le coin du Berry qui vous a vu naître... Vous suivrez
probablement la route que je vais prendre, et, comme moi, vous
descendrez l'Amazone... Comptez qu'à l'avance, j'aviserai les missionnaires espagnols et portugais de votre passage; quand vous
arriverez à chacune de leurs stations, vous serez accueilli en ami..,

Les adieux se prolongèrent, et Isabelle des Odonais ne put se
défendre de verser des larmes...

— Au revoir! dit-elle, au revoir!

— En France? n'est-ce pas!

— Comme Dieu voudra! répondit Mme des Odonais.

Le départ de M. de la Condamine laissa un vide dans la famille.
Jean des Odonais, pour occuper les heures qu'il ne consacrait pas
à sa femme, n'en devint que plus ardent pour la poursuite de ses
projets.

Il fit sous un prétexte frivole une course rapide à Guayaquil, et
emmena avec lui Joaquin, l'ancien pêcheur de perles. Jean comptait sur l'expérience du noir pour apprendre de lui de quelle façon
il serait possible d'organiser une pêcherie productive. Le noir, bien
qu'il vit son nouveau maître se lancer dans une spéculation dont
les premières notions lui manquaient, se chargea de gérer les ba-
teaux et d'engager les plongeurs. Malheureusement, l'année fut
mauvaise, les huîtres ne rendirent que dans la proportion de cinq
pour cent; encore se trouvèrent-elles si baroques, que la perte de
M. des Odonais se chiffra par une somme importante.

Isabelle était loin de se douter, qu'en ce moment, son mari pour-
suivait par un côté nouveau son éternelle utopie. Comme son

absence fut peu longue, et que Joaquin garda fidèlement le secret
de son maître, Mme des Odonais crut avoir triomphé des rêveries
de son époux, quand elle le vit, à la suite de l'échec de Guayaquil,
s'occuper avec un zèle extrême de la culture de quinquina et du
cannellier du Pérou.

Dans la maison du corrégidor, le luxe grandissait outre mesure,
et avec ce luxe, les duretés du magistrat et les souffrances des Indiens; en même temps, don Antonio continuait à dépenser son pa-
trimoine pour soulager les victimes pressurées par l'intendant.

Isabelle se trouvait heureuse entre son mari et un berceau.

Le temps passait rapidement pour elle. Jusqu'à ce jour, il n'y
avait eu d'autre ombre à son bonheur que des regrets causés par
les malheurs d'autrui. Jean des Odonais, pris d'enthousiasme pour
de nouvelles expériences, y perdit de nouveau des sommes assez
considérables; mais Isabelle ne s'étonna point de voir un nuage de
tristesse profonde sur le front de son mari, car elle-même pleurait
son premier enfant.

Pendant trois années de suite, Dieu, qui mettait des anges dans
ses bras, les lui reprenait pour les champs du paradis, et cette Isabelle, dont le sourire avait consolé tant de douleurs, connut
l'amertume des larmes.

La préoccupation de M. des Odonais grandit en proportion du
chagrin de sa femme. Il devint de jour en jour plus morne, plus
désolé, et sa santé parut tellement altérée qu'Isabelle fut la première à lui conseiller d'entreprendre un voyage.

— Pourquoi ne vas-tu point à Quito, revoir le président de l'Audience? Si tu en as le courage, pousse jusqu'à Lima, dont le vice-
roi se montra si courtois pour nous.

— Tu le permets? demanda M. des Odonais, fort troublé.

— Je l'exige presque.

— Mais tu souffres, tu pleures...

— Il me reste mon père et Dieu!

— D'ailleurs, s'écria M. des Odonais, mon absence sera de peu
de durée.

— Je demande une seule chose, c'est que tu reviennes guéri...

Jean serra les mains de sa femme, et quitta Rio-Bamba deux
jours après.

Sans doute, il pensait revoir le marquis de Mendoza; mais il cachait à sa femme que son but véritable était d'aller jusqu'à Caxamarca, de visiter les ruines du palais de l'Inca, et de chercher si,
dans ce pays qui avait été témoin de la défaite de son armée et de
son propre supplice, il ne retrouverait pas, à travers les divagations
légendaires, la trace du passage aboutissant aux jardins souterrains et aux caves du palais où furent amoncelés les trésors qu'Atahualpa tenta de dérober à la rapacité des Espagnols.

Ce ne fut pas, cependant, sans une agitation ressemblant presque
à un remords que M. des Odonais se munit, avant son départ, de
sommes assez considérables pour faire opérer des fouilles, d'après
les renseignements qu'il trouverait sur les lieux.

Les adieux d'Isabelle et de son mari furent d'autant plus affectueux que la jeune femme s'imposait un cruel sacrifice, en consen-
tant à une séparation même momentanée, et que, de son côté,
M. des Odonais regrettait un mensonge, dont son ancienne promesse faisait un parjure.

Les quarante lieues séparant Rio-Bamba de Quito furent assez
vite franchies; M. des Odonais accepta, pendant deux jours, l'hospitalité du président de l'Audience royale; puis, impatient de se
lancer à la poursuite de sa chimère, il prit la route de Lima.

Durant son séjour dans cette ville, toutes ses conversations avec
le marquis de Mendoza eurent pour but de s'enquérir des détails
connus sur les mystérieuses richesses des Incas. Il interrogea les
archives, les récits de voyage, les manuscrits déposés soit au palais, soit dans les bibliothèques des couvents de la ville; puis,
muni d'une carte dessinée par François Pizarre et de notes indica-
tives, dont il se réserva de vérifier l'exactitude, il quitta Lima pour
se rendre directement à Caxamarca.

Le marquis de Mendoza avait, à diverses reprises, affirmé à
M. des Odonais qu'il existait encore, dans les environs de cette ville,
des descendants, par les femmes, de l'Inca Atahualpa. Ils vivaient
pauvrement, fiers de leur race, confiants dans la restauration de
leur sang. Nul ne leur contestait la parenté royale, et ils demeuraient, de la part des Indiens, l'objet d'une profonde vénération.

Le désir manifesté par Jean des Odonais de visiter les ruines du
palais de l'Inca ne pouvait étonner personne. On trouva également

très naturel qu'il choisit pour guide un des fils de la race royale, et
on lui désigna la plus pauvre maison construite sur les vestiges de
la ville, comme étant la demeure d'un descendant de là famille
d'Atahualpa.

C'était un jeune homme svelte, bien pris dans sa taille, au teint
doré, à la mise soignée bien que sans luxe.

Il affectait de garder le costume indien, comme si tout ce qui
rappelait les lois, le costume, la religion des *conquistadors* lui semblait une honte et une profanation.

Sa demeure était pauvre, et la mère ainsi que l'enfant paraissaient
subir toutes les épreuves de la misère.

M. des Odonais exprima le souhait de visiter les ruines, et l'Indienne répondit en désignant son fils :

— Il est du sang des Incas, et nul mieux que lui ne vous fera
voir les restes du palais de ses pères.

Jean des Odonais accepta l'humble hospitalité du fils des rois, et
le soir, à la lueur d'une lampe remplie d'huile de coco, l'Indienne,
tirant d'un coffre un paquet assez lourd, soigneusement dissimulé
dans une cachette ménagée entre l'épaisseur des murs de la cabane,
déroula devant M. des Odonais une longue frange de ses *quipos*
aux cordons variés qu'Isabelle lisait comme sa langue maternelle.

La vieille femme se tenait debout à côté de la table, et ses mains
amaigries maniaient avec rapidité les cordelettes de couleur aux
fils tordus, aux nœuds bizarres, et, tandis qu'elle rappelait les
dates, les noms, les batailles, elle regardait avec orgueil l'adolescent qui, debout près du coffre, le menton appuyé sur sa main, paraissait rêver aux gloires évanouies de ses ancêtres.

La mère comme le fils n'éprouvaient ni haine ni impatience.
Leur pauvreté présente ne les irritait point. Ils avaient la misère
tranquille et douce, et M. des Odonais, complètement séduit par
ses hôtes, resta près d'eux fort avant dans la nuit, prêtant une
oreille attentive aux récits de l'Indienne.

Jean ne lui révéla rien de ses projets; mais, à mesure qu'elle
énumérait les magnificences évanouies du palais du Caxamarca,
la convoitise le mordait davantage au cœur, et il s'obstinait dans
sa résolution de tout tenter pour s'approprier une partie des richesses cachées dans les souterrains du palais.

Le jeune Indien et M. des Odonais se mirent en route dès le matin ; la distance qui les séparait des ruines était assez courte, et le voyageur ne tarda pas à entrevoir les blanches terrasses et les bords de marbre du *bain de l'Inca*.

— C'est ici, dit alors Yroumé, que fut jetée la litière d'or d'Atahualpa, mon père.

— Et les Espagnols ne l'ont pas retrouvée?

— Non, répondit l'adolescent avec un singulier sourire, et ils ne la retrouveront jamais !

— Crois-tu donc qu'elle existe encore?

— J'en suis sûr, répondit Yroumé.

— Mais *l'unas de las Andoas* serait une fortune?

— Je ne l'ignore point.

— En pouvant t'enrichir, tu demeures volontairement dans la pauvreté !

— Nous savons attendre... répondit le jeune homme ; dès que les Espagnols, nos maîtres, nous verraient en possession de ces richesses, ils nous tueraient, comme ils ont tué les Incas pour s'emparer de leur or... Mais la race royale remontera sur le trône, et alors il nous sera possible d'étaler au grand jour les merveilles souterraines... Vous souhaitez voir les ruines, venez... la chambre d'Atahualpa subsiste encore.

Yroumé conduisit M. des Odonais dans une pièce longue de vingt-et un pieds et large de dix-huit.

— Vous voyez cette rayure creusée dans la muraille, señor?

— Oui, répondit M. des Odonais.

— En se haussant sur les pieds, l'Inca Atahualpa traça cette marque, pour indiquer à quelle hauteur la chambre qu'on lui donnait pour prison serait remplie d'or.

— Et il aurait payé cette rançon?

— Dix fois, cent fois, s'il l'eût fallu. Mais, tandis que les courriers affluaient au palais de Caxamarca pour y apporter les sommes nécessaires, les Espagnols résolurent de s'approprier les richesses de l'Inca et de lui enlever la vie.

— C'était lâche ! s'écria M. des Odonais.

— Vous n'êtes donc pas Espagnol, señor, que vous accusez les traîtres?

— Je suis Français, répondit Jean.

— On condamna mon aïeul au feu, et par miséricorde on lui infligea la *garrotta*.

— Fut-il inhumé à Caxamarca?

— Non, señor, Atahualpa était né à Quito, ce fut dans cette ville que l'on reporta son corps.

— Et, demanda M. des Odonais, le secret du trésor royal est-il connu?

— Par les descendants d'Atahualpa seulement; ils se le transmettent comme un héritage.

— Tu le sais? demanda fiévreusement le voyageur.

— Oui, répondit tranquillement le jeune homme.

— Depuis longtemps?

— Mon père, qui était cacique d'un village voisin, me l'a révélé le jour de sa mort. Deux ans se sont écoulés depuis. Mais c'est un secret qu'il ne m'est pas permis de révéler.

Il demeura immobile. (*Voir page* 118.)

XIII
LES JARDINS D'OR DE L'INCA (*suite*)

M. des Odonais réfléchit un moment à ce que venait de lui dire le jeune homme. Mais comment disposer celui-ci à lui dire ce qu'il savait du Trésor. Il résolut d'agir de ruse :

— Écoute, il est possible que tu connaisses l'endroit exact où furent enfermées les richesses d'Atahualpa ; mais un homme énergique, aidé d'un grand nombre de travailleurs, un homme ayant une somme énorme à dépenser et des connaissances spéciales à mettre au service de son désir pourrait, en bouleversant les derniers restes du palais de l'Inca, en éventrant la montagne, retrouver ce que tu refuseras de lui enseigner.

— Vous connaissez l'homme capable de chercher le trésor de l'Inca, señor ? demanda Yroumé.

— Je le connais.

— Cet homme, c'est vous ?

— Oui, c'est moi !

— Eh bien ! señor, vous renverserez la margelle du bain de l'Inca, vous en fouillerez les lacs, les pierres de sa chambre sacrée tomberont sous l'outil des démolisseurs, mais vous dépenserez votre temps et votre argent en vain ; vous userez les bras de vos travailleurs, et vous serez en proie à cette fièvre terrible qui a fait ruisseler le sang dans ma patrie, mais vous ne trouverez rien ! rien ! entendez-vous, ni la litière d'or ni les monceaux de pierreries, ni l'*huerta de oro* !

— Les jardins d'or, répéta plus bas des Odonais, ces merveilles dont parlent Cieza de Léon, Sarmiento Garcilazo, et tous les premiers historiens de la *conquista* !

— Il y en avait trois, reprit Yroumé, qui parut se complaire à étudier l'expression de convoitise ardente reflétée sur le visage de Jean des Odonais ; le premier, sous le temple du soleil, à Cuzco, le second à Caxamarca, et le dernier dans la vallée d'Yucay, séjour préféré de la famille royale... Les Espagnols détruisirent les *jardins de fleurs d'or* ouverts sous le ciel, mais ils ne purent trouver les jardins souterrains... Ceux-là ne seront jamais profanés par des pas étrangers.

— L'as-tu donc visité, ce jardin ?

— Pour me livrer le secret de l'Inca, mon père dut m'y conduire.

— Et tu as vu, bien vu !

— Souhaitez-vous savoir ce que j'ai vu, señor ?

— Parle ! parle, Yroumé !

— Cette nuit-là, mon père sortit avec moi de la maison, m'amena jusqu'aux ruines et me banda les yeux... A partir de ce moment, je compris vaguement que je suivais une route mystérieuse; elle s'abaissait sensiblement et devait descendre dans les entrailles de la terre... L'air était lourd, humide comme l'atmosphère des tombeaux. Le chemin que nous suivions décrivait des courbes fréquentes, sans doute afin de rendre plus difficile la découverte du passage...

Par trois fois, mon père se servit d'une clef pour ouvrir des portes que je jugeai être de pierre. Le voyage dura bien deux heures, et deux heures dans l'obscurité, quand les yeux sont bandés, les pas incertains, semblent terriblement longues, señor... Enfin, mon père ouvrit une dernière porte, la referma et me dit : « Nous sommes arrivés! »

Une minute après, il allumait une torche de copal, et je me trouvais dans un jardin dont rien ne saurait vous donner l'idée, pas même les récits des Espagnols qui virent les jardins à ciel ouvert dans lesquels la fleur vivante se trouvait à côté de la fleur d'or.

Tout était métal et pierreries. Je me souviens d'un datura à feuillage d'or battu au marteau, dont les grands calices blancs étaient formés de diamants incomparables. Les *frutilles* rouges du Pérou se trouvaient figurées en rubis. Des tournesols de topaze éclataient comme des soleils. Les saphirs formaient de grandes corolles d'azur, et, de distance en distance, des feuilles d'émeraudes luisaient sous les découpures bizarres de calices formés à l'aide des perles que l'on pêche sur la côte.

Sous les lueurs des torches, feuillages et calices étincelaient. La perfection du travail était si grande que l'on croyait voir palpiter les ailes des quinés en pierreries multicolores, ou s'envoler les papillons rouges ou bleus.

Non, jamais, señor, jamais, même en rêve, vous ne verrez un éblouissement pareil! Le métal et les diamants avaient moins de valeur encore que la perfection du travail de l'artiste. Les soldats ivres qui avaient joué aux dés l'image sacrée du Soleil enfermée *dans le temple de Cuzco*, et qui le fondirent pour en faire des dollars, brisèrent à coups de marteau les plantes d'or trouvées dans les jardins visibles de Caxamarca, et l'Espagne n'a pas même connu les magnificences de nos Rois... Mais ces jardins que j'ai vus ne seront découverts par aucun profane, et nous saurions mourir avant d'en révéler le secret !

— Tu chéris donc peu ta mère ?

— Elle est l'unique joie de mon cœur.

— Tu la laisses dans la misère, cependant.

— L'or ne saurait donner le bonheur quand on ne garde pas une conscience pure... Les Espagnols nous ont pris beaucoup d'or, ils se sont jalousés, massacrés entre eux... Ils ont élevé des bûchers pour les Indiens, qu'ils venaient de trahir; mais Pizarre est mort écartelé...

Ma mère ne s'afflige pas d'être pauvre ; elle mourrait de honte si elle me croyait capable de trahir un serment.

Jean des Odonais baissa la tête.

— Partons, dit-il, partons d'ici !

Mais tandis que le visage du mari d'Isabelle se couvrait de rougeur, celui d'Yroumé gardait un rayonnement étrange ; le fils du cacique venait d'éveiller pour son imagination des images éblouissantes qui lui feraient prendre en patience les épreuves du présent.

M. des Odonais offrit au jeune homme une récompense, que celui-ci refusa. Désormais, il se sentait en défiance contre l'étranger qui adressait des questions trop nombreuses et parlait d'éventrer la montagne pour en approfondir les mystères.

Le voyageur et son jeune guide se séparèrent froidement.

Au moment où M. des Odonais prenait un chemin opposé à celui qui conduisait à la demeure de l'Indienne, Yroumé posa sa main sur le bras du voyageur :

— La montagne et les jardins d'or sont l'héritage du fils du cacique descendant d'Atahualpa, dit-il, avec la dignité d'un prince. Quiconque y toucherait déroberait les richesses de l'orphelin.

Il n'ajouta rien et demeura immobile, tandis que Jean des Odonais se mettait en quête d'une nouvelle demeure !

Les paroles de l'adolescent le touchaient moins que le souvenir du serment fait à Isabelle; il ne croyait point au retour possible de la race d'Atahualpa; mais il se rappelait l'heure où sa fiancée, le jugeant orgueilleux en le voyant souffrir de la disproportion de leurs fortunes, l'avait supplié de renoncer à de vains rêves pour se borner à réaliser le vœu de M. de la Condamine, en cultivant au Pérou les plantes médicinales et les épices, et en important en France des essences d'arbres précieux à la fois pour le commerce et la marine.

L'échec prédit à M. des Odonais par le fils du cacique n'eut point le pouvoir d'empêcher l'obstiné jeune homme de mettre son plan à exécution. Il essaya de se donner des raisons captieuses afin d'excuser son manque de parole.

Des Indiens, largement rétribués, furent enrôlés par l'ingénieur. Muni d'un plan de l'ancien palais de l'Inca, guidé par les notes trouvées à Quito et à Lima, M. des Odonais fit commencer des fouilles.

Les Indiens creusèrent des galeries, éventrèrent des masses énormes, et rencontrèrent un jour, sous leurs rudes outils, une sorte d'amphore en or pur, d'un travail bizarre et charmant. Cette découverte fit croire à M. des Odonais qu'il était sur le point de découvrir, pour le moins, l'entrée d'un *guaca*, dans lequel un souverain de la famille de *Chimu* dormait son dernier sommeil. Il se souvenait qu'un Espagnol, ayant eu le bonheur de trouver une sépulture semblable, en avait tiré une si grande quantité d'or, que la somme formant le cinquième dû au trésor royal s'éleva à 9.632 onces d'or, ce qui représente 3.750,000 francs.

Il fit part de son espoir à l'un des travailleurs, qui lui répondit :

— A côté du Truxillo, l'Indien a visité les ruines d'une cité autrefois florissante, appelée le *Grand Chimu*... Les fils de la race sauvage résistèrent longtemps aux armes des Incas... Leurs pères étaient des gens de guerre... A Truxillo, on trouve des *guacas* remplis d'or et d'objets précieux. L'Indien qui remue aujourd'hui la poussière du palais d'Atahualpa a ouvert plus d'une sépulture de rois.,. Mais si, le jour, il en retirait des *topas* d'or et d'argent, qui brillent dans la chevelure, des anneaux et des coupes d'or, des statues d'or faites au marteau, des miroirs en pierre d'Inca et des pierreries, la nuit, errait sur ces tombes une grande lueur bleuâtre... L'âme du roi revenait autour de sa tombe profanée... Aucune clarté ne s'élève des monticules que nous fouillons. Le señor étranger ne trouvera pas de guacas à Caxamarca.

L'obstination de M. des Odonais grandit en raison des conseils, tantôt ironiques, tantôt sérieux, qu'il reçut. La montagne gardait son secret, comme l'Indien conservait son culte pour le sang de ses rois.

Plus d'une fois, la veuve du cacique vint, appuyée sur l'épaule de Yroumé, contempler l'armée d'ouvriers creusant des souterrains sous la montagne; elle savait bien que nul ne retrouverait le réseau des galeries traversées jadis par l'adolescent. Un soir, au moment où M. des Odonais passait à côté de lui, Yroumé lui dit d'une voix grave :

— Mes aïeux ne permettront pas que vous spoliiez leur héritier... Vous creuseriez jusqu'à la Cordillère des Andes, sans trouver jamais les *huertas de oro* !

En effet, au lieu de recueillir de l'or, M. des Odonais en dépensait.

Lassé de ses vaines tentatives, et rejetant trop tard parmi les légendes la tradition du *jardin d'or de l'Inca*, il prit la résolution de revenir à Quito.

Le jour de son départ, il aperçut debout, sur le seuil de sa pauvre cabane, le fils du cacique qui lui sourit.

— L'orphelin garde son héritage ! dit celui-ci orgueilleusement.

Le retour de M. des Odonais à Rio-Bamba causa une joie profonde à Isabelle. Elle crut, suivant le récit de son mari, que celui-ci s'était activement occupé de l'amélioration des cannelliers et de l'exportation du quinquina.

Du reste, troublé par l'obligation d'entasser mensonge sur mensonge, M. des Odonais renonça sincèrement pour un temps, du moins, à tout projet de fouilles ou de voyages ayant pour but la découverte d'un trésor. Sous la dictée de Mme des Odonais, il écrivit une grammaire de la langue *quichua*; il rédigea des mémoires adressés à l'Académie, et, profitant de ses derniers voyages, il retraça les curieuses recherches qu'ils avaient amenées. Mme des Odonais se fût trouvée complètement heureuse, si, pour elle, les joies rapides de la maternité n'avaient été suivies de trop nombreux deuils. Ces épreuves successives, l'obligation de consoler les regrets de sa femme retinrent M. des Odonais à Rio-Bamba.

Quatre années se passèrent pour lui dans un calme recueilli, et il parut avoir complètement renoncé à des voyages d'exploration. Il se dit qu'il était fou de chercher le bonheur au loin quand il le trouvait si près. Obéissant aux conseils d'Isabelle, il fit exécuter des plantations importantes ; mais, en dépit du zèle qu'il déploya, aucune de ses tentatives ne réussit, et les champs de cannelliers du Pérou engloutirent autant d'argent que les fouilles de Caxamarca.

Tandis que M. des Odonais, entraîné par son imagination, gaspillait la dot d'Isabelle, sous le prétexte de la doubler un jour, José Martinez poussait M. de Grandmaison vers sa ruine. Le fastueux gentilhomme continuait à mener un train royal, sans se douter de l'abîme creusé sous ses pas.

Un jour, et par un hasard fortuit, M. des Odonais entendit le corrégidor demander avec insistance à l'intendant des fonds, que celui-ci déclara ne pas avoir.

— Il me les faut! dit M. de Grandmaison y Bruno... quel que soit le chiffre de l'intérêt, ou quelque minime que soit le prix d'une obligation garantie par mes terres.

— Vos terres, répéta lentement José Martinez, vous savez bien, Excellence, que la plupart sont engagées.

— Vendez-en une, répliqua le corrégidor.

M. des Odonais n'en entendit pas davantage. Mais ce qu'il venait d'apprendre suffisait pour l'inquiéter ; il ajouta les pertes qu'il avait subies aux dilapidations du père d'Isabelle, et se demanda si la jeune femme n'expierait pas un jour la double folie du luxe de son père et des recherches de son mari.

M. des Odonais prit une résolution de joueur.

Après avoir résolu de tenter une dernière fois la fortune, il chercha un motif pour quitter Rio-Bamba et, ses derniers travaux lui fournissant plus d'un prétexte, il résolut de visiter Gualgayoc, point principal des mines de Chota.

Dans ce pays, où chacun est libre de fouiller le sol et d'en arracher des trésors, à la condition de payer au gouvernement le cinquième des bénéfices, les entreprises de ce genre s'organisent rapidement.

L'aspect de la *montagne d'argent* fouillée, criblée d'ouvertures, mise à jour par des étages superposés de galeries, qui lui donnent l'aspect d'un château aérien, le frappa d'étonnement.

Il visita les cabanes d'Indiens suspendues comme des nids d'oiseaux au flanc du Pichincha ; il engagea un nombre considérable de mineurs, sans avoir recours à la *presse* péruvienne. Pour arriver à ce but, il lui suffit de promettre aux Indiens une solde plus considérable, des aliments meilleurs et de l'eau-de-vie.

Durant quatre mois, **M.** des Odonais poursuivit de vaines recherches.

A bout de forces et d'argent, il revint à Rio-Bamba, persuadé que les veines de métal étaient épuisées et se demandant quel moyen il emploierait pour reconstituer la fortune de sa femme, si follement gaspillée en recherches infructueuses.

Demander à M. de Grandmaison un conseil ou des avances était également impossible. Le père et le mari marchaient ensemble, par des voies diverses, vers une catastrophe imminente.

Cette fois, bien qu'il trouvât une excuse dans ses intentions, M. des Odonais ressentit de violents remords.

Il trompait depuis plusieurs années une femme qui lui conservait une confiance absolue. Quand sa ruine fut presque consommée, Jean des Odonais se jugea froidement, avec la sévérité de l'homme qui risque, sur une carte, la destinée de sa famille; après s'être jugé, il se condamna.

Les remords furent violents, sincères. La vive imagination de M. des Odonais, qui lui avait successivement montré les mirages éblouissants du *jardin d'or de l'Inca*, des *guacos* remplis de richesses, du *mont d'argent*, enfonçant ses filons précieux à des profondeurs inconnues, lui représenta avec une douloureuse puissance le mal irrémédiable qu'il venait de commettre. La faiblesse et l'énergie se confondaient dans cette nature essentiellement muable et fluctuante.

M. des Odonais était, tour à tour, capable de choses héroïques et d'actes presque timides. Cette fois, effrayé, brisé, il écouta son cœur, qui était bon, plus que son imagination, dont il acceptait trop les rêves, et, incapable de garder seul le poids qui l'oppressait, il résolut de tout avouer à sa femme. Sans doute, elle recevrait un coup violent en apprenant que sa ruine était presque consommée, mais elle l'aimait, et elle lui pardonnerait.

Après avoir pris cette résolution, il se sentit plus calme, et le soir même, quand il se trouva seul avec Isabelle, envahi par l'émotion, brisé de honte, les yeux brûlés par des pleurs qui ne pou-

vaient jaillir de ses paupières rougies, il lui dit en s'agenouillant
presque devant elle :

— Pardonnez-moi, Isabelle, j'ai abusé de votre confiance !

Mme des Odonais poussa un cri de douleur.

— Vous ne m'aimez plus ? demanda-t-elle.

— Moi ! ne plus vous aimer, vous la sainte, l'ange du foyer, la
chère éprouvée ! ah ! toute ma vie est à vous...

— Que parlez-vous donc de malheur et d'abus de confiance ? répondit Isabelle souriante, vous m'avez fait grand'peur et bien mal,
Jean.

— Dieu le sait, reprit des Odonais, en affirmant que je vous chéris comme le premier jour de notre union, et qu'à cette tendresse
se joint le respect le plus tendre, je ne mens pas, Isabelle... Mais
je n'en ai pas moins trahi la parole donnée... Je n'en suis pas moins
coupable.

— Tu es ruiné ? demanda Mme des Odonais en plongeant son
tranquille regard dans les yeux de son mari.

— Je t'ai ruinée !.. répondit celui-ci.

— Ma dot était ton bien, tu avais le droit d'en disposer.

— Je ne l'avais pas, je le sais, je l'avoue...

— Tu as joué ?

— J'ai cherché de l'or.

— Mon père le sait-il ? demanda Isabelle.

— Non, répondit l'ingénieur.

— José Martinez l'ignore ?

— Nul ne connaît notre ruine.

Isabelle se leva, ouvrit un meuble et en tira les écrins de sa
mère.

— Nous avons là une seconde fortune, dit-elle, vends ces diamants.

— Moi, te dépouiller de ces parures, livrer à un Juif les pierreries de ta mère !

— Ma mère était une noble femme, elle en aurait fait autant pour
son mari.

— Isabelle, je ne puis accepter ce dernier sacrifice.

— Tu le dois, et je le veux ! Console-toi, d'ailleurs, je garderai
mes perles et mes émeraudes... Grâce à la somme que tu retireras

de cette vente, nous pouvons vivre paisiblement et honorablement, tantôt à Rio-Bamba, et, si tu le veux, plus souvent encore à Sudtrépied.

— Oui, oui, retournons là-bas, au milieu de tes chers Indiens... Je te le jure au nom de la reconnaissance que m'inspire ton dévouement, je ne tenterai rien pour devenir riche, en recherchant des trésors dont je n'ai pas besoin pour être heureux.

— Allons, dit Mme des Odonais, je suis récompensée plus que je ne le mérite!

Deux jours après cette scène, M. des Odonais et sa femme retournaient à Sudtrépied. La vente des diamants d'Isabelle avait produit une somme importante; les deux époux pouvaient vivre à la campagne, sans que nul se doutât des catastrophes successives causées par les rêves ambitieux de l'ingénieur.

Cette douce vie durait depuis quatre mois; Antonio était venu rejoindre sa sœur. Tous deux recommençaient leurs visites chez les Indiens de Guazmen, et Mme des Odonais croyait le bonheur fixé sans retour à son foyer, quand une lettre, arrivée de France, apprit à l'ingénieur la mort de son père.

Il prit alors une résolution subite.

— Isabelle, dit-il, tu souhaites visiter l'Europe depuis longtemps... Le malheur qui me frappe rend ma présence indispensable dans le Berry... Partons ensemble, je réglerai là-bas mes affaires d'intérêts, et nous reviendrons au Pérou après un an ou deux de séjour en France.

— Jean, demanda Mme des Odonais, ton départ doit-il être immédiat?

— Je ne saurais l'ajourner sans nuire gravement à mes intérêts.

— Qu'importe, après tout, la succession de ton père? dit-elle. Porte son deuil ici, près de moi, et contente-toi d'écrire.

— C'est impossible! répondit M. des Odonais.

— Alors je ne puis te suivre, mon ami.

— Tu refuses de venir en France?

— Je crains de m'exposer aux fatigues de ce long et difficile voyage.

— Toi, si brave!

— Ce n'est pas pour moi que j'ai peur...

Mme des Odonais rougit du secret qu'elle venait d'avouer; mais son mari l'attira vivement sur sa poitrine.

— Eh bien! dit-il, je partirai seul..... Je prendrai à peine le temps de régler mes affaires là-bas... et je reviendrai à Sudtrépied avant que ton enfant sache prononcer nos deux noms... Je te le promets, par la joie que me cause cette révélation, par ma tendresse, par tout ce qu'il y a de plus sacré au monde...

— Tu n'as pas besoin de me faire de serments, reprit Mme des Odonais, je ne doute pas de toi, Jean..... Mais, je te l'avoue, ce voyage m'effraie.....

— La Condamine m'a tracé la route.....

— Je ferais mieux, peut-être, d'aller avec toi; Dieu garde les mères dévouées et les femmes fidèles..... Si tu savais quelles seront mes angoisses, durant ce voyage!... Qui sait les accidents d'une traversée sur l'Amazone?... Si tu tombais malade, si tu allais mourir!.. Mon devoir n'est-il pas de te suivre?..... Tant que restera à mon doigt la bague bénite par fray Juan, je serai prête à partager ta joie comme ton infortune.

— Chère vaillante! répondit M. des Odonais, je l'espère, cette épreuve sera la dernière.

— Je ne me plaindrai pas s'il me reste la force de la subir.

— Isabelle, tu vaux cent fois, mille fois mieux que moi... J'ai cédé à des sentiments de méchant orgueil..... J'aurais dû me montrer reconnaissant de mon bonheur, et j'en ai jeté les lambeaux au vent!

— Rien n'est perdu, je te reste.

— Si ton cœur me reste, je n'ai rien à regretter; mais je n'en suis pas moins coupable.

— Je te défends de t'accuser! dit Mme des Odonais : je n'ai pas le droit de juger tes actions; je t'aime et je te respecte; rien ne peut altérer des sentiments puisés autant dans la conscience que dans mon âme. Je me souviens du discours de Juan, le jour où nous nous agenouillâmes devant Dieu.... En dépit de mes regrets, je te laisse partir..... Je cède à ta prière en demeurant à Sudtrépied ; mais souviens-toi que je vais beaucoup souffrir pendant ton absence..... Je compterai les mois, je compterai les jours.....

— Écoute, dit M. des Odonais : des navires, venant de France, abordent chaque année à Cayenne, je prendrai passage sur le premier, et trois mois me suffiront pour régler mes affaires dans le Berry.

Tu seras donc ici dans une année?

— Il faut prévoir les retards et tout mettre au pire; mais, quoi qu'il advienne, je serai à Sudtrépied dans deux ans.

— Ton passe-port?

— J'ai celui que l'on m'avait délivré à Lima, en même temps qu'à la Condamine.

Isabelle essaya de lutter encore; mais l'avis d'Antonio, les conseils de M. de Grandmaison l'emportèrent sur son désir. Quel que fût son regret, elle promit d'attendre le retour de M. des Odonais à Sudtrépied.

— Je mets une seule restriction à cette promesse, dit Isabelle.

— Laquelle? demanda M. des Odonais.

— Si tu tombes malade dans quelque coin du monde que ce soit, tu m'appelleras.....

— Je te le promets!

— Et vous, mon père, toi fray Juan, et toi aussi, Antonio, vous me donnez votre parole de ne point vous opposer alors à l'accomplissement d'un devoir sacré?

— Je te le jure, ma fille, dit M. de Grandmaison.

— Et j'ajoute que je t'aiderai de mon pouvoir, dit Antonio.

— Moi de même, ajouta fray Juan, autant que me le permettra le vœu d'obéissance.

En dépit de son courage, de l'espoir de revoir son mari dans un espace de temps relativement assez court, Mme des Odonais ne put retenir ses larmes, quand, par une belle journée du mois de mars 1749, M. des Odonais quitta Sudtrépied pour gagner Canélos, et chercher successivement sur les rives du Bobonazzo, de la Palaza et du Marañon, les traces de M. de la Condamine.

Son mari l'attelle à la charrue. (*Voir page* 164.)

XIV
LES PÊCHERIES DE LAMANTINS

L'académicien avait scrupuleusement tenu sa promesse; dans chacune des missions que visita M. des Odonais en poursuivant sa route vers Cayenne, il trouva la preuve que M. de la Condamine l'avait recommandé comme faisant partie de l'expédition scientifique. Du reste, M. des Odonais suivait la même route que le savant dont il s'honorait d'être l'ami, et, à partir du jour où il quitta Rio-Bamba, il prit des notes destinées à devenir la base du mémoire qu'il se réservait d'adresser à M. de Choiseul.

L'histoire de la civilisation des rives du Bobonazo, de la Palaza et du Marañon n'existait encore que d'une façon incomplète, et M. des Odonais se sentit plus que tout autre capable d'écrire la légende de ce cours d'eau qui commence avec la modestie d'un ruisseau, pour finir par devenir la *mer d'eau douce*, à l'endroit où elle mêle, sans les confondre, ses eaux blanchâtres avec les vagues azurées de la mer. M. des Odonais put constater que les Espagnols se bornant à asservir les Indiens, les missionnaires seuls les ont civilisés.

Le sang versé par les Conquistadores eût éternellement crié vengeance, si la croix ne se fût dressée dans les *Aldées*, et si, en apprenant la pudeur à ces pauvres sauvages, on ne leur eût, en même temps, enseigné le pardon.

En 1635 et 1636, plusieurs religieux franciscains partirent de Quito, dans le but d'évangéliser les Indiens groupés sur les bords de l'Amazone et des rivières qui viennent s'y déverser.

Les difficultés de la route, les menaces des Indiens, une étendue de 1.900 lieues à traverser, au milieu de périls divers et renaissants, firent abandonner au plus grand nombre des moines le hardi projet qu'ils avaient formé.

Deux frères lais, doués de plus de zèle ou de plus de courage, continuèrent une entreprise dangereuse, réputée impossible. Escortés par six soldats d'une compagnie commandée pour les suivre, et dont le reste venait de reprendre le chemin de Quito, ils montèrent dans une pirogue, et descendirent l'Amazone jusqu'au Para, récemment fondé par les Portugais. A cette époque, la couronne de Portugal était unie à celle d'Espagne, et les voyageurs n'éprouvèrent aucune des difficultés dont devaient souffrir ceux qui, après eux, recommenceraient ce voyage.

L'accueil fait à ces humbles Frères et à ces modestes soldats fut plein de respect et d'enthousiasme; une émulation subite s'empara, à partir de ce moment, des esprits avides de science, et des hommes en quête d'aventures.

Les voyages sur l'Amazone ne tardèrent pas à se multiplier.

Jacome Raymond de Nérona qui commandait la contrée équipa une flottille, dont le commandement fut confié au capitaine Texeira, et cette flottille, partie le 14 octobre 1637, arriva le 16 juin 1638 à Payamino, port de la juridiction de Quixos.

Don Cabrera, comte de Chinchon, qui gouvernait le Pérou, donna ordre de prendre à bord des hommes capables de remonter au Para, d'où ils passeraient en Espagne.

Le Père Christoval d'Acuna, et le Père André d'Artieda, choisis pour remplir cette mission scientifique, partirent de Quito le 10 février 1639, s'embarquèrent sur le fleuve des Amazones, et arrivèrent au Para le 12 décembre de la même année.

Sans doute, les relations de ces voyageurs sont imparfaites. La science refuse parfois ses lumières à leur bonne volonté ; le temps leur manque pour vérifier les faits qu'on leur raconte ; ils placent la légende sur le même plan que l'histoire ; mais, grâce à leur plume naïve, quoique souvent malhabile, le chaos se dissipe et l'on commence à entrevoir les magnificences du pays qu'ils traversent sans trouver assez de couleurs, d'éloquence et de génie pour le décrire d'une façon complète.

Le Père Gaspard de Cuxia et le Père de Luc de Cuebas s'occupaient déjà de répandre les lumières de l'Évangile dans la province de Maynas, tandis que leurs frères se frayaient un passage de la terre ferme à la rivière, de la rivière au fleuve, et du fleuve à la mer.

Les terres se défrichaient, les établissements se formaient ; chaque village de mission devenait le centre de tribus marchant vers la civilisation.

Il appartenait au Père Samuel Fritz, le plus savant des missionnaires de ce pays, de faire opérer un progrès immense à l'industrie et à l'évangélisation, en traçant une carte du cours de l'Amazone.

Si, par divers points, elle est inexacte, si les erreurs du missionnaire ont dû être relevées par M. de la Condamine, il n'en est pas moins juste de reconnaître que le Père Fritz rendit un grand service en traçant la carte du Marañon.

Sa mission, commencée avec un grand succès en 1636, se trouva interrompue par son voyage au Para. En quittant cette ville, il revint au bourg de Notre-Dame des Neiges, puis à Laguna, sorte de capitale des missions du pays, et où séjournait le supérieur général. La carte du Père Fritz ne fut gravée à Quito qu'en 1707 ; et peut-être ne faut-il attribuer les différences constatées par M. de la Condamine qu'au manque d'instruments indispensables pour un travail complet.

M. des Odonais n'avait sous les yeux que la carte rudimentaire du Père Fritz.

La rapidité avec laquelle il souhaitait accomplir son voyage ne lui permettait point d'ailleurs de s'inquiéter, çà et là, de quelques inexactitudes.

S'il se fût trouvé libre de satisfaire ses curiosités de voyageur, au lieu de s'embarquer à Canelos, il serait de préférence, descendu à Cuença, afin de traverser les rochers de Pango ; mais il avait hâte d'arriver, et lorsqu'il vit les trois branches de la Pastazza se précipiter dans l'Amazone, il éprouva plus de joie que d'admiration et de surprise.

Sans s'arrêter à Laguna, grosse bourgade habitée par 1.000 Indiens, il acheta un canot capable de supporter la fatigue d'une longue traversée. Ce canot avait environ quarante pieds de long et trois de large : les rameurs occupaient l'espace compris depuis la proue jusqu'au centre, tandis que M. des Odonais, abrité par la toiture de l'embarcation, se tenait caché au milieu de ses bagages, quand il ne travaillait pas à la rédaction de son journal.

Un admirable panorama se déroulait sous ses yeux : si uniforme que fût ce voyage entre deux berges couvertes de forêts, il ne se passait pas un jour, pas une heure, sans qu'un incident méritât de fixer l'attention.

La chute d'une rivière dans le fleuve immense, un combat livré sur la rive entre des pumas et les caïmans ; la vue d'un serpent d'eau nageant la tête dressée ; le vol d'oiseaux gigantesques, la découverte d'une plante inconnue formaient les événements des longues journées de cette traversée et des paisibles nuits éclairées par les splendeurs de la lumière zodiacale.

Quand M. des Odonais oubliait les préoccupations de la science et des affaires, son souvenir se reportait vers ceux qu'il avait quittés, dans l'espérance de rétablir sa fortune au moyen de la succession paternelle. L'attendrissement s'empara de lui plus d'une fois en songeant à la femme dévouée qu'il laissait à Sudtrépied, à fray Juan, dont il estimait le grand caractère, à Don Antonio, le généreux protecteur des Indiens.

Bientôt M. Godin des Odonais laissa bien loin derrière lui l'embouchure de l'Ucayole, dépassa la mission de Saint-Joaquin, franchit le pays des Omèguas, puissante tribu indienne qui, pour garder sa liberté, était descendue du nouveau royaume de Grenade, et peuplait un espace de plus de trois cents lieues au-dessous du Rio-Napo.

Le Père Fritz indiquait sur sa carte plus de trente villages appartenant aux Omèguas. Les malheureux finirent par se disperser, effrayés qu'ils étaient par les brigands de Para qui venaient les surprendre, puis les vendaient comme esclaves. Alors, abandonnant les bords du fleuve, ils s'enfuyaient dans les bois, ou gagnaient les missions espagnoles ou portugaises, afin de se mettre sous leur protection.

M. des Odonais s'arrêta cependant au dernier village de cette tribu, et prit un repas amical dans le plus magnifique carbet de la mission, carbet ombragé par un floripondio, dont les fleurs causent une étrange ivresse. Il fuma, sur la natte hospitalière des sauvages, la poudre du *carupa* remplaçant le tabac pour les Omèguas, et dont ils aspirent la fumée odorante en se servant d'un tuyau bizarre terminé en forme d'un Y, dont les deux branches se placent dans les narines.

Jean des Odonais passa plusieurs heures en compagnie du missionnaire qui l'avait cordialement accueilli, et en le quittant il lui dit avec émotion :

— Une jeune femme, ma chère compagne, fera bientôt avec moi la route que je suis seul aujourd'hui..... Mon devoir est de revenir la chercher, à mon retour de France..... Si des événements que je ne puis prévoir m'obligeaient au contraire à la rappeler, aidez-la, protégez-la, mon Père, je vous la recommande...

— Soyez tranquille, mon fils... Votre passage dans cette mission est consigné dans le livre qui forme notre *historial* ; je n'omettrai

point de mentionner le passage, sinon probable, du moins possible,
de Mme Godin des Odonais... Si je suis mort avant que vous reve-
niez par ce village, mon successeur, prévenu par les écrits que je
lui transmettrai, se souviendra de votre prière...

Le voyageur, rassuré par ces promesses, remonta en canot, dépassa Povas, et trouva à sept journées de cette bourgade la dernière des missions espagnoles.

A partir de ce moment, il demanderait aide et bon accueil aux
religieux portugais.

Le temps, jusqu'alors, s'était montré admirable; mais, dans ce
pays brûlant, rien ne garantit des variations de l'atmosphère. Tandis que le ciel se couvrait de nuées sombres, les eaux de l'Amazone
se gonflaient comme celles de la mer. Un vent effroyable abattait,
comme de simples épis, les arbres géants sur la rive, et les préci-
pitait dans le fleuve, qui fut bientôt couvert d'énormes débris végétaux, qui, poussés par les eaux soulevées, menaçaient à chaque
instant de faire chavirer le canot. Des éclairs fulgurants se succédaient sans relâche, la petite embarcation paraissait sans cesse me-
nacée de sombrer.

Les Indiens, après avoir essayé vainement de lutter contre la
tempête, prirent le parti plus prudent de gagner l'embouchure d'un
ruisseau où les mouvements du fleuve se faisaient moins sentir.
Afin que le canot se trouvât plus en sûreté, il fallut longer la côte
de près, et dès lors le danger causé par la chute des arbres devint
imminent. Un de ces chocs brisa la toiture de feuilles de palmier de
la barque, et lorsque la fin de l'orage permit, au matin, d'abandonner l'abri du petit port choisi dans le ruisseau, et de regagner le
fleuve, M. des Odonais constata qu'il devenait urgent de se munir
au plus vite d'un autre canot. La mission portugaise se mit tout
de suite à sa disposition et le lui fournit avec quatorze rameurs, un
patron et un guide portugais.

A partir de cet endroit, les rives de l'Amazone commencèrent à
prendre un aspect différent. Les carbets faisaient place à des maisons de pierre; du milieu des arbres, M. des Odonais vit s'élancer
les clochers des couvents et des chapelles. La civilisation venait de
frayer sa route jusqu'à la mer.

Les Indiens, que l'on apercevait sur le rivage, occupés de leurs

cultures et de leurs récoltes, portaient des vêtements de toile filée
en Bretagne. Dans le premier bourg où fit escale le jeune ingénieur,
il trouva, à sa grande surprise, dans chaque maison des choses dont
l'emploi était inconnu des Omèguas : des miroirs, des peignes, des
ciseaux, des coffres munis de serrures. Les Indiens se procuraient
ces objets à Para, où ils les échangeaient contre du cacao, car la
monnaie n'avait point alors cours à Para, et les transactions commerciales se faisaient toutes au moyen de la précieuse graine du
cacaoyer.

Sur le fleuve, l'aspect n'était pas moins varié que sur la rive. Les
canots, d'une forme élégante, empruntaient seulement leurs carènes
aux troncs d'arbre de Matapolos. Ils portaient pour la plupart des
mâts, des voiles de feuilles, et marchaient comme des brigantins.

Couri, la dernière des missions portugaises, garda pendant plusieurs jours M. des Odonais. Il tenait à prendre sur les bouches du
Purus et sur le Rio del Negro des renseignements précis que nul
ne lui donnerait mieux que le vieux Carme dont il accepta la cor-
diale hospitalité.

Après un frugal repas, le mari d'Isabelle, que n'abandonnaient
jamais d'une façon absolue les légendaires souvenirs évoqués par
la jeune femme, demanda au bon religieux :

— Mon Père, croyez-vous à l'existence des fameuses Amazones?

— Je vous répondrai, mon fils, ce que j'ai eu l'honneur de dire à
M. de la Condamine qui m'a fait, il y a sept années, la même question : Oui, j'y crois... j'y crois d'autant plus qu'elles habitaient un
territoire voisin de celui-ci...

— Vos prédécesseurs ont-ils vu quelques-unes de ces femmes
étranges?

.   — Je l'ignore; mais, en quelque village indien que vous parliez
des Amazones, qui donnèrent leur nom à ce fleuve, on vous affirmera unanimement qu'elles formèrent une tribu guerrière redou-
tée et puissante...

— Vraiment!

— Lorsque Orellano arriva, en 1540, jusqu'à ces parages, un cacique l'effraya tellement en lui parlant des Amazones, qu'Orellano,
le premier Européen qui ait descendu le fleuve jusqu'ici, n'osa pas
s'aventurer plus avant dans la crainte de les rencontrer. Tout ce

qu'ont pu m'apprendre les traditions indiennes sur ces femmes extraordinaires, c'est qu'elles vivaient du produit de leur chasse, montaient admirablement à cheval, et ne souffraient point d'hommes dans leur ville. Chaque année, elles descendaient vers le fleuve, passaient un mois environ dans ces parages, puis rentraient dans leur cité. Elles élevaient soigneusement leurs filles; mais elles rapportaient les fils à leurs pères qui se chargeaient d'en faire des guerriers.

— Cela est fort étrange! répondit M. des Odonais vivement intéressé par le récit du religieux.

— Pas autant, peut-être, qu'il vous paraît d'abord. La femme indienne ne connaît du mariage que les épreuves et les douleurs. Son mari la bat, la dédaigne, la charge de fardeaux comme une bête de somme, l'attelle à la charrue, l'oblige à cultiver sous le fouet le manioc et le maïs, tandis qu'il fume paisiblement, ou boit une liqueur fermentée. Quelques Indiennes, révoltées sans doute, contre une servitude pire que celle de l'esclave, se seront enfuies vers les hauteurs, afin d'échapper aux mauvais traitements. Ce village nouveau, sorte de lieu d'asile des Indiennes lasses du joug, se sera peuplé rapidement. Les filles auront suivi l'exemple de leurs mères. Sans doute, comme l'affirment les Indiens, ces femmes étaient braves comme ces autres Amazones dont l'histoire grecque nous a légué le souvenir.

J'ai réuni sur les guerrières du Marañon des notes très importantes que je vous remettrai; peut-être, les savants de l'Europe s'intéresseront-ils à l'histoire de cette singulière tribu, dont quelques-uns affirment que les dernières filles habitent sur les monts voisins de l'Oyapok.

— On n'a jamais parlé, à votre connaissance, des trésors de ces terribles Amazones?

— Non, mon fils; c'étaient des chasseresses, peu soucieuses d'or et de bijoux. Mais si vous aimez les légendes, vous serez servi à souhait prochainement.

— Comment cela?

— C'est dans la grande île formée par les deux grands fleuves de l'Amazone et de l'Orénoque, auxquels le Rio-Negro sert de lien, qu'existait jadis le lac *Parmé*.

— A-t-il donc disparu, mon Père ?

— D'une façon complète ; les eaux se sont écoulées sans nul doute ; mais on ne peut même indiquer d'une façon certaine l'emplacement de ce lac magnifique, reflétant dans ses eaux la *Manoa del Dorado*.

— La *Manoa del Dorado* !

— On affirme que les murs de cette cité étaient recouverts de plaques d'or. Le palais du souverain surpassait en richesses le temple du Soleil à Cuzco, le palais des Incas à Cuxamarica, et les jardins d'or, dont l'art des ouvriers avait fait une des merveilles de l'Amérique.

— Ainsi, demanda M. des Odonais, le chef de cette cité s'appelait le Dorado !

— Oui, le Dorado, l'homme d'or ! Sans doute, il devait ce surnom à la magnificence de ses armes ; mais j'ai trouvé, dans une vieille chronique mentionnant le luxe et les magnificences de ce roi, une raison qui me paraît assez juste. Dans un grand nombre de peuplades, les jours de fêtes solennelles, les Indiens, après s'être fait oindre le corps de miel, font répandre sur leurs membres des plumes rouges coupées si finement qu'elles ressemblent à une poussière écarlate. Les plumes rouges ne paraissant point au maître dignes de sa personne, il les faisait remplacer par de la poudre d'or qui, sous les rayons du soleil, faisait paraître presque aussi éblouissant que l'astre lui-même.

— En effet, répondit Jean des Odonais, voilà une prodigalité vraiment royale !

— Après cela, mon fils, on se servait peut-être simplement de mica ; il abonde, dans ces parages, et brille presque autant que de la poudre d'or.

— Ne reste-t-il aucune trace de la ville aux murailles couvertes de lames de métal ?

— Je crois le nom du village de Manaous un dérivé de Manoa ; peut-être même ce rapprochement a-t-il causé l'erreur générale des voyageurs abusés par des récits chimériques, et aura donné comme réelle l'existence d'une ville dont il ne reste pas une pierre, pas une inscription.

Les paroles du religieux avaient rappelé à M. des Odonais le souvenir de ses recherches infructueuses. Cette fois, si un sentiment de regret rapide traversa son esprit, à la pensée que nul n'avait eu la constance de rechercher les vestiges de la *Manoa del Dorado*, il le dompta rapidement, et le souvenir d'Isabelle chassa toute pensée de recherches vaines.

Le lendemain, après avoir pris congé du missionnaire, M. des Odonais se rembarqua.

A partir du Rio del Negro, l'Amazone atteint une lieue de largeur; plus loin, elle triple cette dimension, et berce des iles de fleurs et de verdure. Pendant les inondations, le fleuve n'a plus de limites.

A l'une des escales que fit le voyageur, un Portugais lui offrit une pierre d'une espèce inconnue.

— Elle provient, lui dit-il, du lit de la rivière de Papoyos, et a pour privilège de guérir de la fièvre, de la colique néphrétique et de l'épilepsie.

Ses propriétés égalent au moins celles des bézoards d'espèces diverses trouvés dans le corps des animaux de vos pays... Si je doute un peu de ces vertus médicinales et préservatrices, auxquelles la superstition populaire accorde une confiance illimitée, je la trouve du moins fort belle, d'un beau vert laiteux, et presque semblable à du jade oriental.

Malgré son extrême dureté, les habitants de ce pays parviennent à la sculpter. Je souhaite qu'elle vous garde en santé, vous et ceux que vous aimez.

M. des Odonais remercia vivement son hôte, et plaça cette pierre au milieu des nombreuses curiosités qu'il destinait au cabinet du roi.

L'aspect du pays ne tarda pas à changer d'une façon absolue. Du Pougo à l'endroit où se trouvait alors M. des Odonais, on ne pouvait voir ni un coteau ni un pli de terrain, tandis que les montagnes faisaient leur apparition, variant le paysage au Nord et s'enfonçant à douze ou quinze lieues dans l'intérieur des terres. Ces montagnes formaient le point de partage des eaux de la Guyane; et peut-être si M. des Odonais eût éprouvé la curiosité de les visiter, y aurait-il trouvé les dernières filles de ces Amazones qui épouvantèrent si fort Orellano.

Un peu avant d'arriver au Xingu, M. des Odonais courut un danger grave : un immense tronc d'arbre arraché à la rive et emporté par la force du courant, frôla son embarcation et faillit la faire chavirer; le péril passé, le voyageur eut la curiosité de mesurer le cadavre végétal : il dépassait vingt-cinq pieds de circonférence. L'Amazone, grossie par le Xingu, débordait sur les anciennes rives; les îles se multipliaient aux regards charmés ; l'eau s'étendait à perte de vue, et véritablement le fleuve immense méritait son nom : la *Mer d'eau douce*. Mais si la terre avait disparu, les arbres continuaient à embellir le paysage; seulement, on apercevait à peine leurs racines coudées, et les feuillages descendaient se baigner dans le fleuve.

Tantôt ces arbres dessinaient d'immenses avenues parallèles; tantôt des massifs de futaies magnifiques s'enfonçaient dans le continent.

Les palétuviers géants élevaient au-dessus de la vase leur tronc, dont la hauteur dépassait parfois cinquante pieds. Ils couronnaient tous les espaces assez rapprochés de la mer pour que l'eau salée vînt les fructifier. Quand le flux se retirait, la chaussée noire, formée par ces énormes racines, se dessinait à une grande hauteur, et l'Amazone roulait sous des arches aériennes. Si la mer fût restée trop longtemps sans baigner la forêt de palétuviers, celle-ci, desséchée tout à coup, se serait abattue sur la rive avec un fracas de tonnerre.

L'impatience d'arriver empêcha M. des Odonais de parcourir la forêt de palétuviers. Il avait hâte de s'arrêter à Curupa, factorerie portugaise, bâtie par les Hollandais quand ils étaient maîtres du Brésil. L'intention du mari d'Isabelle était d'y attendre, après avoir fait les démarches obligatoires, l'autorisation de passer de cette petite ville à Cayenne.

La réponse que fit à la lettre du voyageur le marquis de Mendoza Gorjao fut tellement courtoise que M. des Odonais alla le voir à sa résidence, y passa une journée, puis revint à Curupa, où, grâce à la courtoisie de son hôte, il trouva une pirogue commandée par un soldat de la garnison, et une autre, armée de quatorze rames, qui n'attendaient que son arrivée pour prendre la mer.

Cette pirogue devait le conduire à Cayenne.

Jean des Odonais visita Macapa, en côtoyant la rive gauche de l'Amazone, jusqu'à son embouchure. Arrivé là, il fit, comme M. de la Condamine, le tour de la grande île de *Joanes* ou de *Morajo* ; puis il continua sa route vers Para, une des villes les plus importantes de la contrée, située sur la rive orientale du *Méja*, au-dessus de l'embouchure du Capim qui vient lui-même de recevoir la rivière de Guama. L'Amazone, ce fleuve insatiable, grossi par toutes les eaux tributaires, se précipite alors dans la mer au milieu d'un dédale d'îles et de canaux.

Le port de Para présentait une animation extraordinaire, au moment où M. des Odonais y descendit. La flotte marchande de Lisbonne venait d'y jeter l'ancre. Avant de prendre une résolution sur la durée du séjour qu'il devait faire dans cette ville, le voyageur s'installa dans une sorte d'auberge, déballa ses papiers, fit des observations qu'il se réservait de comparer avec celles de M. de la Condamine, et établit 1° 28' de différence du méridien de Para à celui de Paris.

Elle était occupée à peindre une petite mulâtresse. (*Voir page* 176.)

XV
LA PÊCHERIE DE LAMANTINS (*suite*)

Depuis la journée passée avec M. de Mendoza Gorjaô, le désir de passer rapidement en France avait subi une modification dans l'esprit du mari d'Isabelle.

Un mot, lancé par son hôte, avait été pour lui une sorte de révélation.

Sans doute, la nécessité de régler les affaires de la succession paternelle subsistait encore, mais M. des Odonais, si facile à entraîner dans la voie des aventures commerciales, se demanda si, avant de s'embarquer, il n'aurait pas le temps de fonder un établissement qui prospèrerait pendant son absence. Il gardait des sommes considérables provenant de la vente des diamants de sa femme et pouvait créer quelque chose avec la moitié de ces ressources.

— J'ai juré de ne plus me lancer dans de chimériques entreprises, pense M. des Odonais, tandis qu'assis dans sa petite chambre, à Para, il regardait la mer couverte de voiles ; j'ai tenu cette parole, car je ne suis pas allé à la découverte des retraites mystérieuses des Amazones, et la tentation ne m'est pas même venue de chercher la plaine de la *Manona del Dorado*... Mais trafiquer du bois de clou, de crabe, expédier de la salsepareille, du cacao et du sucre, refaire dans l'industrie une fortune égale à celle que je possédais jadis, Isabelle ne me l'a jamais défendu.

Encore une fois, M. des Odonais cédait à la tentation de courir après les richesses. Semblable au joueur effréné qui reprend les cartes jetées dans une heure de désespoir, il se demandait s'il ne pouvait pas encore tenter la chance.

Cependant, après s'être rendu compte des ressources de Para, véritable forteresse portugaise, située à trente lieues de Cornuta, il remonta dans son canot et parcourut rapidement les cent trente lieues qui le séparaient de Cayenne. Là seulement il pouvait trouver le moyen de réaliser son nouveau rêve.

Le soir, tandis qu'il errait sur le port, il vit une foule assez nombreuse attendant l'arrivée d'un bateau qui semblait lourdement chargé. Les hommes qui le montaient venaient de courir des dangers, ou devaient rapporter une pêche curieuse, car l'animation était assez grande dans les groupes.

A côté de M. des Odonais se trouvait un personnage au teint bistré, aux yeux ardents, à la bouche mince, dont la mine hautaine annonçait plus de vanité que de noble orgueil, tandis que son costume trahissait, en dépit d'un soin extrême, une gêne arrivée à un point où il deviendrait impossible de la dissimuler.

Ce personnage, comprenant que M. des Odonais était étranger, se rangea pour lui faire place avec une courtoisie que le voyageur crut devoir payer d'un salut.

— Pourriez-vous me dire, Monsieur, ce que l'on attend sur ce port? demanda l'ingénieur à l'homme au teint bistré.

— Le résultat d'une pêche de lamantins.

— On en rencontre, sur cette côte ?

— Autant que l'on en veut prendre... Et si les habitants de Cayenne n'étaient aussi niais, ils trouveraient dans cette pêche une source de fortune.

— Pourquoi la négligent-ils ?

— Par ignorance, ou par apathie.

— Mais, demanda M. des Odonais, la chair du lamantin est donc bonne?

— Exquise ; elle vaut celle de l'esturgeon. Si l'on établissait une pêcherie de lamantins, il serait facile d'en débiter la chair aux nègres, qui la préfèreraient mille fois à la morue salée formant la base de leur nourriture.

— Permettez-moi de vous demander, Monsieur, pourquoi, ayant cette conviction, vous ne créez pas vous-même la pêcherie dont vous garantissez le succès?

— Pour deux raisons : la première, c'est ma qualité de médecin : Tristan d'Orsecaval, docteur français ; la seconde, c'est que l'on ne fonde rien sans argent. A Cayenne, la maladie tue les malades, les médecins n'ont pas le temps de les soigner.

— Vous voulez dire que les médecins n'y font pas fortune?

— Positivement!

— Ce n'est ni la faute de la science ni la faute de la nature, dit M. des Odonais, car jamais terre ne produisit plus libéralement des plantes salutaires que l'admirable pays que je viens de traverser ; j'arrive de Rio-Bamba, et je me nomme Jean des Odonais.

— L'ami de l'académicien la Condamine ?

— Vous avez vu M. de la Condamine !

— Il y a sept années... Tenez, Monsieur, la barque arrive, voyez, elle plie sous son chargement.

En effet, la barque revenait remplie d'une pêche magnifique, monstrueuse. Les hommes eurent beaucoup de peine à traîner sur le rivage les gigantesques cétacés, entrevus dans les demi-ténèbres, avec leur long corps terminé par une tête ronde, leurs nageoires semblables à des bras trop courts; ils paraissaient avoir quelque chose d'humain qui troublait profondément. S'il se trouvait, dans le nombre des victimes, des mâles à rudes moustaches, on y voyait aussi des femelles, dont les mamelles gonflées laissaient encore jaillir du lait, des petits que les mères avaient défendus avec un rare courage; enfin cette scène rappelait moins l'idée d'une pêche que d'un massacre. Tandis que l'ingénieur regardait attentivement ce qui se passait, Tristan d'Orsecaval lui parlait, en langage scientifique, de la nature des lamantins, de leur anatomie, de leurs mœurs, et il termina ces détails par la phrase qu'il avait dite au début :

— On ferait une fortune en créant une pêcherie de lamantins.

L'idée de Mendoza Gorjaô, idée rapidement épousée par M. des Odonais, était au contraire que des défrichements et des ventes de bois offriraient, à un homme possédant des connaissances spéciales, de grandes chances de fortune. M. de Mendoza avait raconté à son hôte que, plus d'une fois, il avait éprouvé la tentation de fonder sur l'Oyadok un établissement composé d'Indiens, et ayant pour but l'expédition de bois rares en Europe.

Cette idée avait germé dans le cerveau de M. des Odonais et, au moment où il débarqua à Cayenne, il venait de prendre la résolution de tenter cette aventure, quand Tristan d'Orsecaval lui parla des bénéfices probables que donnerait une pêcherie.

Jean se demanda, avec la rapidité imprévoyante qui faisait le fond de son caractère, s'il ne pourrait pas confier la direction d'un établissement de ce genre à un homme du pays, fournir les fonds d'installation, s'associer avec Tristan d'Orsecaval, et réaliser d'une façon rapide cette fortune après laquelle il courait.

Ses ouvertures furent reçues avec enthousiasme par Tristan d'Orsecaval, dont, avec une confiance d'enfant, M. des Odonais fit rapidement son ami.

Grâce à la promptitude de Tristan, on loua des terrains, on éleva des bâtiments pour le dépeçage des lamantins. On se munit de

chaudières et de barils pour l'extraction et l'épuration de l'huile.
Des Indiens furent engagés, et la pêche commença. Les premiers
résultats parurent satisfaisants.

Se croyant, dès lors, certain de réaliser plus de bénéfices en restant à Cayenne qu'en allant, en France, régler ses affaires de succession, l'ingénieur résolut de se fixer dans sa nouvelle résidence,
et de se rendre à Rio-Bamba afin d'en ramener sa femme et l'enfant
qui était né depuis son départ.

La lettre de M. des Odonais, écrite à M. de Rouillé, ministre de
la Marine, demandait des passe-ports et des recommandations à la
cour de Portugal, afin qu'il lui fût possible de remonter l'Amazone,
et de ramener sa femme par la même route.

Peu après, M. de Rouillé apprit à M. des Odonais que Sa Majesté
trouvait bon que messieurs les gouverneurs et intendants de
Cayenne lui donnassent des recommandations pour le gouvernement de Para.

Immédiatement, M. des Odonais écrivit à M. de la Condamine,
lequel sollicita ses passe-ports, et lui envoya une lettre pour le
commandant de la Cuda, ministre de Portugal en France, et une
lettre de M. l'abbé de la Ville, annonçant à M. des Odonais que ses
passe-ports venaient d'être expédiés de Lisbonne à Para.

Cependant, lorsque M. des Odonais prit des informations auprès
du commandant de Para, celui-ci répondit qu'il n'était rien parvenu
à l'adresse de M. des Odonais.

D'où pouvait provenir ce retard? Ou quelle était la cause de cette
mauvaise volonté?

Jean des Odonais eut peur de le comprendre.

Tandis qu'il abandonnait la direction de la pêcherie de lamantins à l'initiative de Tristan d'Orsecaval, M. des Odonais appliquait
les connaissances que lui avaient données ses voyages à travers
les plus belles forêts du monde, et écrivait un long mémoire au
gouvernement français, afin de spécifier la valeur et la solidité des
bois du pays, dont la Marine pourrait tirer de grands avantages,
comme le *coupi*, le *courbaril*, le *balata*.

Mais il ne s'en tint pas à l'idée d'agrandir nos conquêtes scien-
tifiques et commerciales. Les difficultés éprouvées par les voyageurs pour remonter ou descendre l'Amazone, difficultés doublées

depuis que le Portugal s'était séparé de l'Espagne, firent germer dans la pensée de M. des Odonais un plan de conquête forcée. Un coup de main pouvait livrer l'Amazone à la France, et rendre libre la navigation du fleuve, sauf à prendre plus tard des précautions pour se maintenir dans ces solitudes. Un long mémoire fut adressé à M. de Choiseul. En le lui expédiant, M. des Odonais envoyait au cabinet du roi diverses pièces d'histoire naturelle : de la graine de salsepareille, cinq espèces de *batua*, et une grammaire en langue *quichua*, imprimée à Lima peu de temps avant son départ de Rio-Bamba. Ce livre était dédié à M. de Buffon.

Tous ces objets parvinrent à leur destination, et cependant M. des Odonais n'entendit jamais parler de son mémoire politique. Le comte de Choiseul le crut-il d'un naturel trop compromettant pour y répondre? M. des Odonais le pensa, et cependant les troubles de la guerre suffisaient pour expliquer le silence de M. de Choiseul et celui du comte de Pombal.

Mais M. des Odonais y trouva le sujet d'une crainte si grande qu'il n'osa plus songer à retourner à Rio-Bamba. Il tremblait que le gouvernement espagnol, le considérant comme un traître, le fît châtier dès qu'il aurait franchi les lignes du territoire portugais. Force lui fut donc de se résigner et d'attendre la fin des hostilités pour songer à regagner Rio-Bamba.

Sa pensée de rentrer en France fut complètement abandonnée.

Cependant les pêcheries de lamantins, dont les bénéfices avaient d'abord paru superbes, cessèrent brusquement de prospérer.

Après avoir goûté cet aliment nouveau pour eux, les nègres revinrent à la morue salée. Les lamantins, chassés, devinrent défiants. Plus d'une barque se perdit. Tristan d'Orsecaval, pour avoir fondé sa pêcherie sur une trop vaste échelle, dépensa des sommes tellement fortes que le mari d'Isabelle, après avoir réglé une affaire qui se soldait par une perte considérable, dit adieu à Trisan d'Orsecaval et abandonna Cayenne pour aller, sur les rives de l'Oyapok, commencer, avec ses dernières ressources, les défrichements dont M. Mendoza Gorjaô lui avait fourni la première idée.

Dans un des magasins de Rio-Bamba, où se vendaient les toiles bleues constituant le costume uniforme des Indiens, se trouvaient en ce moment deux hommes arrivant des missions espagnoles. Ils venaient faire des achats indispensables, et devaient retourner prochainement à Laguna. Ils parlaient, sans nul doute, de choses dignes d'intérêt, car le négociant oubliait d'étaler devant eux de nouvelles marchandises, et les écoutait en donnant les signes du plus profond étonnement.

— Je vous affirme, reprit un des voyageurs, que j'ai vu, vu de mes yeux, une lettre, une grosse lettre couverte de cachets rouges, adressée par M. des Odonais au directeur général de la mission. Mais ce qui est plus merveilleux encore, c'est que le roi de Portugal a envoyé une galiote dans les eaux de l'Amazone, afin de ramener Mme Isabelle vers son mari.

— Tout ceci me semble complètement incroyable, répondit le marchand ; la ville de Rio-Bamba est petite, les nouvelles y circulent vite... Si la fille du corrégidor avait reçu des lettres de son mari, elle l'eût, dans sa joie, fait connaître à tout le monde... Mais rien n'est changé dans la maison... Doña Isabelle pleure, quand elle est seule, le mari qu'elle ne reverra sans doute jamais, et c'est à peine si doña Isidora Quérida a le pouvoir de lui arracher un sourire... Depuis dix-sept ans que M. des Odonais est parti pour Cayenne, la douleur de sa femme est restée aussi profonde.

— J'ai vu la lettre, répéta le marchand.

— Mais vous ne l'avez pas lue !

— Naturellement, puisqu'elle avait ses cachets intacts.

— Qui l'apportait ?

— Un homme arrivant de Cayenne, Tristan d'Orsecaval.

— N'avait-il donc pas mission de la remettre à Mme des Odonais ?

Non, il devait attendre son arrivée à Laguna et la faire parvenir par le gouverneur de la mission.

— Vous avez rencontré cet homme à Laguna ?

— Il était en ce moment à Loreto, occupé à faire le commerce pour son compte. Je crois être sûr qu'il chargea de la commission un homme se rendant à Laguna : il voulait sans doute s'épargner huit jours de voyage.

— Le messager a perdu la lettre, ou il a reculé devant le trajet de Laguna à Rio-Bamba ; car, je vous le répète, tout le monde dans la ville saurait des nouvelles de M. des Odonais s'il en était parvenu dans la maison du corrégidor.

— Mais en admettant que la lettre se soit perdue, reprit le voyageur, la galiote est toujours là.

— Quelle galiote ?

— Celle que le roi de Portugal envoie au-devant de Mme Isabelle afin de la conduire à Cayenne, où se trouve son mari...

— Vous êtes sûr de ce que vous avancez ?

— On ne parlait que de cela, dans la mission.

— Écoutez, dit le négociant, cette nouvelle est de nature à bouleverser une famille déjà trop éprouvée ; mais si, de cette émotion, doit sortir une consolation pour une admirable femme, mieux vaut encore lui causer une émotion violente. Allez chez le corrégidor, demandez Joaquin, un noir qui donnerait sa vie pour ses maîtres, et dites-lui ce que vous venez de m'apprendre...

— J'irai ce soir même, car je ne compte point séjourner à Rio-Bamba ; Dieu veuille que cette parole console Mme des Odonais !

En effet, en quittant la boutique, où il venait de faire une ample provision de toile, le négociant de Loreto se rendit chez le corrégidor.

Il s'entretint longtemps avec Joaquin, et celui-ci, tremblant de joie, et si ému qu'il pouvait à peine parler, lui dit :

— Attendez-moi, je vous en supplie, je dois préparer ma maîtresse à cette nouvelle... Si vous veniez lui apprendre brusquement que son mari l'appelle et qu'une barque l'attend à Laguna, le saisissement pourrait la tuer... Je la connais bien, allez ! J'ai veillé sur son berceau comme j'ai veillé sur celui de Quérida. Je vais lui dire... Oh ! je ne sais pas ce que je vais lui dire, mais je suis sûr que Dieu m'inspirera.

Tandis que Joaquin s'entretenait avec le marchand, Mme des Odonais était assise tristement dans un des salons de la maison du corrégidor. La douleur avait pâli, sans l'éteindre, la beauté d'Isabelle. Cependant, dans ses heures d'angoisse les plus cruelles, elle avait un recours : le cœur de Quérida.

Elle se leva et passa dans une pièce contiguë, où sa fille était occupée à peindre une de ses petites mulâtresses. La jeune artiste renvoya aussitôt son modèle pour demeurer seule avec Isabelle.

Cette jeune fille avait seize ans ; c'était l'ange que le mari d'Isabelle n'avait pu bénir, l'unique consolation de la vie de Mme des

Odonais, le souvenir vivant de celui qui, depuis tant d'années, restait loin du foyer où l'on pleurait son absence.

— Mère, dit Quérida d'une voix douce, en la voyant entrer, que
vous êtes bonne d'être venue ! Lorsque nous sommes seules toutes
deux, ce sont nos bonnes heures, nous pouvons tout nous dire, et
parler de mon père. Quand je prononce son nom devant mon aïeul,
il fronce le sourcil comme s'il gardait rancune à son gendre du
long deuil que tu portes... Fray Juan me conseille de me résigner,
Antonio jette ses enfants dans mes bras afin de me consoler par
leurs caresses ; Joaquin secoue tristement la tête... Tous semblent
avoir perdu l'espérance, excepté toi, ma vaillante mère.

— Oh ! moi, répondit Mme des Odonais, je garde ma confiance
comme je garde ma foi... Quérida, nous avons raison contre tous et
en dépit de tout... Quelle suite de malheurs a jusqu'ici retardé l'arrivée de ton père? je l'ignore... Nous avons eu si longtemps la guerre
qu'il est impossible de correspondre... Mais le silence n'est pas
l'oubli ! La séparation n'est pas la mort. J'ai souffert, j'ai pleuré,
mais j'ai cru et je crois... Il viendra, à une heure que j'ignore, un
homme qui me criera : « Votre mari est vivant ! » Et cet homme
dira la vérité, et cette vérité, je la sentirai passer dans tout mon être.

— Vous êtes une sainte ! dit doucement Quérida en posant son
front sur l'épaule de sa mère.

Mme des Odonais la pressa dans ses bras et l'y garda longtemps.

Le bruit d'une porte qui s'ouvrait fit tourner la tête à la jeune
fille ; mais elle reprit tranquillement sa première pose en disant :

— C'est Joaquin, le bon Joaquin !

Le noir ne se pressait pas d'approcher ; sans doute il était sous le
coup d'une émotion puissante, car il s'appuya contre le mur.

— Eh bien ! Joaquin, demanda Quérida, qu'as-tu donc? On dirait
que tu trembles... Tu ne nous apportes pas une mauvaise nouvelle,
j'espère?

— Non, Niña, non, ce n'est pas une mauvaise nouvelle... Votre
pauvre nègre se fait vieux, et ses jambes lui refusent le service...
Je viens... Dieu est le maître de toutes choses, n'est-ce pas... Il
nous éprouve et il nous console... Mais la joie fait souvent autant
de mal que la peine... Niña, et vous doña Isabelle, vous êtes fortes,
n'est-ce pas...

— Joaquin, s'écria Mme des Odonais, en se levant toute droite et en gardant sa fille pressée contre elle, tu sais un secret consolant ou terrible... parle ! parle donc ! tu vois bien que je devine, tu vas me parler de mon mari.

Joaquin s'agenouilla devant les deux femmes.

— Oui, dit-il, et le messager est là.

Un cri de joie folle s'échappa de la poitrine de Mme des Odonais.

— Qu'il vienne ! dit-elle, qu'il vienne !

Alors, tandis que la mère et la fille enlacées écoutaient, anxieuses, le marchand de Loreto recommença le récit qu'il avait fait précédemment chez le marchand de toile.

— Ainsi, demanda Mme des Odonais, ce Tristan d'Orsecaval est arrivé à Loreto, porteur de lettres adressées au Supérieur de la mission Maynas...

— Oui, Señora.

— Et il ne les a pas remises ?

— Non, il les a envoyées. Outre la lettre destinée au Supérieur des missions, le paquet à votre adresse en renfermait deux autres : la première adressée au Père général des jésuites, et la seconde au Provincial de Quito.

— Et voilà tout ce que vous pouvez m'apprendre ?

— Je sais encore ceci, Señora : la galiote portugaise envoyée au-devant de vous par le roi de Portugal, à la prière de M. des Odonais, est mouillée à Tavatingua...

Des larmes abondantes coulèrent des yeux de Mme des Odonais. Elle couvrit sa fille de baisers, elle remercia le ciel avec l'effusion du bonheur ; et tirant de son doigt une riche bague, elle la donna au marchand :

— Acceptez, dit-elle, acceptez : c'est le souvenir d'une femme à qui vous venez de rendre la vie !

Elle ajouta un moment après :

— Resterez-vous longtemps à Rio-Bamba ?

— Le moins longtemps possible : mes affaires me rappellent à Loreto.

— Promettez-moi de revenir avant votre départ. J'aurai sans doute un service à vous demander.

— Je vous en donne ma parole, Señora ; quand on prononce

votre nom à Rio-Bamba, tous les pauvres le bénissent ; je remercie
le ciel de m'avoir permis de vous consoler.

Le marchand se retira, et Mme des Odonais, seule avec sa fille,
put laisser déborder la joie qui lui remplissait le cœur.

— Oh ! comme mon âme voyait et comprenait, Quérida ! Nous
n'avons jamais douté, toutes deux.., et Dieu nous a béni es pour notre
confiance...

Un moment après, les deux femmes se trouvaient dans le cabinet
du corrégidor.

— Mon père, dit Mme des Odonais, il faut, avant tout, essayer
d'avoir les lettres de mon mari... Fray Juan fera des démarches à
Quito... peut-être le paquet est-il parvenu à sa destination.

— J'enverrai un courrier, répondit M. de Grandmaison ; les
quarante lieues qui séparent Rio-Bamba de Quito seront vite
franchies. J'avoue que la présence d'une galiote portugaise dans
les eaux de l'Amazone, galiote expédiée aux frais du roi, me semble
peu probable ; l'envoi des lettres ne prouverait pas qu'un bateau
fût chargé de t'attendre... Je redouterais si fort pour toi une déception que je tremble de te voir espérer trop vite.

Le soir même, le courrier partit ; au bout de huit jours il revint
à Rio-Bamba.

Ni le général des jésuites, ni le provincial de Quito n'avaient
reçu les lettres adressées par M. des Odonais. En réponse à la mis-
sive pressante adressée par fray Juan au Père Térol, provincial de
Saint-Dominique, celui-ci répondait que les plus actives et les plus
minutieuses démarches avaient amené un résultat négatif.

— Qu'est-ce que cela prouve ? demanda Isabelle ; les lettres se sont
perdues, le messager est mort, voilà tout. La seule chose vraie, c'est
que mon mari m'attend et que mon devoir est de le rejoindre.

Les affirmations du marchand de Loreto n'avaient pas tardé à se
répéter dans la ville ; parmi les habitants de Rio-Bamba, les uns
croyaient à l'arrivée de la galiote dans les eaux de l'Amazone, les
autres la rejetaient comme une fable. Tout le monde était d'avis
qu'avant d'entreprendre un voyage effrayant, même pour des
hommes courageux, Isabelle devait avoir des données plus certaines.

Ce fut également l'opinion de M. de Grandmaison, celle d'Antonio et de fray Juan. Sur le récit d'un homme qui avait entendu parler du bâtiment mouillé à Tavatinga, mais qui n'avait point monté à son bord et n'avait adressé ni une parole ni une question aux matelots, on ne pouvait risquer la vie de plusieurs personnes.

— Eh ! qu'importe ma vie ! s'écria Mme des Odonais.

— Tu le dois à ta fille, sinon à nous !

Mme des Odonais baissa la tête.

— Je ne sais pas si vous avez raison, dit-elle, mais je souffre plus que vous ne sauriez le croire... Combien de temps s'est-il écoulé déjà, depuis que mon mari a expédié ces lettres, dont nous ne retrouvons nulle trace... Il va se croire oublié... Il pensera que sa femme redoute les périls d'une traversée, et refuse d'aller à lui.... Tenez, mon père, je veux bien patienter encore, j'essaierai de dominer mon angoisse, et d'obéir à la raison plus qu'à l'impétuosité de mon cœur... Mais accordez-moi une grâce... Ce que vous craignez de me voir faire tout de suite, chargez-en un homme dévoué... Joaquin, par exemple.., Envoyons-le jusqu'à Tavatinga, il verra le capitaine de la galiote, il le questionnera, il me rapportera des nouvelles certaines... Si vous faites cela, j'attendrai.

— Soit ! répondit M. de Grandmaison.

Sur les questions pressantes du noir, il essaya de répondre. (*Voir page* 182.)

XVI

LE DROIT DE LA FEMME

Quand le négociant de Loreto reprit le chemin de la mission du

Meynas, le noir fidèle de la comtesse des Odonais l'accompagnait avec une troupe d'Indiens.

Ils firent, aussi rapidement que possible, une partie du trajet; mais une attaque de la caravane par une tribu sauvage la réduisit de moitié et obligea Joaquin à revenir à Rio-Bamba.

Cet échec causa un si violent désespoir à Mme des Odonais que le nègre, comptant pour rien sa vie quand il s'agissait de consoler sa maîtresse, reprit, quelque temps après, le chemin de Loreto. Cinq cents lieues le séparaient de cette bourgade. Il les fit, cette fois, sans accident, et courut à la recherche de Tristan d'Orsecaval.

L'envoyé de M. des Odonais se troubla visiblement en présence du messager d'Isabelle. Écroulé dans son fauteuil sous les questions pressantes du noir, il essaya de répondre d'une façon évasive. Mais Joaquin représentait alors ceux qu'il chérissait le plus au monde, et le pauvre esclave se sentait assez de courage physique et de force morale pour lutter contre l'homme le plus habile.

— A quelle époque M. des Odonais a-t-il écrit pour demander la permission de rejoindre sa femme ? demanda le nègre.

— Au commencement de 1765.

— Pourquoi ne mit-il point ce projet à exécution ?

— Dix mois après sa demande, arrivait à Cayenne une galiote toute montée, amenée de Para par ordre du roi de Portugal, avec un équipage de trente rameurs; elle était commandée par un capitaine de la garnison de Para.

— Le nom de ce capitaine ?

— Le señor Ribello.

— Continue.

— La galiote devait prendre M. des Odonais à Cayenne, le conduire à Para, d'où il devait remonter l'Amazone jusqu'aux premiers établissements espagnols.

— Qui l'empêcha de donner suite à ce projet ?

— M. des Odonais partit de Cayenne, dans les premiers jours de novembre 1765, et retourna à son établissement d'Oyapok...

— Quelle distance sépare l'Oyapok de Cayenne ?

— Trente lieues.

— Après ?.. dit le noir.

— A Oyapock, M. des Odonais tomba malade.

— Très gravement ?

— Trop gravement pour qu'il fût possible de songer au départ...
Le commandant de la galiote attendit pendant six mois le rétablissement de mon ami.

— Ton ami ! répéta ironiquement Joaquin.

— Il vous affirmera plus tard que je lui ai rendu de nombreux
services.

— Enfin, M. des Odonais est malade à Oyapock.

— Le commandant Ribello, ne pouvant attendre davantage, songea à regagner Para, et c'est épouvanté par cette menace que
M. des Odonais, désespéré de ne pouvoir rejoindre sa femme, pensa
à l'envoyer chercher, et me chargea de ses lettres...

— Vous deviez les porter à Laguna, dit le noir.

— Un autre se chargea de la commission.

— Il ne la fit pas ; les lettres ne sont point parvenues. Et, sans
vous inquiéter davantage d'une famille désolée, de la réalisation
du vœu le plus cher d'un homme que vous appeliez votre ami,
vous êtes resté à Loreto, faisant le négoce pour votre compte !...
Mon maître saura que penser de cette conduite. Je ne le représente pas, à cette heure... Je cherche des nouvelles pour sa femme,
et une preuve que son mari l'attend...

— A quelle date avez-vous quitté M. des Odonais ?

— Le 24 janvier 1766, au fort d'Oyapock, dont les officiers lui
donnent l'hospitalité.

Le noir n'avait rien de plus à demander à Tristan d'Orsecaval. Il
le quitta brusquement, et le soir même, montant dans un canot, il
s'éloignait de Loreto, le dernier des établissements espagnols, et
gagnait Tavatinga la première des missions portugaises, et où se
trouvait à l'ancre la galiote du roi de Portugal.

Le commandant Ribello accueillit admirablement le pauvre noir ;
il lui parla longuement de son maître, lui fit espérer que la maladie qui avait retardé, puis empêché son départ, ne serait pas mortelle, et conclut en disant qu'il restait à la disposition de Mme des
Odonais.

Le noir ne perdit pas une minute ; comptant pour rien sa fatigue, il remonta dans son canot, gagna rapidement Canélos,
acheva à pied la route qui le séparait de Rio-Bamba, puis il entra,

poudreux, épuisé, demi-mort, dans la demeure de M. de Grandmaison, à l'heure où Mme des Odonais et sa fille allaient chercher
le sommeil.

Le nègre ne put prononcer que des paroles entrecoupées :

— Vivant !.. galiote... commandant pour le roi...

— Ainsi, tout est vrai, tout, Joaquin ?

— Oui... répondit le noir, qui, chancelant, s'appuya contre un
mur pour ne pas tomber.

Des cordiaux furent apportés à Joaquin dans l'appartement de
Mme des Odonais. Elle ne songeait plus au sommeil ; et, pour la
première fois, oublieuse du repos des autres, elle ne pensa pas que
le noir, épuisé, trouvait à peine la force de lui répondre. Sans
cesse, elle lui faisait recommencer le récit de son entrevue avec
Tristan d'Orsecaval. Avide d'entendre parler de son mari, elle
questionnait Joaquin, tantôt s'alarmant à l'idée que la maladie
retenait M. des Odonais au fort d'Oyapock, tantôt reprenant courage, et se répétant que Dieu n'eût point permis que la nouvelle
de la présence d'Orsecaval et de l'arrivée de la galiote parvînt jusqu'à elle, s'il n'avait voulu les réunir. A l'aube, seulement, Isabelle et sa fille goûtèrent un peu de repos.

Dès qu'elle s'éveilla, Mme des Odonais courut à l'appartement
de son père. Le noir l'y avait devancée, et M. de Grandmaison
savait tout.

— Qu'as-tu résolu, ma fille ? demanda le corrégidor.

— Je vais partir, répondit Mme des Odonais, partir le plus vite
possible pour rejoindre mon mari.

M. de Grandmaison secoua la tête.

— Tu n'y songes pas, dit-il, et M. des Odonais n'avait pas davantage la plénitude de sa raison quand il a pensé qu'une femme,
faible et délicate comme toi, et une enfant comme Quérida pouvaient s'exposer aux dangers d'un pareil voyage !

— Mon père, demanda Mme des Odonais, se préoccupe-t-on du
danger quand il s'agit de remplir son devoir ?

— Son devoir ! répéta brusquement M. de Grandmaison, son
devoir...

— Oui, un devoir sacré, que nul ne peut méconnaître ou m'engager à braver !

— Peut-être, si M. des Odonais eût mieux compris lui-même ses obligations envers toi, tiendrais-je aujourd'hui un autre langage.. Mais il t'a ruinée.

— La fortune de la femme appartient au mari.

— Il est imprudent, sinon coupable, de la compromettre.

— Soit ! dit Mme des Odonais, mais cet argent a été prodigué dans un but qui était son excuse. Et, d'ailleurs, quand même mon mari m'aurait offensée, ses fautes ne me délieraient pas de mon serment. Il est seul, malade, il m'appelle, j'irai...

— Et quelle sera ta vie dans le fort d'Oyapok?

— Celle qu'il me fera, répondit résolument Mme des Odonais.

Le corrégidor, en dépit de la légèreté de son caractère, portait à sa fille une affection sincère ; son cœur fut douloureusement ému à la pensée d'une séparation qui pouvait être éternelle.

— Et moi ? dit-il enfin, crois-tu qu'il me soit possible de me passer de ta tendresse, des baisers de Quérida? Je me fais vieux... Fray Juan se doit à son Ordre ; Antonio est, à son tour, père de famille... Tu tenais la plus grande place dans mon cœur, et je sens qu'il se brisera si tu me quittes.

— Eh bien ! s'écria Mme des Odonais, suivez-moi !

M. de Grandmaison ne répondit rien, et il embrassa tendrement sa fille.

A partir de ce jour, Isabelle commença ses préparatifs de départ. Elle vendit les perles qu'elle tenait de sa mère, gardant seulement le parangon admirable que lui avait offert Joaquin le jour de son mariage.

Il fallut également songer à se défaire d'un mobilier somptueux. Mme des Odonais, en allant rejoindre son mari, voulait lui apporter une somme suffisante pour reconstituer sa fortune sur de nouvelles bases, car elle ne pouvait croire qu'il fût resté si longtemps à Cayenne ou sur les bords de la rivière de l'Oyapok sans entreprendre des spéculations, dont le résultat ne devait pas être plus heureux que celui de ses premières tentatives.

Combien le temps s'écoulait avec lenteur au gré de son impatience ! Que de jours et de mois s'étaient passés depuis le moment où M. des Odonais confia à Tristan d'Orsécaval les lettres qui ne devaient jamais parvenir à sa femme !

Il fallait des passeports à la jeune femme, elle les obtint, mais avec des retards nouveaux. Son cœur se brisait à la pensée que son mari pouvait l'accuser d'indifférence et d'oubli.

Tandis qu'elle pressait le plus possible un départ auquel nul n'osait plus s'opposer, fray Juan reçut ordre de son Supérieur de partir pour l'Europe et de se rendre à Rome, afin d'obtenir du pape des immunités désirées depuis longtemps.

Cette nouvelle causa une joie inattendue à Mme des Odonais.

Elle se voyait certaine désormais d'avoir un compagnon de voyage. Et quel compagnon ? Un frère ; et ce frère était un apôtre.

M. de Grandmaison s'efforçait de dérober ses regrets à sa fille et à sa petite-fille ; Antonio supportait l'idée de cette séparation avec le courage d'un homme ; mais son fils Pablo, un bel enfant de neuf ans, l'aîné de ses deux frères, laissait éclater un violent désespoir à la pensée de ne plus revoir ni sa tante ni Quérida.

Celle-ci, quelque tendresse qu'elle éprouvât pour son aïeul, et pour toute cette famille dont elle était l'idole, ne songeait qu'à son père, ce père qui n'avait pu la bénir toute enfant, dont sa mère lui avait parlé sans cesse.

M. de Grandmaison gardait, au fond de son cœur, une sorte de rancune contre cet homme, qui, par une absence inexpliquée, faisait, pour ainsi dire, une veuve d'Isabelle. Le corrégidor, qui achevait de gaspiller les restes d'une fortune princière, n'excusait pas les dépenses de M. des Odonais. Il le blâmait d'une façon absolue d'avoir tenté de se créer des ressources personnelles en cherchant des filons d'argent, en poursuivant des fouilles dispendieuses, et il oubliait qu'il avait perdu une fortune dix fois plus considérable pour des motifs futiles.

Mme des Odonais, dont la tendresse pour son mari n'avait pas faibli durant l'absence, sachant n'être pas comprise par son père, versait dans le cœur de son enfant ses confidences touchantes et ses espoirs secrets. Quérida devint plus chère à Isabelle qu'aucun des enfants qu'elle avait tenus dans ses bras, et que la mort lui avait sitôt ravis.

Au moment d'abandonner Rio-Bamba, Sudtrépied, c'était encore avec sa fille que Mme des Odonais, visitant ses pauvres et chers Indiens, parlait des jours heureux de son union, et rappelait le souvenir de l'illustre la Condamine.

Joaquin se hâtait de tout préparer pour le départ de sa maîtresse. La vente des meubles fut faite dans de bonnes conditions.

La maison de Rio-Bamba, la terre de Guasten, et une terre située entre Gatté et Maguazo furent laissées au beau-frère d'Isabelle, qui se chargea de lui en faire passer les revenus.

Quinze jours devaient suffire désormais pour louer une troupe d'Indiens, porteurs de hamacs et de bagages.

Un soir, Quérida se sentit lasse, oppressée. Sa nuit fut sans sommeil. Des douleurs de tête d'une extrême violence alarmèrent bientôt sa famille ; le médecin fut appelé, et le vieillard, en voyant la belle et douce malade, dont le visage s'enfiévrait, ne put réprimer un mouvement d'effroi. Mme des Odonais le surprit; mais elle sourit à sa fille, et dit au docteur d'une voix douce :

— N'est-ce pas, ce ne sera rien?

— Rien, répondit don Piquillo Alvarez, rien s'il plaît à Dieu !

Mais à peine fut-elle hors de la chambre que Mme des Odonais demanda, avec une effrayante expression d'angoisse :

— Qu'a-t-elle, docteur? quelle maladie la menace? Il faut qu'elle soit bien grave, car vous avez peur.

— Je vous aime beaucoup, répondit le médecin, et j'ai vu naître votre fille.

— Elle court donc un danger?..

— Je vous en prie, dit le docteur Alvarez, veillez à ce qu'aucun des enfants de don Antonio ne franchisse le seuil de la chambre de Quérida.

Mme des Odonais fixa sur le docteur un regard rempli d'épouvante.

— La petite vérole, n'est-ce pas...

Le vieux médecin baissa la tête.

— Ah ! s'écria Mme des Odonais en se tordant les bras; ma fille est perdue...

Elle revint en courant auprès de la malade, s'assit à son chevet, et garda ses mains moites dans ses mains tremblantes

L'enfant s'endormit d'un pénible sommeil.

— Mon Dieu, dit Mme des Odonais en tombant au pied de son

lit, ne me la prenez pas, je n'ai plus qu'elle... Laissez-la moi, pour
que je la conduise à son père... J'ai souffert, j'ai pleuré devant
vous... Seul vous savez, Seigneur, la rigueur de l'épreuve imposée...
je l'ai subie... Je n'ai jamais murmuré contre votre Providence...
Vous êtes le maître... Mais vous ne nous affligez pas au-dessus
de nos forces, et je n'en ai plus pour souffrir... Laissez-la vivre, et
quand je l'aurai conduite à son père, appelez-moi si vous le voulez
à vous... Je ne me plaindrai pas de les quitter, si je les laisse heureux... Seigneur, j'ai soulagé les pauvres, mes frères, j'ai relevé
des esclaves, j'ai consolé des mères au désespoir... Ne m'accablez
pas d'une nouvelle douleur; laissez-moi ma fille, mon Dieu! laissez-
moi ma fille!

Les sanglots d'Isabelle réveillèrent Quérida.

Mme des Odonais la serra dans ses bras, et approcha son visage
de la joue brûlante de sa fille.

On eût dit qu'elle voulait prendre pour elle le mal qui brûlait
déjà le sang de la pauvre créature.

Une consternation profonde régnait dans la maison. Sauf Joaquin, les serviteurs et les esclaves n'osaient pénétrer dans la
chambre de la malade. Celle-ci suppliait vainement qu'on laissât
approcher de son lit les enfants de don Antonio, nul ne vint près
d'elle que le noir de Guayaquil et sa mère.

Fray Juan, appelé à Quito, apprit à son retour la maladie de
Quérida. Il courut près du lit de la pauvre enfant, et retint avec
peine un cri de douleur en voyant les ravages causés par la souffrance. De la beauté de Quérida, il ne restait rien, rien! et même
pour le regard d'Isabelle, cette malheureuse créature aux paupières
gonflées, aux lèvres violacées, ne pouvait rappeler cette jeune fille
ravissante dont le charme et la beauté faisaient jadis sensation.

— Mon oncle, demanda Quérida, est-ce que je vais mourir?

— Ceux qui meurent deviennent des anges, répondit le moine.

— Ah! dit Quérida, je serais morte avec moins de regret après
avoir vu mon père... Si c'est la volonté de Dieu, ajouta-t-elle, je
suis résignée...

A partir de ce moment, et fortifiée par fray Juan, Quérida ne
songea plus à la terre. Par un caprice fréquent chez les malades,

elle demanda un miroir : on le lui refusa. La pauvre enfant comprit tout, et cacha dans ses mains un visage défiguré.

Mme des Odonais écarta les doigts de sa fille, et la couvrit de baisers, essayant de protester contre le soupçon qui venait de traverser l'esprit de Quérida.

Deux jours se passèrent encore, deux jours pendant lesquels se prolongea l'agonie de la jeune fille. Le troisième, vers l'aube, tandis que fray Juan récitait les psaumes, Quérida poussa un grand soupir, appela sa mère et mourut dans ses bras.

Mme des Odonais fut en proie, durant deux semaines, à un désespoir si terrible qu'on eut la crainte de la voir succomber.

Elle appelait sa fille en poussant des sanglots amers; elle demandait à la suivre et suppliait Dieu de la rappeler vers lui.

Pendant une de ces crises, fray Juan, pénétrant dans l'appartement de sa sœur, posa lentement sa main sur son épaule :

— Et ton mari? dit-il.

— C'est vrai, répondit Isabelle, je n'ai pas le droit de mourir!

Ce mot la galvanisa. A partir de l'heure où son frère lui rappela le souvenir de M. des Odonais, Isabelle s'efforça de retrouver le courage nécessaire pour aller le rejoindre. Sa santé, cruellement ébranlée, ne lui permit pas de partir immédiatement. Cependant, elle supplia Joaquin de tout disposer pour qu'elle pût quitter Rio-Bamba.

M. de Grandmaison, douloureusement atteint par la mort de Quérida, n'eut pas le courage d'abandonner Isabelle aux dangers qu'elle allait entreprendre; sans prendre aucun engagement pour l'avenir, il se décida à partir pour Loreto, afin de préparer la station du voyage au delà de la grande Cordillère.

Mais le corrégidor ne put obtenir tout de suite les papiers qui lui étaient nécessaires, et le capitaine général de Quito souleva des difficultés.

Il n'en pouvait être ainsi pour Mme des Odonais car, en revenant de Carthagène, en 1640, M. des Odonais avait reçu un passeport du vice-roi de Santa-Fé, don Sébastiano de Estava, qui laissait à la famille des Odonais la liberté de suivre la route qui lui paraîtrait la plus convenable.

Enfin les papiers arrivèrent, et M. de Grandmaison, quittant la

province d'Otolabo, put suivre la route de La Condamine, c'est-à-
dire descendre à Canelos, s'embarquer sur la petite rivière du
Bobonazo, qui tombe dans la Patazza, laquelle se déverse à son
tour dans le Marañon.

Le départ de Mme des Odonais devait suivre à un mois de distance celui du corrégidor, qui, voyant sa fille en sûreté à bord de
la galiote du roi de Portugal, reviendrait, par la même route,
reprendre ses fonctions à Rio-Bamba.

La mort de Quérida, le chagrin éprouvé par Isabelle à la pensée
de se séparer des enfants de don Antonio firent naître dans l'esprit
de celui-ci le projet de se joindre à sa sœur et à fray Juan.

Don Antonio avait toujours songé à faire élever Pablo, son fils
aîné, en France ; il se dit que les facilités de voyage dues à la
générosité de Sa Majesté Très-Fidèle ne se retrouveraient sans
doute jamais et que, puisqu'il avait résolu de partir pour l'Europe
dans un temps prochain, il valait mieux accompagner Isabelle, et,
si elle allait directement en France, remettre Pablo à ses soins.

La jeune femme de don Antonio acquiesça au désir de son mari,
et Mme des Odonais éprouva le premier soulagement apporté à sa
douleur depuis la mort de Quérida, en apprenant que son frère Antonio ne la quitterait pas avant de l'avoir remise aux bras de son
mari.

Une après-midi, tandis que Joaquin prenait les derniers ordres
de sa maîtresse, qui, assise près d'une table à côté de fray Juan et
d'Antonio, réglait les dernières affaires d'intérêt, un domestique
vint demander à ses maîtres s'ils consentaient à recevoir un
étranger du nom de Rivals, qui insistait beaucoup pour être intro-
duit.

Isabelle allait répondre qu'elle ne pouvait donner une audience
à cette heure ; mais fray Juan lui ayant dit, avec un doux accent de
reproche : « Et si c'est un malheureux ! » Mme des Odonais répondit au noir :

— Introduisez-le.

L'étranger pouvait avoir trente-cinq ans. Il était de taille
moyenne, bien prise, assez élégant. Quelque chose de hautain se
trahissait dans son geste ; il avait des yeux noirs fort beaux, mais
dont l'expression ne laissait pas que d'inquiéter. Du reste, il gar-

Elle se jeta éperdument dans les bras de son père. (*Voir page* 194).

XVII

UNE VASTE TOMBE

Quand l'étranger eut disparu, Mme des Odonais dit à fray Juan avec une sorte d'emportement :

— Jamais, mon frère, jamais je n'admettrai cet homme à faire avec nous le voyage de Cayenne !

— Pour quelle raison? demanda fray Juan.

— Il me fait peur ! répondit Isabelle. Dieu le sait, je suis plutôt portée à la bienveillance qu'à la dureté ; mais il est rare que je sois trompée par mes pressentiments... D'où vient cet homme? De France, dit-il; qui vous le prouve?

— Il semble avoir l'habitude du monde.

— Je ne le nie pas; mais je trouve en lui un singulier mélange de l'homme de bonne compagnie et de l'aventurier.

— Je comprends la répulsion, ton refus, si tu étais seule, reprit fray Juan, mais nous t'accompagnons... Je ne forcerai point ton vouloir, mais tu es bien faible encore. Pablo peut grandement souffrir d'un si long voyage...

— Tu désires que ce Rivals vienne avec nous, Antonio?

— Oui, répondit M. de Grandmaison.

— Tu me conseilles de l'admettre, fray Juan?

— Certes ! répondit le moine.

— Vous êtes des hommes, reprit Mme des Odonais, vous êtes mes frères... Votre tendresse pour moi vous pousse à me suivre, c'est bien le moins que je cède à votre vœu... Vous avez raison; peut-être rendra-t-il quelques services...

— Tu me permettras donc de le prévenir?

— Oui, répondit Mme des Odonais.

Elle prononça ce mot d'une voix faible, et, sans écouter les remerciements de don Antonio, elle murmura :

— Je ne sais pourquoi, mais cet homme me fait peur...

Cependant, à partir du moment où elle eut donné sa parole, Isabelle s'efforça de ne point paraître regretter cette condescendance. Elle se montra même d'une aménité gracieuse avec Rivals, quand celui-ci vint la remercier d'une bonté qui, affirmait-il, lui sauvait la vie.

Enfin, elle se jeta éperdument dans les bras de son père et, après des adieux d'une poignante tristesse, elle se mit en route.

Huit jours après, Isabelle, fray Juan, don Antonio, Rivals, son valet Sébas, le nègre Joaquin et trois jeunes mulâtresses quittaient Rio-Bamba, escortés par trente Indiens.

Nous avons vu quels avaient été les dangers d'une navigation devenue impossible, les périls de tout genre qui s'étaient multipliés autour du petit groupe de voyageurs, et nous savons qu'égarés dans la forêt sans bornes, à la suite du passage d'une troupe de chiens sauvages, ils étaient tombés l'un après l'autre sur le sol, incapables d'avancer, et sentant déjà tomber sur leurs yeux le voile sinistre du trépas.

Dans la solitude immense de la forêt américaine, les voyageurs s'étaient couchés pour mourir. Mme des Odonais, la dernière qui conservât encore quelques forces, allait de l'un à l'autre de ses frères, mettant à leur front la suprême caresse, leur adressant des paroles entrecoupées par des pleurs.

— Pardonnez-moi, disait-elle en se tordant les mains, pardonnez-moi de vous avoir entraînés à votre perte... Vous avez tout sacrifié pour me protéger et me défendre... J'aurais dû repousser votre offre, et m'en aller seule où m'appelait mon devoir... Pardonnez-moi, frères, pardonnez-moi...

Fray Juan se souleva et parvint à se tenir debout. Le courage du moine ranimait la faiblesse de l'homme.

Étendant devant lui ses mains tremblantes et tournant sa face pâle vers le Ciel, il rassembla son énergie afin de remplir un suprême devoir.

— Nous allons mourir, dit-il, soumettons-nous, sans murmure... Dieu remplit ce désert comme il remplirait un temple... Antonio, ma sœur, les mains que vous avez si souvent pressées vont vous ouvrir les portes du Ciel... Ce n'est plus l'heure de regretter les biens de ce monde, de tourner nos regards vers les êtres que nous avons aimés... Nous allons les attendre, près du Dieu qui nous appelle...

Quelle scène! Aux pieds de ce moine mourant prêt à les absoudre, se traînèrent tour à tour des êtres à l'agonie. Mais si grands étaient les sentiments de foi de cette famille, qu'une expression de calme sublime se refléta sur tous les visages, quand une suprême bénédiction fut tombée sur les fronts glacés.

Ni la crainte des pumas et des couguars, ni la frayeur des serpents ne purent assez galvaniser les malheureux pour les porter à chercher un refuge dans les branches des arbres. De temps en temps,

un profond soupir soulevait leurs poitrines dévorées par un feu
terrible ; à ce soupir succédait un râle sourd, et les bras s'éten-
daient au hasard, comme s'ils tentaient de s'attacher à un objet
invisible.

Les mulâtresses expirèrent les premières ; Mme des Odonais
ferma pieusement leurs paupières. Puis ce fut le tour de Sébas,
dont un cri terrible termina l'agonie. La voix de fray Juan
s'éleva :

— *Seigneur*, dit-il, *Seigneur, je crie vers vous du profond abîme
où je suis ! Rendez vos oreilles favorables à ma prière. Ayez pitié de
moi, mon Dieu, selon l'étendue de votre miséricorde!*

Il ne put achever, porta le crucifix de son rosaire à ses lèvres et
retomba.

Antonio rampa sur le sol jusqu'à l'arbre le plus proche, s'accro-
cha aux lianes, et, défaillant, se pencha sur le fragile berceau dans
lequel Mme des Odonais avait déposé Pablo.

Le visage du cher petit était calme, sa dépouille mortelle se
refroidissait déjà...

Antonio tomba sur le sol de toute sa hauteur.

Mme des Odonais se traîna vers lui.

— Adieu, murmura-t-il, adieu!

Deux noms s'échappèrent avec peine des lèvres d'Isabelle :

— Antonio... mon mari!

Puis rien, plus rien, pas un cri, pas un soupir, pas un souffle...
L'aile de l'ange de la mort a touché tous ces fronts.

Les infortunés, égarés dans la forêt vierge, à partir du 25 décembre, avaient mis cinq jours pour achever de mourir...

La nuit descend ; des bruits sinistres s'éveillent ; les loups rô-
dent ; les lions et les tigres se mettent en quête ; les singes hurlent
dans les profondeurs du bois ; les oiseaux de nuit jettent leurs cris
étouffés. Un drame de sang et de carnage se joue autour de ces
morts. Le serpent glisse dans l'herbe, avide de sang, et frôle ces
corps glacés de sa peau visqueuse ; au loin on distingue parfois
le grommellement des ours ; un spectacle plus effroyable ne peut
frapper les regards que ce groupe de voyageurs à qui Dieu donne
pour tombe un Eden aussi magnifique que le Paradis du premier
homme.

Aux épouvantes de la nuit succèdent les magnificences du matin. Les oiseaux s'éveillent dans leurs nids; les fleurs des lianes ouvrent leurs calices au-dessus de la cime des arbres; les aras multicolores s'envolent par troupes; les feuillages luisants brillent sous la rosée. Des parfums confondus des plantes odoriférantes se mêlent à un vent léger, soufflent à travers les branchages des courbarils, et agitent les rideaux de verdure empourprés de fleurs. Les harmonies mêlées de la brise, des chants ébauchés, des bruissements d'élytres, des soupirs étouffés produisent un immense murmure.

Et, formant opposition terrible à ce tableau plein de fraîcheur et de grâce idéale, l'ombre des colosses végétaux couvre huit cadavres immobiles.

Parfois un souffle de brise agite les cheveux dénoués des femmes; un rayon glisse sur les visages immobiles, et paraît leur rendre les palpitations de la vie... Mais aucun de ces infortunés ne se soulève de sa couche et, vers la fin du jour, les carnassiers, en quête de proie, passent à côté d'eux, les flairent et s'éloignent.

Un jour encore, puis une nuit...

L'aurore se lève, un reflet d'or et de pourpre glisse sur le front de Mme des Odonais. Les jeux variés de la lumière produisent à cette heure une si étrange illusion que le visage d'Isabelle se colore...

On dirait que ses mains s'agitent, que son sein se soulève...

Vivante! elle est vivante!

Celui qui ressuscita la fille de Jaïre éveille, de son sommeil de mort, Mme des Odonais.

Elle existe encore, mais de quelle vie, grand Dieu! L'effroi se peint dans son regard, un effroi touchant à la folie.

Isabelle ne se rend pas un compte exact de ce qui s'est passé. Un vide reste dans sa pensée; elle presse son front à deux mains et s'efforce de se souvenir.

Elle se lève enfin et regarde autour d'elle...

Ses yeux n'aperçoivent que des cadavres.

Mme des Odonais se traîne d'Antonio à fray Juan, pose sa main sur le cœur de ses frères... Dans leurs poitrines, les palpitations de la vie ont cessé pour jamais.

Alors un désespoir sans bornes s'empara de l'infortunée. Elle se jeta sur les corps roidis de ces êtres bien-aimés, les appelant des noms les plus tendres, les suppliant de se ranimer sous ses baisers et ses pleurs.

Elle s'accusait avec une âpreté terrible, elle se condamnait devant sa conscience, et se croyait coupable pour avoir entraîné à sa suite ceux qui l'avaient trop aimée.

Isabelle, poussant des cris surhumains, appela à son aide Dieu et les hommes ; elle regrettait d'avoir été rappelée de la mort et de survivre à ceux qui expiraient pour elle.

Tout à coup, ce transport de douleur s'apaisa. L'hallucination à laquelle Mme des Odonais était en proie se calma subitement.

Elle avait appelé Dieu dans ce désert ; Dieu venait de lui répondre.

Il lui répondait en réveillant, dans sa conscience troublée par une douleur immense, le sentiment d'un héroïque devoir.

Le dernier nom qui s'était échappé de ses lèvres au moment où elle tomba près d'Antonio et de fray Juan revint à sa mémoire :

— Mon mari !

Elle rassembla ses esprits, elle s'efforça d'étouffer son angoisse ; la pensée de Jean des Odonais la ranima.

— Il m'attend ! dit-elle.

L'infortunée rejeta ses longs cheveux en arrière, redressa sa taille affaissée et murmura :

— J'irai... Oui, j'irai !..

Mais, au moment même, ses regards tombèrent sur les cadavres qui l'entouraient. Elle ne put se résoudre à les abandonner sans sépulture. Il lui semblait qu'elle commettrait une profanation en les laissant à la merci des vautours.

Isabelle se rapprocha du berceau de lianes dans lequel Pablo dormait son sommeil d'ange ; elle secoua de ses mains affaiblies le rideau de feuilles et de cordes végétales, et du sommet des arbres tomba une pluie de fleurs roses, blanches et pourpres qui ensevelirent sous leurs calices enbaumés le corps du petit enfant.

Il resterait là, comme l'oiseau dans son nid de mousse et de parfums, comme le nouveau-né que la jeune Indienne cache entre les rameaux où le vent le berce, comme jadis le berçait sa mère...

Puis Mme des Odonais, qui n'avait pour outil qu'un faible couteau, s'en servit d'abord, mais la lame se brisa dans ses doigts.

Alors, ramassant une branche d'arbre tombée à terre, elle s'efforça de creuser le sol à l'aide de ce misérable instrument. Ce fut
en vain qu'elle tenta de ménager une tombe aux huit cadavres
étendus autour d'elle ; ce fut en vain que, rejetant son bâton, elle
essaya d'élargir une fosse de ses mains ensanglantées ; elle comprit
enfin qu'elle userait sans résultat ses dernières forces dans une
tâche qu'elle n'aurait pas même le temps d'accomplir ; et, confiant
au désert les restes de ceux qu'il avait étouffés sous ses ombres,
elle songea à celui qu'elle devait rejoindre.

Mme des Odonais s'aperçut alors qu'elle n'avait plus de chaus-
sures. Il lui était impossible de traverser pieds nus un désert où
chaque pas devenait un danger. Elle songea d'abord à envelopper
ses pieds dans des lambeaux de soie ; mais quelle résistance offri-
raient-ils contre les piqûres des scorpions, celle des serpents, les
aiguilles menaçantes des arbustes épineux ? Tout à coup les regards de Mme des Odonais tombèrent sur Antonio... Le cadavre
était chaussé de souliers solides. Une pensée, qui traversa l'esprit
de la malheureuse femme, la fit tressaillir comme si la tentation de
profaner une chose sainte lui était venue. Hélas ! le choix des
moyens ne lui était pas permis. Elle tomba sur les genoux en bal-
butiant des mots de prière et d'excuse :

— Tu comprends... Antonio, mon Antonio bien-aimé... il faut
que je marche... Il faut que je le rejoigne...

Tremblante, elle avança les mains vers le cadavre de son frère
et s'efforça de dénouer sa chaussure... Les pieds d'Antonio s'étaient
gonflés, il devint impossible à sa sœur de les ôter. Alors, elle prit
la lame brisée de son couteau et coupa la semelle de ces chaus-
sures ; elle hésitait, elle tremblait, comme si elle eût craint de faire
une blessure, de causer une douleur à celui qui ne pouvait plus
fixer les yeux sur elle.

Quand elle eut tranché le cuir avec des peines infinies, Mme des
Odonais attacha ces semelles à ses pieds nus, à l'aide de cordes
flexibles de béjuques ; elle cassa une branche d'arbre pour s'en
faire un bâton, fixa une dernière fois ses regards troublés sur les
groupes des morts, et s'enfonça dans la forêt.

Pendant plusieurs heures, l'infortunée marcha. La fatigue commençait à se faire sentir, et déjà elle songeait à prendre un peu de
repos, quand ses yeux se portèrent sur une masse brune, confuse,
placée à quelque distance. On eût dit un amas de branches mortes
et de troncs noueux. Nul bruit ne sortait de cette pyramide, et cependant on eût dit qu'une sorte de vie palpitait dans son immobilité
même. Mme des Odonais eut l'intuition d'un danger ; sa bravoure
la porta à aller au devant et à reconnaître la nature du péril qu'elle
pouvait courir. Elle fit quelques pas en avant, se pencha, puis un
cri s'échappa de sa gorge comprimée :

— Les serpents en pile !

Hélas ! elle ne se trompait point ; elle se trouvait en face d'un
des phénomènes les plus étranges que présentent les forêts de
l'Amazone. Ce qu'elle avait pris d'abord pour un amas de branchages était une réunion, une agglomération de serpents appartenant à toutes les espèces dangereuses dont fourmille l'Amérique
du Sud.

Elle ne pouvait, en ce moment, les distinguer, car, n'ayant pas
encore le sentiment de la présence d'un ennemi, les reptiles gardaient une immobilité absolue ; mais elle savait qu'ils ne tarde-
raient pas à en sortir, elle verrait alors prêts à s'élancer sur elle
tous les monstres, dont la piqûre n'offre aucune espérance de
salut.

Bientôt un mouvement s'opéra dans « la pile », les bêtes im-
mondes sentaient une proie, la masse confuse parut trembler, et
chacun des monstres fit un effort pour se dégager et reprendre la
liberté de ses mouvements : le mince corail qui donne instantanément la mort ; le serpent à sonnettes trahissant sa présence par un
bruit strident ; tous les reptiles rampants grouillaient, se mêlaient,
enlaçant leurs queues, tordant leurs cous, mouvant leurs corps
visqueux et glacés ; puis la masse pyramidale s'agita, il en sortit
d'horribles sifflements, et des milliers de serpents, roulés en spi-
rales, levèrent leurs têtes déprimées et avancèrent leurs dards
fourchus...

Mme des Odonais, en proie à une terreur folle, reculait sans
cesse, à mesure que se déroulaient les têtes monstrueuses.

Elle se sentait troublée, fascinée, attirée fatalement par le rayon

rouge des prunelles sanglantes qui se fixaient sur elle. Les sifflements des dards fourchus n'entraient pas seulement dans ses
oreilles, ils pénétraient jusqu'à son cœur, dont les battements menaçaient de l'étouffer. Dans l'espace d'une seconde, le souvenir de
l'haleine méphitique du buiro, des replis étouffants de la yuca-
mama, de la piqûre du corail se présentèrent à sa mémoire. Elle se
sentit non seulement défaillir et tomber, mais l'attraction fatale
commença à se faire sentir ; elle se courba en deux, la tête penchée,
et se tourna vers les monstres...

Ceux-ci déroulaient de plus en plus leurs orbes terribles. Des
centaines de têtes plates se dressaient, les cous onduleux touchaient le sol, et déjà Mme des Odonais croyait sentir la peau
froide des reptiles courir sur ses membres, quand le bruit retentissant d'une bande d'animaux au pas lourd ébranla le sol à quelque distance.

L'attention des serpents se trouva subitement détournée. Un
ennemi venait à leur rencontre, et cet ennemi était une proie meilleure. Une fois de plus la pyramide oscilla, le galop retentissant
s'approchait, et au moment même où Isabelle, vaincue, allait
tomber sur le sol, une troupe de chiguires, poursuivie par deux
couguars, se précipita aveuglément sous le couvert du bois, fran-
chissant les obstacles, trouant les fourrés, et bondissant, sans les
voir, sur les serpents en pile.

Ce fut un spectacle inouï, monstrueux. Chaque chiguire se
trouva, en une minute, enlacé dans les redoutables plis d'un serpent ; les crochets venimeux s'enfoncèrent dans la chair saignante ;
des pieds et des défenses, les cochons sauvages écrasèrent des
crânes aplatis ; mais les queues annelées brisèrent les flancs sou-
levés par les dernières palpitations de la vie ; les monstrueux *buiro*
humectèrent de leur salive les corps à demi broyés ; les pieds tré-
pidants disparurent dans les gueules énormes, en même temps que
les mâchoires béantes d'horreur se refermaient sur les cous
gonflés des plus petits reptiles, qui se tordaient en tronçons
épars.

Durant cette épouvantable scène, Mme des Odonais, muette
d'horreur et pétrifiée par la crainte, était demeurée immobile. En
voyant les reptiles demi morts absorbés par leur travail digestif,

qui pouvait durer plusieurs mois, elle retrouva la force de se lever et de s'enfuir.

Croyant sans cesse entendre bruire derrière elle les longs corps des serpents déroulés, et puisant des forces dans l'excès même de sa frayeur, elle courut affolée, fuyant les monstres qui l'avaient failli dévorer.

Tandis qu'elle s'éloignait du théâtre de cette scène, elle aperçut une sorte de hutte d'environ trente pieds, présentant la forme d'une pyramide tronquée dont la base atteignait une largeur de quarante pieds au moins.

— Je suis sauvée! pensa-t-elle, voici un carbet d'Indiens.

La pensée qu'elle ne courait plus de danger la fit s'arrêter brusquement pour reprendre haleine. Elle n'entendait autour d'elle aucun bruit effrayant. Les sifflements des reptiles avaient cessé en même temps que les cris discordants des chiguires. Subitement consolée par la pensée de se trouver proche d'une habitation, elle s'adossa contre un arbre, et resta les yeux fixés sur la hutte où elle allait implorer l'hospitalité.

Un spectacle dont il lui fut d'abord impossible de se rendre compte frappa en ce moment ses regards.

Il ne faisait pas en cet endroit un souffle de brise, et cependant, à quelques pas devant elle, les feuilles vertes d'un *atta cephalotes* tombaient comme si un vent violent les eût abattues. Isabelle regardait machinalement cette pluie de feuilles jonchant le sol ; le phénomène qui attirait son attention ne se faisait point sentir sur une autre partie de la forêt.

Évidemment, il y avait là un mystère que ne devinait point Mme des Odonais. Moins pour le pénétrer que pour implorer tout de suite la pitié des Indiens qu'elle supposait habiter la hutte, Isabelle se dirigea du côté de celle-ci. Pour y arriver, elle dut passer à côté de l'*atta-céphalotes* dont le tronc et les branches semblaient dépouillés par l'hiver. Les feuilles de l'arbre jonchaient le sol, et Mme des Odonais allait les fouler aux pieds, quand elle s'aperçut qu'une armée formidable s'acharnait sur cette dépouille végétale. Elle comprit en même temps le nouveau danger qu'elle courait. Ce qu'elle avait pris pour un carbet était une maison de fourmis, de ces fourmis rouges qui sont à la fois un poison mortel et une nour-

riture recherchée ; que l'on vend grillées au marché de Saint-Paul,
et dont les Indiens retirent un acide aussi redoutable que le
curare, qui sert à rendre mortelles les pointes de leurs flèches.

Un pas de plus, fait dans la direction du *Royaume des fourmis*,
pouvait être le trépas pour Mme des Odonais. Des milliers d'ai-
guillons l'eussent en un instant blessée et les dards des insectes
auraient corrompu la source même de son sang. Les serpents ne
l'eussent pas effrayée davantage. Elle voyait les fourmis courir
en longues bandes sur le sol rougi, comme si on l'avait couvert de
poudre de cinabre ; elle entendait leurs mandibules aiguës couper
le pédoncule des feuilles et les dévorer ; elle les regardait, allant
de l'arbre dépouillé à leur palais relativement immense ; chaussée
de misérables sandales, elle tremblait d'en écraser quelques-unes
et de s'attirer la vengeance de toutes. Les forces lui manquaient ;
mais l'imminence du péril la galvanisa une fois encore, et, fuyant
la hutte de terre, elle courut au hasard, et se crut sauvée en voyant
devant elle une éclaircie d'arbres, au travers de laquelle tombait
la lumière, et un espace couvert d'une verdure fraîche s'étendant
comme un tapis de velours surmonté de plantes aux feuilles grasses
d'un ton clair, embellies par des fleurs au large calice, et où il lui
semblait que devait sourdre la source du désert.

La soif qui la tourmentait depuis de longs jours lui redonna un
nouveau courage, et, s'élançant vers la clairière, elle crut approcher du salut en se dirigeant vers la masse de feuillages et de
fleurs, qui s'élevait à quelque distance.

Sous ses pieds, le terrain, moins sec, devenait élastique et
souple ; le sol s'enfonçait mollement ; une sorte de fraîcheur se
faisait sentir et soulageait les blessures saignantes qui déchiraient
ses pieds, mal défendus par d'informes sandales, et ses jambes déchirées par des épines aiguës, qui emportaient à la fois un lambeau
de ses vêtements et un lambeau de sa chair.

Mais, tout à coup, ce sol humide oscilla sous ses pieds ; elle tré-
bucha sur des obstacles mobiles ; ses jambes s'enfoncèrent dans un
sol spongieux ; elle se retint à une touffe de joncs, qui lui coupa les
phalanges intérieures de la main ; elle gravit un monticule nouveau
et s'y croyait en sûreté, quand un vagissement s'éleva au-dessous

d'elle, des mâchoires formidables s'ouvrirent, des claquements bizarres se firent entendre, elle comprit... Elle était au milieu d'un ancien marais servant de refuge aux caïmans.

Heureusement, elle avait maintes fois rencontré ces monstrueux sauriens à Guayaquil, et sur les bords du Bobonazo, où ils s'allongeaient près des feux de bivouac ; enfonçant son bâton le plus loin possible, elle rassembla ses forces, et le marais se trouva à demi franchi ; encore un effort, Mme des Odonais était hors d'atteinte...

Mais elle se sentit défaillir, et elle s'affaissa sur le sol.

Si ces caïmans la suivaient, ils en pourraient faire leur proie, car elle ne gardait plus le courage de leur disputer sa vie.

Une sensation subite de fraîcheur la ranima : elle venait de sentir tomber sur son visage les gouttes d'une rosée bienfaisante.

Les feuilles de bromélias lui servaient l'eau conservée dans leurs larges feuilles, à l'abri des rayons du soleil.

Mme des Odonais se lève, boit avidemment à la coupe du désert, et, ranimée par ce secours inespéré, après un moment de repos, elle se remet en route et marche jusqu'à la fin du jour.

La nuit vint avec des épouvantes nouvelles et des angoisses sans nom. Jusqu'au jour où ses compagnons étaient tombés autour d'elle, Isabelle avait eu pour défense, pendant les heures sombres et terribles de la nuit, les foyers entretenus avec soin, qui mettaient la caravane à l'abri des bêtes fauves. Mais elle se trouvait alors dans l'impossibilité d'allumer du feu, et, ne pouvant se protéger elle-même, brisée de fatigue, le cœur dévasté par la douleur, elle se coucha au pied d'un arbre, et s'endormit en pleurant ses morts.

Hélas ! elle ne devait plus même connaître le soulagement du sommeil. A peine avait-elle fermé les yeux, qu'elle s'éveilla brusquement, croyant s'entendre appeler par une voix désolée. C'était un hocco qui jetait, dans la nuit, son cri plaintif semblable au murmure d'un mourant. Mme des Odonais chercha d'où provenait cette voix, mais elle ne put découvrir l'oiseau caché parmi les feuilles, et ne vit au-dessus d'elle que les yeux luisants d'un singe belzébuth. En même temps, un éclat de rire retentit dans la solitude, l'oiseau moqueur lançait les stridentes cascades de sa gaieté.

Il s'embarqua dans une pirogue. (*Voir page* 212.)

XVIII

UNE VASTE TOMBE (*suite*)

La nuit se passa dans les alternatives d'un sommeil agité par des rêves terribles et d'un réveil rempli d'effarements, et sembla d'une longueur désespérante.

La voyageuse attendit le jour avec impatience. Enfin, l'aurore se
leva dans la limpidité du ciel, et Mme des Odonais sentit comme
un poids qui descendait de sa poitrine. Tandis que le soleil brillait,
il lui était au moins possible de comprendre quel danger se dres-
sait devant elle ; mais, au milieu des ténèbres, le péril prenait les
proportions de l'inconnu et ses terreurs redoublaient d'intensité.

Après s'être longuement agenouillée pour demander à Dieu les
forces nécessaires, Mme des Odonais se mit en route, cherchant le
long du chemin si elle ne trouverait pas au pied d'un arbre
quelque amande tombée, un fruit, une racine.

Elle ne tarda pas à pousser un cri de joie ; la Providence semblait avoir exaucé sur le champ sa prière fervente : elle apercevait,
à côté d'une touffe d'herbes, quelques œufs d'une teinte verdâtre.
Elle les ramassa avidement et se disposa à les manger, quand un
dégoût invincible la porta à les éloigner de sa bouche. Se souvenant des récits des Tudieux, elle crut que ces œufs étaient non pas
abandonnés par un *jupamana*, mais des œufs de serpent provenant
d'un nid de reptiles.

Elle a un recul d'horreur à cette idée. La faim, si pressante qu'elle
soit, ne peut d'abord vaincre sa répugnance. Mais ces misérables œufs sont pour elle la vie. Ils vont lui donner, pendant un
jour, assez de forces pour marcher encore, et après un puissant
effort sur elle-même elle se résout à s'en nourrir.

Une feuille de bromélia, emplie de rosée comme une coupe,
apaise sa soif ardente, elle reprend son bâton et marche avec assurance devant elle. Un espace herbeux succède aux bouquets
d'arbres, elle y entre résolument. Mais ces herbes, qui atteignent
presque la hauteur de sa taille, coupent comme des lames de sabre,
hachant ses pieds délicats et faisant à ses bras, mal défendus par
les lambeaux de sa mantille, des incisions glacées d'où le sang
jaillit par mainte blessure.

Isabelle tente de courir pour mettre fin à ce supplice, espérant
qu'avec la distance la nature du sol se modifiera. Elle ne fait que
changer de douleur. Le sol, succédant à l'espace herbeux et humide, est sec et brûlant, des milliers de fourmis rouges le couvrent ;
des carapaces aux corps de crabes ajoutent leurs piqûres à la pi-

qûre ardente des fourmis. Des milliers de moustiques volent dans l'air embrasé et l'entourent comme un nuage que ses mains tremblantes ne parviennent pas à dissiper.

Enfin, après s'être débattue désespérément contre ces milliers d'insectes homicides, elle a quitté le sol rougi par les bandes de fourmis, elle a vu s'envoler le tourbillon de moustiques, et, plus forte que la veille, elle pense qu'il lui sera possible de prendre pour abri un de ces hamacs de lianes qui se suspendent d'un arbre à l'autre, et dans lequel elle se trouverait à l'abri sinon des serpents, du moins des jaguars qui infestent la contrée.

Mais tandis qu'elle cherche ce lit aérien, le ciel se couvre brusquement; de livides éclairs le traversent, puis ces éclairs se multiplient de telle sorte qu'ils n'en forment plus qu'un seul, d'un éclat livide intolérable. En même temps, les roulements du tonnerre se font entendre continus et terribles. Une odeur de soufre se répand dans l'atmosphère. Tous les objets qu'entrevoit Mme des Odonais lui apparaissent à la lueur fulgurante de l'orage. Elle tente d'échapper à cette lumière crue, brûlante, insupportable, et se réfugie sous un arbre dont le feuillage répand autour d'elle un rideau de branchages centenaires. Mais à peine se croit-elle défendue par cet abri, qu'un bruit, suivi d'un crépitement rapide, lui fait lever la tête : la cime de l'arbre est en feu. Elle s'éloigne, aveuglée par les éclairs, assourdie par le bruit de la foudre, et s'étend sur le sol, incapable d'aller plus loin, le visage caché dans ses doigts crispés, frissonnante de terreur, en entendant autour d'elle non pas seulement le fracas du tonnerre, la chute des arbres subitement brisés, mais la course effarée des lions, le passage des félins, la fuite des jaguars, auxquels la frayeur enlève une partie de leur férocité. Terrifiés, aveuglés, ils ne cherchent que leur propre salut et dédaignent la proie qui leur est offerte.

Après plus de deux heures d'un de ces ouragans effroyables dont les voyageurs qui ont parcouru l'Amérique connaissent seuls l'intensité et l'horreur, une pluie diluvienne tomba et rafraîchit subitement l'air. Cette pluie procura un grand soulagement à la voyageuse. Elle but largement l'eau qui remplissait les larges feuilles et le calice des fleurs, baigna son visage, lava les blessures déchirant ses jambes et ses bras, et, quelque brisée qu'elle fût par des

nuits sans sommeil, elle se remit cependant en route après avoir
goûté quelques instants de repos.

Durant cette journée, Mme des Odonais eut pourtant une légère
compensation, elle ramassa au pied d'un arbre des fruits à demi-
gâtés ; ce fut son unique repas.

Elle devait cependant courir dans cette journée un danger terrible.

Apercevant à une branche assez haute une grappe d'amandes,
elle voulut se servir d'un tronc d'arbre mort comme d'un marche-
pied pour atteindre les rameaux et en cueillir les fruits ; le colosse
végétal, miné par les siècles, pourri jusqu'au cœur, céda brusquement sous les pieds de la voyageuse. Elle poussa un cri d'angoisse
en battant l'air de ses bras, sans parvenir à se cramponner à la
branche placée au-dessus d'elle.

La malheureuse jeune femme sentait avec effroi grouiller sous
ses pieds des milliers de bêtes redoutables, agitant déjà les aiguil-
lons mortels de leur queue : elle venait de s'enfoncer dans un nid
de scorpions.

Un effort surhumain permit à Mme des Odonais de rattraper
enfin la branche qui se balançait au dessus de son front. Elle
arracha du tronc de l'arbre ses pieds mal défendus par des sandales, franchit ce mortel obstacle et respira longuement.

Encore une fois, elle venait d'échapper comme par miracle à un
épouvantable péril.

Elle marcha tout le jour et, prévoyant qu'elle ne pourrait dormir dans une contrée aussi inhospitalière, elle continua sa route
durant la nuit, à la clarté douce et bleue des lampyres éclairant ces
solitudes sans fin.

Cette clarté lui montre tour à tour dans la profondeur des futaies des formes qui se mouvaient dans les ténèbres, effrayantes et
bizarres.

Il semble parfois à l'infortunée que les fantômes des êtres aimés
la suivent avec compassion le long de sa voie douloureuse. Des
hallucinations hantent son cerveau. Le sentiment de la peur s'affai-
blit, pour ainsi dire, en elle, ou plutôt elle fait place à une terreur
intime qui ne lui permet plus de reposer ses craintes sur un seul
objet. Les miaulements du jaguar, des froissements dans l'herbe

qui ondule signalent la présence d'un serpent, les hurlements des
singes, les éclats du trompetero, les vagissements des caïmans
forment pour elle un concert effrayant, dont elle ne distingue
plus les notes diverses.

Mais, au sein d'une épreuve dont la réalité paraît invraisem-
blable, une pensée unique dominait l'âme de cette infortunée dé-
laissée de tous, en butte aux pires aventures. Elle se sentait entre
les mains de Dieu pour lui remettre le soin de son salut, et le
devoir qu'elle remplissait avec son indomptable énergie lui laissait
dans toute sa plénitude le courage moral dont elle avait besoin.
Sans doute, le corps défaillait vaincu par le sommeil et la marche,
les pieds saignants se refusaient à la marche; les mains coupées
par les herbes lancéolées, déchirées par les longues épines du palmier, ne gardaient plus qu'à peine la force d'écarter les branches
obstruant sa route. Elle allait parfois en avant comme une som-
nambule, perdant la conscience physique de ses actes; mais durant
ces accès de douleur confinant à la folie, une flamme sacrée continuait à brûler dans ce cœur héroïque:

— Dieu! mon mari!

Elle ne savait plus que ces deux mots.

L'un résumait sa foi inébranlable, l'autre son invincible tendresse.

Depuis huit jours, elle errait seule dans cette forêt sans bornes,
affamée jusqu'à l'agonie, trouvant à peine un peu d'eau dans le
calice d'une fleur ou dans le cornet roulé d'une feuille. Souvent,
attirée par les cris retentissants d'un ara, elle se dirige du côté où
il s'élève, dans l'espérance que l'oiseau caché au milieu des arbres
séculaires fera tomber pour elle un fruit de leurs branches en secouant ses ailes pour prendre son vol, ou lui donnera sa part des
savoureuses amandes du sapoucayo.

Combien de fois, pressée par la faim, n'essayait-elle point de se
servir des béjuques en guise de cordages et d'arriver de liane en
liane jusqu'aux fruits capables de la nourrir. Hélas! les tiges
flexibles cédaient bientôt sous le poids de la pauvre femme, et elle
retombait avec les tiges brisées; souvent aussi sa main arrachait un
fruit à demi gâté. La malheureuse n'en était plus à vaincre ses
répugnances; il lui fallait vivre, car elle devait arriver, là-bas... à
Cayenne !

L'épreuve de Mme des Odonais semblait au-dessus des forces humaines, mais il entrait dans les voies de la Providence de laisser souffrir à cette femme tout ce qu'une créature humaine peut endurer sans mourir, afin de prouver qu'il n'est point de Calvaire qu'une femme ne puisse gravir à deux genoux, quand il s'agit pour elle de remplir une obligation sacrée.

Tandis que Mme des Odonais errait ainsi éperdument dans la forêt au milieu des reptiles et des bêtes féroces, souffrant de la soif et de la faim, les pieds et les mains ensanglantés, privée de sommeil par la terreur que lui inspiraient les ténèbres ramenant les sanglantes curées de fauves, le salut était cependant à quelques pas d'elle...

Le salut dans son expression la plus complète, car Joaquin, le brave noir prêt à donner sa vie pour sa maîtresse, lui aussi, traversait les mêmes parages.

Si Rivals avait trahi doublement la confiance de M. de Grandmaison, et justifié les pressentiments de Mme des Odonais, l'ancien pêcheur de perles de Guyaquil était resté dévoué aux intérêts de celle qu'il considérait moins comme sa maîtresse que comme sa bienfaitrice.

On se souvient que le noir et le médecin français avaient quitté les voyageurs installés dans le carbet, en leur promettant solennellement de venir les retrouver au bout de quinze jours, et d'amener avec eux un canot suffisant pour transporter à Andoas les maîtres et les esclaves.

La descente de Rivals et de Joaquin le long du Bobonazo s'effectua dans les meilleures conditions, et le septième jour, après avoir quitté M. de Grandmaison, ils eurent la satisfaction de voir s'élever à travers les arbres la fumée des carbets d'Andoas.

— Enfin, dit le noir rayonnant de bonheur, quand le canot fut attaché au rivage, nous pouvons maintenant répondre du salut des chers voyageurs...

Il ne manque pas de canots ici, Señor Rivals, faites au plus tôt marché pour le voyage, et, sans même nous arrêter, nous nous rembarquerons après avoir fait mettre quelques poignées de manioc dans l'embarcation.

— Certes, répondit froidement le docteur, mon intention est

toujours de rejoindre nos compagnons de voyage ainsi qu'il a été convenu à notre départ, mais pas avant cependant d'avoir fait escale à Omèguas.

— Omèguas ! s'écria le noir, le front soudain barré d'inquiétude, mais savez-vous bien que nous en sommes à une distance énorme, Señor !

— Pas si loin, tout de même, que vous semblez le croire. Quelques jours me suffiront, répondit Rivals.

— Quelques jours ! répéta Joaquin en levant les bras au ciel en signe de détresse, vous osez parler de perdre des jours quand les heures sont comptées, quand mes maîtres m'attendent, quand l'ange de Guazmen et l'enfant de don Antonio sont en proie à de terribles angoisses ? Non ! non, Señor Rivals, ce n'est pas possible. Vous n'avez pu concevoir la pensée de manquer à tout ce que vous avez promis, surtout à une femme !

— Ma résolution est prise, reprit Rivals d'un ton qui n'admettait pas de réplique, j'irai à Omèguas.

— Traître ! traître ! vous êtes un traître, répéta Joaquin par trois fois.

Rivals était armé, il porta la main à son poignard et la lame jaillit du fourreau, scintillante.

— Tu m'insultes, je crois, misérable noir, répliqua Rivals ; mais prends garde à tes paroles, ne me pousse pas à des extrémités, ou le châtiment de ton insolence est prêt.

Le nègre comprit que le docteur, le redoutant, n'aurait pas mieux demandé que de se débarrasser d'un témoin, d'un accusateur. S'il n'eût écouté que sa colère, il se serait rué sur Rivals, et une lutte terrible se serait engagée ; mais Joaquin n'était pas dégagé de sa promesse de rejoindre la famille des Odonais parce qu'un misérable manquait à sa parole.

Il devait faire à son dévouement le sacrifice d'une légitime colère, il sut se vaincre et se contenta de saisir énergiquement le poignard de Rivals.

— Vous ne frapperez pas ! dit-il, vous ne tuerez pas ! c'est assez d'un parjure... Ce que vous ne voulez plus m'aider à faire, je l'accomplirai seul...

— Vous irez rejoindre don Antonio ?

— J'irai.

— Et vous espérez les ramener à Andoas ?

— Si Dieu le veut.

— L'entreprise est folle ! Joaquin.

— Nous sommes bien arrivés ici ; pourquoi ne pourrions-nous arriver là-bas ?

— Puisqu'il en est ainsi faites à votre volonté, répondit Rivals, j'irai vous attendre...

— Restez ici, au moins, supplia Joaquin ; dans sept jours, nous y reviendrons.

— Non, j'en décide autrement. Je pars pour Omèguas, et vous m'y retrouverez.

— Et... |les bagages? demanda lentement Joaquin en appuyant sur les yeux du misérable un regard de fauve.

— La garde m'en a été confiée par Mme des Odonais... j'en suis seul responsable et je les emporte...

— Lâche et voleur!... murmura Joaquin.

— Encore un mot, et je te tue...

— Dieu vous jugera! répondit le noir.

Joaquin avait fort peu de ressources. Il lui fallut plusieurs jours pour décider quelques Indiens d'Andoas à construire un canot capable de porter dix voyageurs. Pendant qu'il discutait, parlait, plaidait sa cause, le docteur d'autre part faisait diligence pour se rendre où il avait décidé d'aller, quittait la bourgade, s'embarquait sur une pirogue, et conduit par deux Indiens se rendait, en effet, à Omèguas. Enfin, moins pour l'appât d'une grande récompense que par un sentiment de compassion pour les voyageurs dont le noir leur racontait les infortunes, quatre Indiens consentirent à armer un canot, et partirent avec Joaquin pour retourner au carbet.

Le trajet s'effectua rapidement.

A mesure qu'il reconnaissait les détails de la route qu'il venait de suivre, et comprenait qu'il approchait du but, le cœur du pauvre noir battait plus vite. Il se demandait avec angoisse comment sa chère maîtresse avait supporté cette longue absence. Il se figurait sa joie en voyant enfin arriver un secours, dont sans doute elle commençait à désespérer.

Debout dans le canot et agitant un grand rameau de fleurs pour-

près, Joaquin appela de toutes ses forces tantôt fray Juan, tantôt
Antonio.

Nulle voix ne répondit à la sienne.

Ce silence le frappa de stupeur.

Il ne s'alarma pas cependant outre mesure ; la famille de ses
maîtres pouvait être à la chasse dans la forêt, ou occupée à chercher des fruits ou des racines.

Cependant Joaquin se tourna vers les Indiens et leur dit avec
l'accent de la prière :

— Plus vite ! plus vite !

Les Indiens se courbèrent sur les pagaies, et le canot glissa sur
la rivière.

Un quart d'heure après, on abordait. Joaquin sautait sur la berge
et courait vers le carbet dont il apercevait le toit aigu à travers une
éclaircie de feuillage.

A mesure que la pirogue approchait, la case se détachait de plus
en plus visible.

Mais de ce toit restaient seulement les plus fortes branches ; la
tempête dont avait souffert Mme des Odonais avait en partie dis-
persé la cabane de feuillages.

— Partis ! s'écria Joaquin en se tordant les bras de douleur, ils
sont partis !

En se courbant vers le sol, le noir avait bien retrouvé les traces
des anciens feux ; mais depuis plusieurs jours on n'avait pas bivouaqué en cet endroit.

— Il faut que je les rejoigne, pensa Joaquin le cœur saignant
de désespoir, je les rejoindrai.

Il revint vers les Indiens et leur fit part de sa cruelle déception,
en leur affirmant qu'il reviendrait bientôt vers eux, mais qu'il allait
suivre les traces de ses maîtres au milieu du bois jusqu'à ce qu'il
les eût retrouvés.

Joaquin dut alors avoir recours à la finesse d'observation qui est
le privilège des races de ce pays. Il étudia le sol et crut, dans certains endroits, découvrir des vestiges de pas humains ; des branches
cassées, des feuillages froissés formaient une trace suffisamment
nette pour lui servir de guide. Arrivé dans un endroit où le sol

élastique s'enfonçait sous les pieds, il se courba, regarda attentivement et poussa un cri de joie.

— Ils ont passé ici ! dit-il.

Sans perdre la route suivie par ceux qui l'avaient précédé, Joaquin marchait fébrilement appelant de temps à autre et prêtant l'oreille. Mais il ne distinguait rien autre que la psalmodie étrange des singes, suivie du bruit d'une cognée de bûcheron frappant régulièrement contre un arbre.

Et cependant Joaquin ne se trompait pas... il était bien sur la vraie piste, il trouvait partout des traces, des indices certains du passage de ses maîtres. Les lambeaux de la robe de Mme des Odonais étaient accrochés à des arbustes ; un fragment de plume du chapeau de don Antonio se trouvait à terre, à côté de fleurs cueillies, puis dédaignées par Pablo.

Tout à coup un grand bruit d'ailes et des cris aigus se font entendre. Joaquin connaît ces cris ; il frissonne d'épouvante, ce sont ceux des vautours.

— Mon Dieu ! murmura Joaquin, mon Dieu ! arriverai-je donc trop tard ?

Où se trouvent les vautours, on est toujours sûr de rencontrer des cadavres.

Mais les bêtes féroces se battent et s'égorgent assez dans les forêts d'Amérique pour qu'ils soient sûrs de trouver leur proie quotidienne.

Et cependant, malgré cette explication qu'il se donnait à lui-même, une terrible angoisse serra le cœur du noir.

Il marcha plus vite. Tout à coup, il aperçut un grand corps immobile couché dans l'herbe, et revêtu à l'européenne ; il courut plein d'espoir. Il venait de reconnaître le costume de Sebas le domestique de Rivals.

Mais à peine y eut-il jeté les yeux que Joaquin poussa un cri d'horreur, le visage du valet de Rivals était à demi-dévoré par les gals.

— Mort ! murmura-t-il, mort...

Il s'avance défaillant, éperdu, le cœur broyé comme dans un étau sous le pressentiment d'une horrible catastrophe.

— Les mulâtresses ! dit-il.

Elles étaient enlacées toutes trois, et comme si, dans leur jeunesse, elles avaient regret que la mort leur enlevât cette beauté dont elles avaient été fières, elles avaient ramené sur leurs têtes le reboso d'étoffe.

A demi fou, Joaquin s'éloigne plus avant, regarde, cherche, fouille partout : il semble avoir hâte de mesurer l'étendue de son malheur... Don Antonio est là, couché sur le dos, la face tournée vers le ciel, les yeux vides, la bouche tordue par l'expression d'une atroce souffrance...

Tandis que fray Juan, collé à terre, tient dans l'une de ses mains les grains de son rosaire.

Le noir tomba sur les genoux, fou de douleur, se traînant de l'un à l'autre de ces morts, leur parlant, leur demandant pourquoi ils ne l'avaient pas attendu, s'accusant de ses involontaires retards, maudissant la trahison de Rivals qui coûtait la vie à la famille de ses maîtres.

Cependant deux cadavres manquaient : celui de Pablo et celui de Mme des Odonais. Deux ravissants oiseaux bleus, qui chantaient près de là sur une branche en fleurs, attirèrent Joaquin au pied d'un arbre envahi par les lianes... Il vit alors dans un linceul de feuillages et de fleurs le tombeau mouvant disposé à la mode indienne par Isabelle... La chevelure noire de Pablo tombait en longs anneaux autour de sa tête, dont l'angélique expression n'avait pas gardé l'altération de la douleur... Il dormait là son dernier sommeil suspendu dans la verdure de son lit de béjuques, et tandis que les anges l'accueillaient dans le ciel, les petits oiseaux bleus chantaient au-dessus de sa tombe semblable à leur nid.

Les larmes de Joaquin jaillirent, pressées et amères ; il tomba sur le sol, il pleura, il cria sa douleur. Il devenait faible comme un enfant en présence de cette scène terrible, et pendant un temps dont il lui fut impossible de mesurer la durée, il s'abîma dans son immense désespoir.

Quand il s'éveilla d'une torpeur pleine d'angoisse, il comprit que son dernier devoir n'était pas rempli. Avec la hache qu'il portait au côté, il creusa une large tombe, à la place même où le bâton d'Isabelle avait à peine entamé le sol.

Lentement, avec un respect désolé, le noir coucha dans la fosse

ceux dont il avait été plus l'ami que l'esclave... Mais il laissa le
jeune Pablo dans son berceau de fleurs sous la garde des oiseaux
bleus qui chantaient sur son dernier sommeil.

Cette terrible tâche remplie, Joaquin songea à retourner vers les
Indiens qui l'attendaient.

S'il n'avait pas trouvé le cadavre de Mme des Odonais à côté de
ceux de ses frères, c'est que, sans nul doute, elle succomba la première aux fatigues éprouvées, et que don Antonio et fray Juan
l'avaient pieusement ensevelie...

A cette même heure, et séparée de son fidèle noir par une très
faible distance, Mme des Odonais se trouvait dans les bois, affamée,
exténuée, demi morte...

Ah! s'il avait su! s'il avait pu deviner quel miracle de dévouement accomplissait Isabelle! S'il avait pu pénétrer le mystère de la
forêt sombre...

Dieu ne le permit pas, et Joaquin rejoignit son canot, tandis que
sa maîtresse appelait à son aide les hommes qui ne pouvaient l'entendre, et Dieu qui paraissait l'avoir abandonnée.

Il les réconfortait en leur parlant du ciel. (*Voir page* 218.)

XIX

UN SPECTRE QUI MARCHE

Le soleil venait de se lever, radieux, au-dessus d'une agglomération de carbets, formant un village nomade. Les malheureux qui

étaient venus dans cet endroit quelques mois auparavant, afin de
fuir un fléau mortel, avaient construit les habitations nécessaires
pour leurs familles. Il faut si peu, à l'Indien, que partout où il lui
est possible de se livrer à la chasse et à la pêche, il se tient pour
satisfait. Dirigés par un vieux missionnaire qui les réconfortait en
leur parlant du ciel, ils avaient abattu des arbres et construit des
carbets auprès d'une forêt giboyeuse et en face du Bobonazo dont
les eaux fournissaient des poissons aussi variés qu'exquis.

Pendant les courses de leurs maris, les femmes, labourant légèrement un sol d'une fertilité extrême, y avaient semé du manioc et
du maïs. Le reste des aliments devait être fourni par les chasseurs.

Les arbres donnaient des fruits; leur suc fournissait tour à tour
un vin léger et des boissons fermentées. Partout où l'Indien rencontre un palmier n'est-il pas sûr de vivre?

La terre, rafraîchie par une abondante rosée, étalait la magnificence de sa parure; l'air était chargé de parfums; des oiseaux
multicolores traversaient l'espace, tandis que des hérons blancs se
promenaient gravement sur le rivage.

Une à une les huttes s'ouvrirent, et les hommes armés pour la
chasse et la pêche se groupèrent silencieux au centre du village.

Le plus âgé se dirigea vers un guerrier dans la force de l'âge et
dont les traits, en dépit d'une volonté ferme, trahissaient une
secrète douleur.

— Combien as-tu de flèches? demanda le vieillard à Notabo.

— Deux, répondit celui-ci.

Successivement, le chef adressa la même question aux hommes
qui l'entouraient. Le chiffre des armes déclarées varia peu; l'adolescent que l'on interrogea le dernier répondit qu'il ne lui en restait
plus.

— Je le savais, reprit le vieillard, les Indiens du village n'ont
plus de flèches pour percer le chiguire et se procurer des jambons
de singes; les pêcheurs ne peuvent enivrer le poisson, et la famine
menace le village... Dans les carbets, on vient d'épuiser la provision
de *curare* qui donne la « mort muette » au jaguar comme au chiguire. Les enfants des huttes savent les lois indiennes...

Notabo baissa la tête et ne répondit pas.

Le chef reprit :

— Ce n'est pas un bonheur d'avoir des cheveux blancs... La vieillesse courbe le corps, engourdit les membres, enlève la lumière aux regards et la force à l'intelligence... Quand un Indien a montré du courage dans les batailles, chassé le tigre et le puma, rapporté beaucoup de dépouilles et de trophées sanglants, il peut mourir et laissera une mémoire honorée... Et l'Indienne qui s'est montrée soumise à son époux, a élevé de jeunes guerriers et vu naître les fils de ses filles, peut retourner vers le grand Esprit... Le curare manque dans les carbets... Les hommes ont des oreilles pour entendre... j'ai dit...

Les chasseurs échangèrent un regard sombre, puis leurs yeux se tournèrent vers Notabo.

Celui-ci crispa ses mains robustes, parut implorer du geste la pitié de ceux qui l'entouraient; puis, voyant qu'ils détournaient le visage, il étouffa un cri de désespoir. Mais s'il ne fut pas maître de dominer sa douleur, — il eût craint de se rendre méprisable en montrant une sensibilité trop grande, — il s'inclina vers le chef du village et répondit d'une voix étranglée :

— L'Indien connaît la loi des huttes.

— Qu'il remplisse son devoir, ajouta le vieillard.

— Ses frères les chasseurs l'attendent, crièrent les Indiens.

Notabo s'éloigna à pas lents et se dirigea vers son carbet.

Trois femmes et deux enfants s'y trouvaient.

La plus vieille, qui paraissait à peine garder la force d'écraser du manioc entre les pierres, cessa brusquement son travail en voyant rentrer le jeune homme. La femme de celui-ci, qui tenait dans ses bras un nouveau-né, et chantait pour l'endormir, interrompit son refrain, et s'avança anxieuse vers son mari.

Quant à la jeune fille, assise à terre dans le carbet, elle semblait en proie à une sorte de rêverie extatique, et divaguait en souriant à des visions étranges.

Le matin même, sous le coup d'une terreur violente, elle avait mangé la larve blanche qui naît spontanément de la moelle du bambou que l'on vient d'abattre, et cet étrange poison qui amène le délire sans causer la mort agissait sur elle d'une façon complète.

Lorsque la vieille femme vit rentrer son fils, elle cessa de broyer le manioc, s'efforça de rassembler son énergie, et, marchant avec lenteur mais d'un pas assez ferme vers Notabo, elle appuya ses deux mains amaigries sur ses épaules, plongea son regard ardent de tendresse dans les regards troubles de l'Indien, et lui dit d'un accent qu'elle affectait de rendre calme :

— Le curare manque aux chasseurs, n'est-ce pas ?

Notabo attira la vieille femme sur son cœur.

— Qu'importe ? dit-il, les chasseurs trouveront le poison des fourmis rouges, ou se serviront des poils rudes du *buiro*. Ma mère est ma mère. Je l'aime, et je veux la défendre.

— Tu ne le peux pas ! répondit la mère.

— On peut tout quand on garde un cœur et des bras.

— De quoi te servirait la lutte ; peux-tu combattre contre tous les Indiens du village?...

Quand ils t'auraient garrotté, tué peut-être, en serais-je moins obligée à leur préparer le poison?... As-tu le droit de te soustraire à la loi ? Jusqu'à ce jour, n'en as-tu point profité ?

Depuis qu'il sait lancer une flèche, Notabo la trempe dans le curare, et le curare a toujours été préparé par la plus vieille femme de la tribu... D'autres fils ont pleuré comme Notabo pleure.

— Mes frères les Indiens n'aimaient pas autant leur mère... Si je ne puis les combattre, je peux leur échapper... Sortons du carbet en ménageant une issue dans le bois ; nous rejoindrons les Indiens révoltés qui refusent de travailler aux mines... Je chasserai pour ma mère, et je lui ferai une douce vieillesse..

— Et Notabo sera déshonoré !

— Notabo sera resté un fils pieux, répondit l'Indien en frémissant.

— Ceux-ci payeraient pour moi ! reprit la vieille femme en désignant la jeune mère et les enfants... Notabo laissera la loi s'accomplir...

Matibé s'arracha des bras de son fils ; puis, élevant les mains pour le bénir, elle dit d'une voix forte :

— Que le bonheur reste sur le carbet du fils reconnaissant, que tes enfants soient nombreux et braves ! et qu'on dise un jour : Notabo fut un grand chef !

La jeune mère, comprenant quelle lutte terrible se livrait dans l'âme de son époux, se rapprocha de lui, ses deux enfants dans les bras, et pendant qu'elle l'enlaçait de cette chaîne vivante, Matibé, ouvrant rapidement la porte de la cabane, s'avança vers les guerriers.

— La vieille femme est prête, dit-elle.

L'usage auquel se soumettait Matibé faisait loi dans les villages indiens.

La provision de curare, indispensable pour la chasse, se renouvelait chaque année. Quand elle était finie, on devait songer à la remplacer.

La préparation de ce poison entraînait fatalement la mort.

Comme les Indiens attachent peu de prix à la vie quand ils ont perdu l'âge de force, ils estiment non point commettre un crime en la ravissant à ceux pour qui elle deviendrait un fardeau, mais leur rendre un service. C'était donc sans éprouver le remords qu'entraîne une action cruelle que les Indiens choisissaient, pour renouveler leur provision de curare, la femme la plus âgée du village. Si elle succombait asphyxiée par les vapeurs délétères, avant que le poison fût suffisamment figé, la plus vieille après elle la remplaçait dans cette lugubre tâche, et il arrivait souvent que la quantité de curare nécessaire, pour les chasses et les pêches de l'année, coûtait la vie à trois misérables créatures.

Mais, comme l'avait dit Matibé, c'était la loi. Depuis vingt ans, Notabo avait vu périr de cette sorte les mères en cheveux blancs de ses compagnons. C'était à son tour de sacrifier la sienne.

— Ta mère est une courageuse Indienne, répondirent les chasseurs quand Matibé les eut rejoints.

Le chef du village se plaça sur le même rang que la condamnée, car il s'agissait bien d'une condamnée à mort, et les chasseurs les accompagnèrent tous les deux jusqu'à une hutte qui paraissait abandonnée.

Au moment où Matibé allait en franchir la porte, Notabo reparut. Sa femme l'accompagnait, chargée de ses deux enfants et la jeune fille, sous l'empire de l'ivresse que cause la larve du palmier, chantait vaguement en peignant ses longs cheveux.

La jeune femme s'approcha de Matibé, couvrit son front de baisers, lui confia un instant les petits êtres qu'elle ne verrait pas grandir ; puis elle resta debout, laissant couler deux ruisseaux de

larmes sur son visage. L'émotion de Matibé grandit en face de cette
douleur ; elle craignit de perdre son courage, et franchit résolument le seuil de la hutte.

L'œuvre de mort devait s'accomplir suivant les rites ; mais ces
rites elle les connaissait. Chaque vieille femme de village indien
savait, en calculant le nombre des saisons, combien d'ans ou de
mois il lui restait à vivre si la maladie ne l'emportait pas avant
l'heure de remplir son terrible devoir.

Le chef pénétra dans la hutte avec la vieille femme.

Durant la nuit, une main inconnue avait préparé tout ce qui
était nécessaire. Dans des vases de terre rouge se trouvait une
grande quantité de racines de curare, plante étrange sans rejetons
ni feuilles.

Un fourneau fut rapidement allumé ; alors le cacique s'approcha,
prononça quelques mots à voix basse, remercia Matibé au nom de
la peuplade pour le salut de laquelle elle se dévouait, puis il s'éloigna lentement à reculons et ferma la porte du carbet, tandis que
les chasseurs et les pêcheurs poussaient des cris terribles et fu-
nèbres.

Notabo, entouré par ses frères, fut rapidement entraîné.

Désormais, il devait à son honneur de témoigner une fermeté stoï-
que. La femme de Notabo, qui n'était pas obligée au même courage,
s'assit à terre, et, les enfants serrés sur son sein, elle pleura à sanglots la vieille femme qui remplaçait sa mère, et que ses enfants
aimaient à couvrir de baisers.

La jeune fille abandonnée aux effets du poison des larves de bambou tressait des fleurs et rêvait à quelque fête, car son corps
souple s'agitait et paraissait suivre le rythme d'une musique mystérieuse.

Seule dans la hutte, la vieille femme surveillait la flamme du
fourneau, tandis qu'elle coupait les racines du curare grandies dans
la vase corrompue des lacs. Quand ce premier travail fut terminé,
elle jeta ces morceaux dans une sorte de marmite remplie d'eau, et
la posa sur le feu. Assise à terre, elle entretint le brasier avec un
soin minutieux et paisible. Elle ne semblait ni se presser ni souffrir.

De temps à autre, ses deux mains comprimaient sa poitrine

creuse, elle se sentait étouffer. A mesure que s'avançait la cuisson
des racines, l'atmosphère de la cabane devenait irrespirable. La
vieille femme sentait un cercle de fer rouge presser son front, ses
oreilles s'emplissaient d'un bruit de foudre ; elle voyait à peine, au
milieu d'un nuage mortel, les objets divers qui l'entouraient.

Penchée sur le vase renfermant le curare, elle en surveillait l'ébul-
lition ; quand elle la crut suffisante, Matibé le retira vivement, le
posa sur le sol et, attendant qu'il refroidît, elle y plongea ses mains,
et exprima le jus des racines. L'eau se colora et devint d'un rouge
foncé ; dès lors, les morceaux de curare devenant inutiles, Matibé
les retira des vases, souffla de nouveau le brasier, placé sous le
vaisseau de terre, et, se couchant sur le sol de la hutte elle attendit.

Ses soins n'étaient plus nécessaires ; le poison cuirait seul, et
parviendrait, dans un temps déterminé, à la consistance indispensable pour atteindre toute sa violence et glacer immédiatement le
sang que les flèches feraient couler.

Les vapeurs mortelles montaient, montaient toujours dans le
carbet solitaire, et la vieille femme entendait en même temps que
les crépitements du feu et les bouillonnements de la mixture noirâtre, le bruit des sanglots de la compagne de Matibé, et l'air de
danse soupiré par la jeune fille en proie à un étrange délire.

Pendant que Matibé renouvelait, pour la peuplade, la provision
de poison nécessaire pour y tremper la pointe d'os des flèches, les
chasseurs entraînaient avec eux Notabo.

Celui-ci s'efforçait en vain de faire bonne contenance ; il ne se
sentait pas le courage de témoigner la joie farouche montrée par
quelques-uns des siens, quand le sort désignait leur mère pour
remplir ce devoir meurtrier.

Aussi, au lieu de se rendre à la chasse avec ses compagnons,
préféra-t-il descendre vers le Bobonazo. La pêche, moins bruyante
que la chasse, le laisserait au moins à la tristesse de ses pensées.
Peut-être même resterait-il seul près de la rivière, et le bruit des
cascades qu'elle formait en cet endroit couvrirait les sanglots qu'il serait impuissant à contenir.

Il ne resta pas isolé ; mais les deux compagnons qui le suivirent
furent plutôt les consolateurs de sa peine que les témoins de son
désespoir.

L'un avait vu mourir sa mère, l'année précédente, de la même façon qu'expirait à cette heure Malibé ; l'autre comptait à cette heure avec effroi les années de celle qui l'avait nourri de son lait, et se demandait avec épouvante si, dans quelques mois, ce serait à son tour de préparer le poison.

Les trois hommes se rapprochèrent des canots échoués sur le rivage et amarrés avec des cordes végétales, et s'apprêtèrent à les lancer à l'eau.

Tandis qu'ils combinaient leurs efforts pour arriver à ce résultat, une forme vague apparaissait, puis disparaissait par intervalles dans les profondeurs obscures du bois.

On eût dit un animal effarouché, traqué, forcé, se demandant si la mort ne l'attend pas du côté où il voit la lumière, et où il peut distinguer des hommes.

Cependant, lentement, en étouffant ses pas, en avançant craintivement la tête, une créature sort de l'ombre et s'avance en écartant les arbrisseaux qui obstruent sa route.

On dirait un spectre qui marche.

La pâleur de la mort est sur son visage, ses lèvres blêmes s'agitent sans proférer de sons, la folie trouble son regard.

Des lambeaux flottent autour de ses membres amaigris, et sur son dos tombe une longue chevelure blanche comme la neige.

Ses jambes et ses bras sont couverts de blessures ; la force lui manque pour appeler à l'aide. D'abord elle a redouté de rencontrer des ennemis dans les Indiens qu'elle aperçoit sur les bords du fleuve, occupés à lancer leur canot... Mais que peut-elle redouter dans le degré de misère auquel elle est réduite ? Sans doute, elle peut se trouver en face d'hommes appartenant à ces hordes sauvages qui voient un ennemi dans tout Européen, et qui vengent sur ceux qu'ils rencontrent les massacres de leurs ancêtres anéantis par les Espagnols.

Mais le son d'une voix humaine renferme pour elle une espérance.

Mais le bruit de l'eau augmente la soif qui dévore ses entrailles.

Elle écarte les arbustes, s'approche... devine qu'on l'a vue... tombe sur les genoux et tend ses bras tremblants...

Cette apparition étrange effraye d'abord les Indiens.

La femme qu'ils ont devant les yeux semble plus une morte qu'une vivante.

Si c'était une apparition suscitée par l'esprit mauvais?

Quelle apparence qu'une femme blanche se trouve seule au milieu de ces déserts?

Mais l'infortunée se traîne vers eux; ils voient couler des larmes sur ses joues... des larmes! Ce spectre est donc une créature vivante, ou plutôt une créature que l'on peut empêcher de mourir...

Notabo s'élance le premier; la vue des cheveux blancs de la voyageuse lui a rappelé sa mère expirant, à cette même heure, étouffée par les lourdes vapeurs de curare.

L'Indien la soulève, la rassure; elle lui répond quelques mots dans la langue des Maynas et désigne le Bobonazo qui coule à quelques pas.

Les Indiens comprennent que la soif et la faim dévorent l'infortunée; ils lui offrent dans une tutuma l'eau pure de la rivière, lui présentent des grains de maïs grillés, un reste de poisson, et, assis en face de la voyageuse, les yeux remplis d'une pitié profonde, ils la regardent assouvir une faim qui crie au dedans de ses entrailles depuis dix grands jours.

Les Indiens s'applaudissent d'avoir secouru l'étrangère : mais, comprenant qu'elle n'a plus la force de se soutenir, ils coupent des branches d'arbres, la placent sur ce brancard improvisé et reprennent le chemin du village. Aucun d'eux ne se sent encore le courage d'y rentrer; mais une femme vient à passer, ils l'appellent, et, la voyant aussi émue qu'eux-mêmes à la vue de la malheureuse créature, ils lui disent d'une voix troublée :

— Que la femme blanche soit l'hôte de l'Aldée!

Tranquilles désormais sur le sort de la voyageuse, les Indiens retournent vers leurs canots.

C'est à une jeune fille que Notabo a confié la femme blanche, et cette jeune fille est l'amie et la sœur de Notabo.

Une pensée d'une exquise délicatesse traverse le cœur de l'Indienne. Elle connaît assez le culte professé par ceux de sa tribu pour l'hospitalité.

Sûre que le devoir fera taire la douleur, elle court rejoindre près du carbet de la mort la compagne de Notabo et la jeune fille qui

subit l'empire de l'ivresse, et frappant doucement sur l'épaule de
la jeune mère :

— Ton mari t'envoie une femme blanche à soigner et à guérir.

L'Indienne releva le front et suivit la jeune fille :

— Mère, dit-elle, comme si la vieille femme pouvait l'entendre,
je reviendrai.

Quelques minutes plus tard, agenouillée devant la Péruvienne
qui retrouvait enfin le sentiment de l'existence et comprenait ce qui
se passait autour d'elle, l'Indienne la conduisait dans son carbet.

Avec des soins de sœurs, les deux femmes lavèrent les blessures
de la voyageuse, relevèrent ses longs cheveux, que la terreur et le
désespoir avaient fait subitement blanchir, et changèrent les lambeaux qui protégeaient mal ses membres saignants, contre la jupe
de *tucuyo* des pauvres Indiennes.

— Ma sœur peut-elle nous apprendre son nom? demanda la
jeune fille.

— Isabelle... répondit la voyageuse, Isabelle des Odonais...

Pendant tout le jour, les femmes compatissantes prodiguèrent
leurs soins à l'infortunée. Mais ce qui la ranima plus vite que le
vin de palmier, les patates et les fruits, ce fut d'apprendre qu'elle
se trouvait peu éloignée de la mission d'Andoas, et pourrait s'y
rendre quand elle aurait repris quelques forces.

Durant le reste du jour, couchée à terre sur un lit de coton sauvage, elle garda près d'elle l'aîné des enfants de la compagne de
Notabo.

Quand elle effleurait le front du petit Indien, elle ne pouvait
s'empêcher de répandre des larmes; les baisers timides dont la couvrait cette bouche fraîche lui rappelaient les caresses de Pablo.

Vers la fin du jour, les femmes sortirent sur le seuil des carbets,
en entendant le bruit retentissant de la marche des hommes. En
même temps, les pêcheurs revinrent des bords du Bobonazo.

Les bêtes tuées à l'arc et les poissons frappés par les javelots
furent jetés en monceau sur la place formant le centre des huttes.

Le cacique désigna du regard la cabane dans laquelle le matin
même avait été enfermée Matibé, et s'avança lentement vers cette
case de branchages, devenue muette et sacrée comme une tombe.

Le vieillard ouvrit la porte; mais, incapable de demeurer un seul

instant dans cette pièce remplie d'émanations mo rtelles, il se recula
afin de laisser l'air extérieur purifier l'atmosphère viciée.

Une torche, allumée par un adolescent, permit aux Indiens d'entrevoir la scène navrante qu'ils avaient sous les yeux.

Près du réchaud dont les charbons achevaient de se consumer,
la vieille Indienne était tombée à la renverse. Ses dernières
souffrances devaient avoir été vives, car les ongles d'une de ses
mains étaient rouges de sang. La malheureuse avait labouré sa poitrine décharnée.

Notabo souleva le cadavre dans ses bras, l'embrassa longuement,
doucement, et se mit à lui parler bas, comme on se parle dans le
pays des âmes.

Pendant ce temps, les Indiens penchaient la torche éclatante
vers le vase de terre, à demi rempli d'une substance noirâtre et
gluante.

Le cacique inclina le vase par deux fois, et dit d'une voix calme :
— Le curare semble bon... Il pourra donner la « mort muette. »

Puis, prenant une aiguille d'os, il se piqua rapidement la veine
du bras gauche.

Au même instant, l'un des Indiens trempa l'extrémité d'une
flèche dans le poison refroidi, et l'approcha de la goutte de sang qui
jaillissait du bras du cacique.

Au contact de la pointe empoisonnée, le sang se coagula.

L'épreuve était décisive.

Si le sang ne s'était point glacé à l'instant où il se trouvait mêlé
au curare, le poison n'aurait pas eu la cuisson nécessaire, et il aurait
fallu, le lendemain, choisir une autre vieille femme chargée de
terminer l'œuvre que le trépas de Matibé aurait laissé inachevée.

Les Indiens se souvenaient d'avoir vu jusqu'à trois femmes se
succéder avant d'arriver à finir la cuisson du redoutable toxique.

Une victime suffisait, cette fois.

Jusqu'à l'année suivante, les fils pouvaient embrasser leurs
mères sans frémir.

Le soir même eurent lieu les funérailles de l'Indienne.

Une fosse profonde fut creusée dans le carbet mortel ; on enveloppa le cadavre de nattes de feuilles de palmier, l'excavation fut
garnie de fourrures d'anta, puis la vieille femme fut assise dans la

fosse, les jambes pliées, les genoux touchant son menton, et ses
pauvres mains ridées entourant ses jambes grêles.

Une peau de chiguire recouvrit le cadavre, sur lequel retomba la
terre; les chasseurs brisèrent quelques arcs en signe d'honneur sur
la tombe de celle qui leur avait ménagé le moyen de courir les bois
et de revenir chargés de gibier, puis la porte du carbet fut close à
jamais.

Notabo trouva sa femme sur le seuil de sa hutte. Il la prit dans
ses bras, la pressa tendrement sur son cœur; puis, s'avançant vers
la voyageuse rencontrée le matin même sur les rives du Bobonazo,
il lui adressa un salut à la fois affectueux et simple :

— Ma sœur est ici chez elle.

La côte était ameutée contre eux. (*Voir page* 239.)

XX

L'ALDÉE

Quand Isabelle ouvrit les yeux, elle aperçut auprès de sa couche
une jeune fille dont le visage conservait les traces de l'égarement

passager auquel, la veille, elle avait été en proie. Mais la tristesse plus que la folie se trahissait dans ses gestes, dans le son de sa voix, dans l'expression de sa figure d'une beauté remarquable.

— La Fleur-Brisée a bien dormi? demanda la jeune fille.

Elle venait de trouver dans la naïve poésie de son âme l'expression qui pouvait le mieux peindre Mme des Odonais. Quelques semaines auparavant on aurait pu citer sa grâce et sa beauté; la douleur venait de mettre sur son visage une indélébile empreinte.

— Oui, répondit Mme des Odonais, et je puis me lever, je me sens forte.

— Que ma sœur attende, répliqua l'Indienne.

La jeune fille se dirigea vers le foyer de la cabane, et versa dans un vase rempli d'eau bouillante quelques feuilles de *l'herbe du Paraguay*, considérée au Pérou comme une panacée universelle.

L'arbre qui la produit atteint la hauteur d'un pommier moyen. Chaque année, on le dépouille de ses feuilles, qui, enterrées dans le sol, doivent y rester deux ans afin d'acquérir les propriétés médicinales qui leur ont valu une si grande renommée.

Quand l'infusion fut prête, l'Indienne la passa soigneusement, car les feuilles gardent souvent des parcelles de terre ou de sable; puis, la versant dans une *tutuma* peinte avec goût, elle présenta cette boisson fortifiante à Isabelle, en même temps que le chalumeau qui devait lui servir pour l'aspirer.

Jamais Mme des Odonais ne constata plus rapidement l'effet de ce breuvage; il lui sembla que l'élasticité revenait à ses membres, et que sa tête affaiblie retrouvait la lucidité de la pensée.

Elle tourna vers la jeune fille des yeux remplis de reconnaissance, et lui dit d'une voix émue :

— Tu as reçu l'instruction chrétienne, car je vois sur ta poitrine une croix de pierre verte.

— Ma sœur blanche a dit vrai, répondit la jeune fille, mais il y a longtemps que le Père de la prière n'est venu dans l'Aldée. Nous avons fui Canélos, chassés par le fléau, et la mission la plus proche est celle d'Andoas... Mais Andoas ne se trouve point sur le Bobonazo : les carbets d'Andoas se mirent dans le Guallalga.

— Andoas ! répéta Mme des Odonais, c'est là que je dois me

rendre... là que je trouverai de nouveaux secours pour rejoindre mon mari...

— Ton nom ne nous est pas étranger, reprit la jeune fille; hier, au retour de la chasse, les vieux chefs parlaient entre eux d'abord d'un homme blanc d'une grande science qui traversa le pays dans une pirogue...

— M. de la Condamine?

— Les chefs ont prononcé ce nom, en effet... Puis, avant que je fusse née, un voyageur européen visita Canelos, et pria les habitants du village de le reconnaître et de se souvenir de lui... La Fleur-Brisée est la femme de ce voyageur?

— Oui, répondit Isabelle.

— Et pour rejoindre le compagnon de sa jeunesse, ma sœur blanche parcourt le désert, sans crainte des serpents, des jaguars, des lions et des chiens sauvages?

— Le Père céleste me gardait, répondit la voyageuse.

L'Indienne effleura respectueusement de ses lèvres la main de Mme des Odonais.

Si légère que fût cette caresse, elle suffit pour causer à Isabelle une douleur cuisante.

Le regard inquiet de la jeune fille interrogea l'étrangère, et celle-ci lui dit d'une voix calme :

— Ce n'est rien ! l'épine d'un palmier m'a blessée.

Mais l'Indienne, en regardant plus attentivement la main profondément déchirée de Mme des Odonais, ne put retenir une exclamation douloureuse.

Une plaie vive avait ouvert toute la paume de la main ; les doigts coupés, hachés en différents endroits, refusaient tout service.

Heureusement la nature généreuse prodigue les remèdes à côté du poison; l'Indienne quitta pour un moment le carbet, et revint avec une provision de feuilles fraîches dont elle composa de salutaires compresses.

Ensuite, venant en aide à Isabelle, elle l'aida à passer les humbles vêtements offerts par ses hôtesses.

Un moment après la jeune fille sortit de nouveau pour aller recueillir les provisions nécessaires au repas du matin, tandis que Notabo se rendait à la pêche.

Celui-ci ne tarda pas à rentrer, et jeta sur le sol un amas de poissons magnifiques. C'était un homme jeune et fort, véritable type de la beauté indienne. Son corps était souple et bien proportionné et sur le front régnaient à la fois l'intelligence et la bonté.

Mme des Odonais courut vers lui.

— Notabo, dit-elle, je vous dois la vie, et j'attends de vous un nouveau service.

— Ma sœur blanche peut parler, dit-il doucement.

— Menez-moi sur les bords du Guallalga, à la mission d'Andoas.

— La Fleur-Brisée est bien faible, objecta-t-il en secouant la tête.

— Toute ma force est dans mon cœur, répondit Mme des Odonais.

Elle ajouta timidement :

— J'ai été riche, bien riche ; aujourd'hui, je suis abandonnée et pauvre.

— On n'est jamais pauvre quand on s'appelle l'ange de Guazmen.

— Quoi ! vous savez...

— Les vieillards indiens ont la mémoire longue... Plus d'un homme voisin de Sudtrépied, pris par le Mita et sauvé par ma sœur blanche, est venu au bourg du Canelos. Que la Fleur-Brisée ne redoute rien, nous sommes ses amis, comme elle fut la protectrice des Indiens malheureux...

Qu'elle reste avec nous quelques jours, et reprenne non pas du courage, mais des forces ; le premier jour de la nouvelle lune, nous te conduirons sur le Guallalga.

Isabelle, rassurée, accepta l'hospitalité de la famille indienne qui restaura l'infortunée voyageuse par une nourriture frugale mais confortable.

Après le repas, Notabo partit pour la pêche et la femme et la sœur de l'Indien, demeurées seules avec Isabelle, ne purent s'empêcher de l'interroger curieusement :

— Nous savons que notre sœur des pays lointains a enduré de grandes souffrances, et nous souhaiterions entendre ce récit de sa bouche.

Isabelle releva le front ; une expression d'angoisse passa dans son regard; elle éprouvait une répulsion profonde à raconter ses malheurs. Peut-être allait-elle répondre qu'elle ne se sentait point la force d'entreprendre un tel récit, quand un groupe de femmes, sortant des carbets voisins, s'approcha de l'épouse et de la sœur de Notabo.

Chacune d'elles apportait une offrande en rapport avec sa pauvreté. C'étaient des branches de *guabas* garnies de leurs gousses, dont la longueur dépasse un pied de long et que remplissent des pépins énormes gonflés d'une moelle blanche et savoureuse. Une jeune fille tenait entre ses bras une gerbe des lis panachés du linto. Des enfants serraient dans leurs mains des couples d'oiseaux bleus qu'ils tremblaient de voir s'envoler. D'une tutuma peinte de fleurons d'or s'échappaient des colliers de graines rouges. Les femmes de l'Aldée avaient choisi parmi leurs richesses ce qu'elles supposaient devoir le mieux plaire à l'ange de Guazmen.

Touchée jusqu'aux larmes, en voyant déposer ces présents à ses pieds, Mme des Odonais serra dans ses bras les enfants et les jeunes filles. Elle prit des mains du petit Indien les deux oiseaux bleus capturés pour elle, et, collant ses lèvres sur leurs ailes palpitantes, elle se souvint que des oiseaux semblables chantaient au-dessus du berceau de lianes où Pablo dormait son dernier sommeil...

Les femmes s'assirent en cercle, et la plus jeune, celle qui venait de jeter à ses pieds les fleurs du linto, demanda d'une voix harmonieuse :

— Ma sœur, la Fleur-Brisée n'a-t-elle rien à nous dire ?

Isabelle passa la main sur son front, en écarta sa longue chevelure blanche, et, comprenant que satisfaire l'affectueuse curiosité des femmes de l'Aldée était leur donner une haute leçon des droits et des devoirs de l'épouse, elle commença son récit.

Elle parla de sa jeunesse, quand elle était l'enfant adorée de doña Josepha, pour qui les pêcheurs de Guayaquil cherchaient au fond de la mer les perles les plus rares; elle raconta son adolescence partagée entre l'étude, la prière et des fêtes où elle remportait la palme de l'élégance et de la beauté. Tandis qu'elle attirait sur ses genoux les petits Indiens, elle compta les berceaux, puis les tombes de ses enfants à elle... morts si jeunes ! Elle parla de son mari avec le sentiment d'une tendresse profonde; en évoquant le souvenir de

Quérida, elle poussa un cri déchirant. Enfin elle arriva à l'époque de son départ de Rio-Bamba, en compagnie de fray Juan, de don Antonio, de Pablo, des mulâtresses, de Rivals qui l'avait trahie, de Joaquin, dont elle ne s'expliquait pas l'absence...

Les Indiennes, fixant sur l'étrangère leurs yeux compatissants, paraissaient suspendues à ses lèvres. Isabelle luttait contre l'effroi qui s'emparait d'elle, au souvenir des maux soufferts, mais elle avait promis de tout dire, et elle continua. Avec une éloquence puisant sa source dans une navrante vérité, elle peignit la fuite des guides, la navigation en canot, l'accident du radeau, le vol des diamants par Rivals... Puis la course à travers ce désert sans route, la mort de tous ceux qu'elle aimait, enfin sa propre agonie qui avait duré dix jours.

— Et qui soutenait donc l'esprit de la Fleur-Brisée? demanda la sœur de Notabo.

— Dieu! répondit Mme des Odonais.

Il y eut alors un mouvement de tendresse et de respect indicible dans ce groupe de créatures affectueuses et simples. Après avoir apporté leurs présents, elles donnaient leurs cœurs et leurs larmes.

Elles allaient recommencer leurs questions amicales, quand un sifflement aigu s'éleva à quelques pas du groupe des femmes de l'Aldée.

Mme des Odonais tressaillit et voulut se lever.

La sœur de Notabo la retint doucement.

— Que la Fleur-Brisée ne tremble pas, dit-elle, elle va voir un étrange spectacle.

La jeune fille désigna du doigt un *macagua*, sorte de merle d'Amérique, qui, roulé en boule et tout hérissé, paraissait menacer un ennemi invisible. Cet ennemi était une vipère, qui, se dressant sur sa queue, semblait sur le point d'atteindre l'oiseau. Celui-ci se précipita courageusement sur le reptile, et le piqua de son bec acéré, tandis que la vipère le blessait de son dard venimeux. L'oiseau quitta la branche basse sur laquelle il perchait, vola vers un arbrisseau dont il mangea quelques feuilles, puis revint de nouveau combattre son ennemi. Piqué de nouveau, après l'avoir lui-même atteint, il recommença le même manège, jusqu'à ce qu'il eût fait au reptile une blessure mortelle.

— Mais l'oiseau va mourir? demanda Mme des Odonais.

— Le *macagua* connaît la vertu des plantes ; pour se guérir du venin de la vipère, il mange l'*herbe du moineau*, et le dard du reptile ne lui fait aucun mal.

— J'ai apporté pour ma sœur blanche, dit la plus vieille des Indiennes, quelques feuilles de coca que je gardais précieusement. Il importe peu que la femme qui compte beaucoup de mauvais jours s'en aille dans la nuit de la tombe... Mais la Fleur-Brisée doit prendre des forces pour aller retrouver celui qui l'attend... Que ma sœur mâche ces feuilles mêlées à une égale portion de craie blanche de Mambi... Avant deux jours, elle sera capable de partir pour le Goalalga.

Mme des Odonais accepta, en pressant les mains de la vieille femme de l'Aldée : elle tenait tant à vivre afin d'arriver à Cayenne ! Quand le jour baissa, les femmes regagnèrent les carbets de branchages. Il s'agissait de préparer le repas des chasseurs.

Du quinia, un jambon de singe et des fruits en firent les frais. Dès que la nuit fut venue, la femme de Notabo prit un faisceau de *polo de lon* et l'alluma pour éclairer la cabane.

Cette plante étrange dont le nom, donné par les Indiens, indique assez la propriété (« bâton de lumière ») atteint à peine la hauteur de deux pieds : elle consiste, comme la cataguela, en plusieurs petites tiges partant de la même racine. Ces tiges, droites et unies jusqu'à leur sommet, forment de petits rameaux portant des feuilles très minces. Les femmes en font chaque année une abondante récolte. Elles coupent fort près de la terre les *polo de lon*, qui, pour elles, remplacent la cire et l'huile. Verte ou sèche, cette plante s'enflamme instantanément.

Après le repas les hommes, qui devaient partir pour une chasse à l'anta, se munirent de torches résineuses et partirent à travers le bois. Les femmes se mirent à filer le coton destiné à la fabrication de leurs *tuyuca* en les attendant.

La chasse à l'anta ne présente pas de grands périls. Cet animal de la taille d'un âne a les oreilles plus courtes, et est muni d'une trompe qu'il allonge ou raccourcit à volonté, et à l'aide de laquelle il respire. Les antas vivent en troupes. Sitôt que les chasseurs ont découvert le gîte où ces animaux sont réfugiés, ils partent, la nuit,

munis de flambeaux qu'ils agitent devant les yeux éblouis et fasci-
nés de leur proie. Les antas, réveillés en sursaut, effrayés, se ren-
versent les uns sur les autres et, dans ce premier moment de
désordre, il est facile d'en tuer un grand nombre.

Les chasseurs revinrent au milieu de la nuit, mangèrent des patates grillées, burent du vin de palmier et s'endormirent à la lueur
expirante des bâtons de lumière.

Dès l'aube, le premier soin de la femme de Notabo fut d'examiner
le butin de son mari. Elle palpa anxieusement le ventre de chacun
des trois antas qui formaient le produit de sa chasse, et poussa un
cri de joie, dont Mme des Odonais lui demanda la cause.

Notabo a la main bonne, répondit la jeune femme, chacun des
antas porte un bézoar.

Sans attacher à cette pierre les qualités médicales que lui prêtent
les Indiens, Mme des Odonais savait que les bézoars sont, dans
l'Orient comme en Amérique, le produit d'un grand commerce.

— Vous croyez donc à la puissance de cette pierre? demanda Isabelle.

— Elle ne guérit peut-être pas tous les maux, mais elle neutra-
lise le poison redoutable du plus terrible de nos serpents.

Au même instant, un Indien parut sur le seuil de la cabane.

La compagne et la sœur de Notabo ne purent retenir un mouvement de répulsion.

— Si le chasseur a rapporté des antas dans son carbet, dit-il, je
demande à les échanger contre des fourrures.

— Le maître est absent, et la femme ne peut rien conclure, répondit la jeune fille en se plaçant devant les enfants comme pour
les défendre.

— Le Vieux-Puma reviendra.

La femme de Notabo ne répondit rien et gagna le fond du carbet.

— Que vous a fait cet homme? demanda Mme des Odonais.

— A nous, rien, mais il est *yavervateros*.

— Ce qui signifie?

— Il est sorcier... Sa puissance dompte les serpents, et à l'aide
des poisons qu'il en retire il fait périr ses ennemis.

— Quel poison fournit un reptile mort?

— Le plus beau, le plus redoutable des serpents de nos bois, ce-

lui dont le corps brille comme l'or et a des roses noires comme le
tigre, porte, à partir de l'heure où commence pour lui la vieillesse, une touffe de poils sur le front... Ces poils sont un poison
sans remède... Le *yavevatero* que rien n'épouvante dompte et fascine
jusqu'à ce monstre. Je l'ai vu rouler autour de son corps le serpent
grage, endormir le serpent à sonnettes, et rendre immobile et do-
cile le *cuvimullinvo*, dont les braves représentent sur leurs bou-
cliers la tète monstrueuse.

— Vous ne m'avez pas dit comment le sorcier s'y prend pour
empoisonner ses ennemis à l'aide des poils de serpent.

— Il les coupe en morceaux menus comme une plume, les cache
sous ses ongles et les fait tomber dans la farine de manioc de ceux
dont il veut se débarrasser. Il nous achète nos bézoars, nos récoltes
de *culaquilo* et d'*achapalla*, toutes les plantes dont le suc est salutaire. Mais on redoute plus sa venue qu'on ne la désire dans les
carbets.

La jeune fille commença à pétrir la moelle arrachée d'un tronc
de maguy, et qui, précipitée dans l'eau, ne tarda pas à fournir une
farine à l'aide de laquelle elle prépara un pain lourd...

— Le maguy est votre providence? demanda Isabelle.

— Nous lui devons tout : le chanvre de nos cordages, le bois
servant à étayer nos demeures, les feuilles qui couvrent nos carbets. Sa moelle nous fournit du pain, et nous fabriquons la *pulque*
que vous avez bue avec le suc qui coule du tronc quand nous l'a-
vons incisé...

— Enfin, ajouta la femme de Notabo en jetant un regard triste sur
la jeune fille, il nous donne tour à tour l'ivresse et la mort... Sitôt
qu'il est abattu et ouvert, une larve grasse et blanche naît de sa
moelle... la tète de cette larve est un dangereux poison... le corps
est un mets friand et recherché, mais qui entraîne une sorte d'i-
vresse, un égarement momentané... Dans leurs grandes douleurs,
quand les femmes indiennes ne se sentent pas la force de souffrir,
elles mangent les larves du maguy.

— Pardonne-moi, sœur... murmura la jeune fille, je n'avais pas
la force d'assister au cruel spectacle de la préparation du curare.

— Qui sait, murmura la femme de Notabo avec un sourire navré,
si quelque jour les fils que je presse sur mon sein ne viendront pas

me dire : « C'est à ton tour de préparer le curare des chasseurs. »

Mme des Odonais s'efforça de changer le cours de ces pensées douloureuses ; elle y parvint en demandant à l'Indienne quels moyens elle employait pour teindre d'une façon aussi solide les fils dont elle se servait pour tisser les vêtements de ses enfants, les siens et ceux de son mari.

— La terre nous fournit tout, répondit la jeune femme ; le noir nous est donné par la racine du *panqué*, nous obtenons le rouge avec le *reilbort* dont on fait cuire la racine, et l'*amic* produit cette belle teinte d'indigo. Quant aux broderies que ma sœur blanche veut bien trouver jolies, nous les inventons, tout en essayant de reproduire les feuilles des branches et les oiseaux des bois.

Un repos de quelques jours avait rendu quelques forces à Mme des Odonais, et son unique désir était de partir pour Andoas.

Elle rappela sa promesse à Notabo, qui lui répondit avec une simplicité affectueuse :

— Je voudrais que la femme blanche fût ma sœur, et qu'elle habitât mon carbet ; l'Indien a donné sa parole, il est prêt à la tenir.

Le lendemain, Notabo soigna sa parure ; il se couvrit tout le corps d'une couche de rocou, frotta ses cheveux d'huile de tortue, les orna de plumes d'aras magnifiques, et, couvert d'une étroite fourrure, les pieds protégés par une sorte de sandale, il se dirigea vers son canot en compagnie de deux de ses amis.

Sa femme et sa sœur voulurent conduire Isabelle jusqu'au but de son voyage. Elles aussi, pour honorer l'ange de Guazmen, avaient mis leurs *tucuyos* bleues les plus neuves. Dans leurs cheveux tombant sur le dos en nappes flottantes, brillaient les lis ponctués du luito ; des graines rouges et noires s'enroulaient autour de leurs cous, et la croix de pierre verte, donnée jadis par le Père de la prière, retombait sur leur poitrine.

Le canot venait d'être détaché de la rive, les Indiens agitaient leurs pagaies, et Isabelle, les bras tendus vers la côte qui lui avait été hospitalière, envoyait en s'éloignant ses bénédictions et ses adieux aux femmes indiennes accourues pour la voir une dernière fois.

Le canot marchait depuis quelque temps déjà, quand une harmonie soudaine se fit entendre.

On eût dit qu'une main savante touchait au milieu de ces solitudes un orgue gigantesque dont les sons emplissaient la solitude.

L'Indien, qui comprit l'étonnement d'Isabelle, lui désigna à quelque distance une masse sombre de rochers.

— Les chants sortent de la pierre, dit-il.

En effet, à mesure que l'on approchait, les sons devenaient plus
distincts, passant tour à tour d'une douceur suave à une puissance
prodigieuse.

Les savants qui, depuis Mme des Odonais, ont traversé ces solitudes, attribuent cette musique étrange qui doit ressembler à celle
que produisait Memnon au lever du soleil, à des courants d'air en-
trant dans les crevasses des roches, et s'y modulant d'une façon
bizarre et charmante.

Mme des Odonais approchait enfin de la mission d'Andoas.

Un grand changement s'y était accompli depuis le voyage de son
mari, mais ce changement s'était fait sans bruit et sans trouble. Un
ordre imprévu de la Cour de Madrid avait brusquement rappelé les
jésuites de leurs collèges et de leurs missions. Ces apôtres héroïques, qui avaient autrefois, au péril de leur vie, débarqué sur cette
côte barbare et inhospitalière, ameutée contre eux, avaient fini par
en faire la conquête pacifique. Et, maintenant, on oubliait avec la
plus noire ingratitude les services rendus, les conquêtes de la civilisation et celles de la science. Arrêtés, saisis et embarqués, les jésuites, ignorant des faits qui leur étaient reprochés, furent conduits
dans les États du Pape.

Pendant deux siècles, les missions espagnoles avaient été fondées,
desservies, gouvernées par eux; on les remplaça par des prêtres
ou par des carmes qui n'eurent plus le titre de missionnaires.

En apercevant les carbets d'Andoas, Mme des Odonais, quelque
regret qu'elle eût de se séparer des Indiens qui l'avaient sauvée, en
éprouva un vif sentiment de joie. Elle était sûre de trouver là l'aide
nécessaire pour gagner Laguna.

Les pagaies tombèrent au fond du canot. Notabo et ses amis ai-
dèrent Isabelle à gagner le rivage, puis ils lui désignèrent du doigt
un carbet plus grand qui semblait être celui de la mission. Un
moment après, elle était sur le seuil de la demeure d'un vieux
prêtre.

Elle se jeta dans les bras des Indiennes, pleurant de reconnaissance et de regret, et souffrant, pour la première fois, de se sentir
pauvre et dénuée.

Ce fut en jetant les yeux sur ses pauvres vêtements qu'elle aperçut deux chaînes d'or enroulées autour de son cou, et à-demi cachées par les lambeaux d'une mantille.

Elle les arracha de ses épaules et les passa au cou de celles qui,
après l'avoir accueillie, sauvée, aimée, pleuraient encore à la
pensée de la quitter.

La voyageuse suivit des yeux le canot qui menait vers l'Aldée
les pauvres et reconnaissants Indiens, puis, aidée par le prêtre
d'Andoas, elle quitta cette mission le jour même et prit la route
de Laguna.

Assassin, moi? dit Rivals. (*Voir page* 247.)

XXI
LA FIN DE L'ÉPREUVE

Le docteur Roméro écrivait la dernière page d'un volumineux
travail sur les *Missions espagnoles*, quand un enfant indien, attaché

à son service, vint le prévenir qu'une femme demandait à être introduite près de lui.

— C'est une créole, ajouta l'enfant, jeune, mais avec les cheveux tout blancs.

Le Supérieur général des Missions espagnoles quitta son bureau et courut vers le seuil de sa demeure, construite en bois comme les carbets qui l'entouraient.

Une femme était debout près de la porte, et, s'appuyant au linteau, elle attendait, pâle, exténuée, qu'on lui accordât l'hospitalité.

En voyant paraître le docteur Roméro, elle tomba sur les genoux

— Bénissez-moi, mon Père, dit-elle, et sauvez-moi!

Le vieillard relève la voyageuse, l'examine avec une compatissante pitié, et lui demande simplement :

— Que voulez-vous de moi?

— Mon nom suffira pour vous l'apprendre, mon Père, je suis Mme Godin des Odonais.

— Vous! s'écria le docteur, hélas! je vous croyais morte, victime d'un admirable dévouement.

— Qui donc vous a parlé de moi?

— Un médecin français.

— Rivals?

— Oui, Rivals.

— Oh! le misérable! le misérable! s'écria Isabelle en fondant en larmes.

Ce nom lui rappelait le souvenir des êtres aimés, morts pour elle au fond des grands bois...

Elle resta un moment sans parler, affaissée sur un siège de bambou près duquel le docteur Roméro l'avait conduite. Des sanglots soulevaient sa poitrine, et ses épaules tressaillaient nerveusement. Tandis qu'elle restait abîmée dans sa douleur, le vieillard contemplait cette femme qui avait été la plus enviée, la plus riche, la plus heureuse entre toutes les beautés de Quito et de Rio-Bamba. Ses yeux se mouillaient de pleurs en voyant ses pieds nus entourés par des béjuques soutenant les semelles de cuir fauve enlevées aux souliers de ses frères morts; la jupe de tucuyo, aumône d'une pauvre Indienne de l'Aldée, les lambeaux de soie noire croisés sur

son sein, et ses cheveux blancs, ses longs cheveux blancs flottant
comme un voile derrière elle.

— Ma fille, demanda de nouveau le docteur, que puis-je pour vous?

Mme des Odonais releva la tête. Sa tâche restant inachevée, elle
ne se sentait pas le droit de faiblir. D'un mouvement rapide, elle
s'essuya les yeux et raffermit sa voix :

— Où est ce Rivals? reprit-elle.

— A Omèguas.

— Pouvez-vous l'envoyer prévenir de mon arrivée?

— Certes! Mais ne craignez-vous point que sa vue vous cause
une commotion pénible?... Vous avez grandement à vous plaindre
de lui...

— Dieu sait quel compte nous avons à régler tous deux, mon
Père... En ce moment, je songe moins au châtiment de ce misérable
qu'à défendre les intérêts de mon mari... Tout ce qui reste d'une
fortune considérable est entre les mains de cet homme... mes
émeraudes, ma vaisselle plate, ceux des diamants que je n'ai point
vendus, et dont la valeur peut être d'un grand secours pour M. des
Odonais... Rivals ne peut rendre la vie à ceux qui dorment là-bas,
mais Rivals peut restituer, et je veux qu'il restitue...

— Bien, ma fille; j'écrirai ce soir même au gouverneur d'Omèguas, je le prierai d'inviter et au besoin d'obliger Rivals à revenir
ici.

Le jour même, un exprès partit en canot.

A dater du moment où Mme des Odonais se trouva en communi-
cation directe avec ceux qui pouvaient lui aider à poursuivre son
but, elle éprouva un soulagement subit. Une nourriture abondante
et saine lui rendit assez rapidement des forces. Mais la blessure de
sa main, en dépit du zèle avec lequel on la soignait, conservait des
caractères inquiétants.

Plus d'une fois, tandis que le docteur Roméro la pansait,
Mme des Odonais lui demanda avec une angélique résignation :

— Il faudra me couper la main, n'est-ce pas?

Et le vieillard, tout en essayant de dissuader l'infortunée de
cette pensée terrible, ne pouvait s'empêcher de répandre des larmes.

L'impatience d'Isabelle grandissait à mesure que s'écoulaient ses
journées.

— Mon Père, disait-elle au docteur Roméro, songez donc qu'à l'heure où mon mari m'envoyait chercher par la galiote du roi de Portugal, il était dangereusement malade au fort d'Oyapok... Est-il mort en m'appelant vainement à son chevet? S'il a survécu, ne me croit-il pas morte à mon tour... Trois années, trois années longues comme des siècles se sont passées depuis l'heure où il m'écrivit sa dernière lettre... Je veux bien expirer en arrivant près de lui... mourir en lui prouvant quelle puissance exerça sur moi le souvenir des années enfuies! Mais je veux rendre le dernier soupir en lisant une fois encore sa tendresse dans son regard, en laissant dans ses mains la main où brille mon anneau de mariage...

— Rivals arrivera bientôt, croyez-le; dès qu'il vous aura remis les objets qui lui furent confiés, vous partirez pour Loreto... Loreto, où vous attend votre père...

La pensée de revoir M. de Grandmaison causait, pour ainsi dire, à Isabelle plus de terreur que de joie; et comme le docteur lui en demandait la cause, elle répondit :

— Quel compte n'ai-je pas à régler avec lui ! Quels reproches ne peut-il pas m'adresser! J'avais le droit, le devoir, de partir contre l'avis de tous... La loi divine et la loi humaine ordonnent à la femme de suivre et d'aimer son mari... Mais je ne devais pas entraîner à ma suite Antonio et fray Juan! Je devais garder le courage de braver seule des périls que l'on disait épouvantables... Et mon père peut me dire comme Dieu à Caïn : « Qu'as-tu fait de tes frères? Qu'as-tu fait de Pablo, un enfant?... » Et mon père peut me repousser et me maudire... car de cette famille florissante, il ne reste que moi seule... Moi, qui l'abandonne après l'avoir désespéré.

— Non, ma fille, non, répondit le docteur Roméro, M. de Grandmaison ne vous repoussera pas... l'excès de vos malheurs le rapprochera de vous... Dans ses deux fils, il verra des martyrs de l'amour fraternel, et dans Pablo un ange qui peut-être vous a guidée et protégée à travers les solitudes... Les pères sont toujours pères, ma fille! Quand Dieu condescendit à nous donner la mesure de sa tendresse pour les hommes, il les appela ses enfants.

Plusieurs jours se passèrent ainsi, partagés pour Mme des Odonais entre l'espérance et l'angoisse; elle attendait Rivals avec une fiévreuse impatience.

Un matin, tandis qu'elle épiait du regard la route que devait parcourir le médecin français pour arriver chez le docteur, elle vit s'avancer un groupe d'Indiens au milieu desquels marchait un homme vêtu à l'européenne et qu'ils paraissaient moins accompagner que garder.

Au premier regard, Isabelle l'avait reconnu.

Elle descendit rapidement l'escalier, rencontra le docteur Roméro à la porte du petit jardin, et lui dit d'une voix brève :

— J'ai vu venir Rivals... et j'ai peur... Je vous en supplie, mon Père, restez près de moi, assistez-moi durant cette entrevue.

Le docteur promit à Isabelle de ne la point quitter. Il la suivit dans le salon et alla lui-même ouvrir la porte au médecin français.

Celui-ci entra, le front haut, la lèvre dédaigneuse. Mais si sa bouche et son attitude mentaient, son regard troublé trahissait une secrète terreur.

Il allait s'avancer vers Isabelle, quand la jeune femme l'arrêta en étendant sa main blessée :

— Répondez, dit-elle, répondez brièvement à mes questions : pourquoi avez-vous manqué à la parole donnée ?... pourquoi n'êtes-vous pas venu me rejoindre au carbet, où nous avons attendu vingt-cinq jours ? Pourquoi ? pourquoi ?

— La traversée avait été difficile... dangereuse, répondit Rivals.

— Et vous avez eu peur... Soit ! vous êtes lâche !

— Je ne souffrirai pas... dit Rivals.

— Vous m'entendrez, et vous me répondrez..., reprit Isabelle. Je ne vous questionne pas comme un témoin, je me regarde comme votre juge. Vous aviez peur... Je l'admets... Mais Joaquin ne tremblait pas, lui ! Joaquin eût vingt fois donné sa vie dans les tortures pour m'épargner une souffrance... Vous revenez seul ici... Qu'avez-vous fait de Joaquin ?

Rivals se troubla visiblement ; cependant il s'efforça d'assurer sa voix pour répondre.

— Je l'avoue, j'ai redouté les périls d'une seconde traversée... D'ailleurs, le nègre m'offrit de la faire seul, en compagnie de quelques Indiens... Ma présence ne vous était pas indispensable, je le laissai partir.

— Il partit avec une barque ?

— Oui, Madame... Joaquin descendit jusqu'à l'endroit du Bobonazo où nous avions construit le radeau, et où se trouvait le carbet.

— Mon Dieu ! mon Dieu ! s'écria Isabelle en se tordant les mains, nous aurions pu être sauvés tous ! tous !

— Oui, reprit Rivals, vous eussiez pu être sauvés si vous aviez eu la patience d'attendre encore.

— La patience d'attendre ! malheureux, mais nous l'avez-vous seulement laissée ?... Si vous étiez resté à Andoas, cela était possible, mais vous aviez passé à Omèguas, et ce temps, ce temps qui était la vie de huit personnes a été dépensé par vous ! Ainsi, Joaquin a revu le carbet, il a vu...

— Il suivit longtemps vos traces dans les sentiers de la forêt... Il y rencontra...

— Vos victimes ! vos victimes, Rivals ! car vous avez tué mes frères, Pablo, le pauvre innocent, mes suivantes, votre propre serviteur Sébas ! aussi vrai que Dieu m'entend à cette heure.

— Joaquin les ensevelit...

Un sanglot douloureux souleva comme une vague la poitrine de Mme des Odonais.

— Je n'ai pu le faire, moi, je n'ai pu le faire...

Elle reprit ensuite d'un accent dans lequel vibraient encore les pleurs :

— Après... après ?...

— Joaquin me rejoignit à Omèguas... il rapportait quelques effets trouvés dans le carbet.

— Où est-il, maintenant ? demanda Isabelle d'une voix plus douce, j'ai hâte de le voir, de le remercier pour son courage, de le bénir pour la piété avec laquelle il donna la sépulture à mes morts bien-aimés... Où est Joaquin, Monsieur ?

— Je l'ai renvoyé, répondit Rivals.

— Auprès de mon père ?

— Non, je l'ai expédié à Quito.

— A Quito, Joaquin ! dans quel but ? Pourquoi ne pas le garder près de vous...

— Je craignais... qu'il ne m'assassinât! répondit avec embarras
le médecin.

— Vous assassiner, lui! Mais Joaquin n'eût pas fait de mal à un
enfant... D'ailleurs, pour quelle raison aurait-il commis ce crime?
Si vous aviez quelque crainte à son sujet, il vous était facile, du
reste, d'en faire part au gouverneur d'Omèguas, qui l'eût retenu
prisonnier... On l'eût mis aux fers si cela eût été indispensable,
jusqu'à ce que tout fût expliqué... D'ailleurs, je le répète, vous sa-
viez que M. de Grandmaison se trouvait à Loreto... et d'Omèguas
à Loreto, la distance n'est pas grande!

— J'ai cru mieux faire... répondit Rivals.

— Pour la seconde fois, vous avez eu peur... reprit Mme des
Odonais en martelant fiévreusement ses paroles, peur de vous entendre reprocher par cet honnête homme d'avoir été la cause de
la mort de fray Juan, d'Antonio, de mon neveu, de trois inno-
centes filles... peur de vous entendre crier par ce dévoué que vous
étiez un assassin...

— Assassin, moi? dit Rivals.

— Vous! répondit Mme des Odonais... les tombes du désert
vous accusent.

Le médecin ne courba pas le front, mais ses lèvres s'agitèrent
d'une façon convulsive, et ses yeux flamboyèrent de haine et de colère. Cependant, il ne répondit rien car il sentait peser sur lui le
regard sévère du docteur Roméro, et ce regard le brûlait comme
un fer rouge.

Mme des Odonais reprit son terrible réquisitoire d'une voix basse
et méprisante :

— Finissons-en, Monsieur ; j'ai hâte de me dire que tout est bien
fini entre vous et moi... Vous avez assumé sur vous la responsabi-
lité de huit existences dont le ciel vous demandera compte un jour.
Vous m'avez privée des services de Joaquin, dont le dévouement
m'était précieux... Nous n'avons plus maintenant qu'à régler une
seule affaire.

— Je suis à vos ordres, Madame... répondit Rivals devenu
blême.

— Quand vous quittâtes le carbet en compagnie de mon fidèle
noir, vous emportiez avec vous, dans les coffres que je vous avais

confiés, une grande quantité d'effets... des ballots d'étoffes, de l'or, une caisse remplie de vaisselle plate, et la cassette renfermant mes pierreries.

— En effet... et je vais...

Rivals se dirigea vers l'angle de la salle, où les Indiens qui l'escortaient avaient posé ses bagages, et il défit un paquet renfermant une robe de velours, une jupe de perse à ramages, et quatre assiettes d'argent.

Il présenta ces objets à Isabelle :

— Voilà... dit-il.

— Comment! C'est une dérision, Monsieur! Ce n'est pas tout... répondit Mme des Odonais.

— C'est tout ce qui me reste... du moins... Madame, je vous le jure! Le canot dans lequel nous naviguions, Joaquin et moi, embarquait souvent de l'eau, et les pièces d'étoffes ont été entièrement perdues.

— C'est possible... répondit Isabelle, mais la vaisselle plate ne s'altère pas, ne pourrit pas au contact de l'eau... Qu'avez-vous fait de celle que je vous ai confiée? Où sont mes pendeloques de diamants et d'émeraudes, mes bracelets? Qu'avez-vous fait des reliquaires et des boîtes de pierreries... L'eau ne gâte rien de cela, Monsieur... répondez! Je vous ai remis un dépôt, qu'est-il devenu?

— Je vous le répète, dit Rivals, devenu livide, je n'ai plus rien, rien.

— Voleur! fit Isabelle en lui crachant le mot à la face, voleur, assassin et lâche... Je comprends, maintenant, pourquoi vous teniez si obstinément à vous débarrasser de mon fidèle nègre Joaquin... Vous ne vouliez pas de témoin de votre infamie... Vous me croyiez morte avec mes frères, et vous teniez à vous approprier exclusivement les dépouilles de vos victimes... Mais les événements ont trompé vos desseins. Dieu m'a conservée pour tirer de vous une légitime vengeance; je vous dénoncerai et vous tomberez sous le coup de la loi... Sortez, maintenant, votre vue m'est odieuse.

Rivals s'enfuit, et Mme des Odonais, resta seule avec le docteur Roméro.

— Rien n'aura manqué à cette épreuve, mon Père, dit-elle, et il

a plu à la Providence de mettre deux traîtres sur ma route... Tristan
d'Orsecaval a trompé indignement la confiance que lui avait accor-
dée M. des Odonais, et Rivals m'a volée, après nous avoir livrés
tous à une mort terrible.

Le docteur Roméro essaya d'arracher Isabelle à l'emportement
d'une douleur indignée. Mais la malheureuse femme voyait encore
réduite à néant une dernière espérance. Elle avait compté sur la
vente de ses diamants pour payer son passage en France. Ces épaves
d'une grande fortune devaient suffire pour lui assurer l'aisance, et
subitement, après tant d'autres épreuves, elle apprenait qu'elle arrivait à son mari les mains vides.

Enfin, l'énergie de son caractère domina ce moment de faiblesse ;
et, ne songeant plus qu'à rejoindre au plus vite M. des Odonais, elle
supplia don Roméro d'écrire à M. de Grandmaison en son nom,
puisque la gravité de sa blessure à la main lui interdisait tout mouvement ; d'apprendre à son père qu'elle se trouvait hors de danger
et d'envoyer au-devant d'elle Tristan d'Orsecaval, qui la conduirait
à la galiote de Sa Majesté !

— N'est-ce pas, docteur, demanda Isabelle, vous allez écrire,
écrire tout de suite à Loreto?

Le vieillard prit paternellement une des mains de la malheureuse femme.

— Me permettez-vous, ma pauvre enfant, de vous faire connaître
toute ma pensée?

— Parlez, mon Père.

— Eh bien, ma fille, écoutez-moi, et croyez-moi... Vous êtes
seulement au début d'un dur voyage... Voyez déjà ce qu'il vous a
coûté... La vie de fray Juan, celle de don Antonio et de son fils...
enfin les débris de votre fortune... Ne tentez pas Dieu davantage...
Retournez à Rio-Bamba... Vous le pouvez en toute tranquillité de
conscience et sans montrer de faiblesse. Ce que vous avez entrepris
est une œuvre surhumaine... Votre mari saura que vous avez réa-
lisé des prodiges pour le rejoindre... que les événements seuls ont
contrarié votre héroïque projet... C'est lui qui ira vous rejoindre...
et si vous devez tous deux passer en Europe, vous vous embar-
querez à Bogota et vous changerez l'itinéraire de votre voyage... Il
vous reste encore plus de mille lieues à parcourir... quelques jours

de repos ont à peine rétabli votre santé compromise... Vous êtes
dangereusement blessée... Restez ici quelques semaines encore...
Votre père viendra vous y prendre et vous ramènera à Sudtrépied.

— Docteur, répondit Mme des Odonais, vos conseils sont sages,
je le sais... et cependant permettez-moi de ne point les suivre...
En le faisant, je croirais contrarier les voies de la Providence...
cette Providence qui m'a gardée au milieu de tout péril, et qui m'a
permis d'arriver jusqu'à vous.

— Vous voulez que je prévienne votre honorable père, M. de
Grandmaison y Bruno?

— Oui, mon Père.

— Je lui écrirai ce soir même, ma fille, et le messager partira
pour Sudtrépied dès demain.

Le Supérieur de la Mission tint sa promesse : il rédigea un long
message à l'adresse du père d'Isabelle, et le lendemain, un messager s'éloigna en se dirigeant vers Loreto.

Les jours se passèrent, puis les semaines. Un mois et demi
s'écoula sans que Mme des Odonais reçût une réponse à la lettre
adressée au corrégidor.

Le docteur Roméro prit en pitié ses angoisses, et, la trouvant
un soir dans les pleurs, il lui dit avec bonté :

— Ne pleurez plus. Vous quitterez Laguna dans deux jours, ma
fille...

— Vous avez des nouvelles?

— Non ; j'armerai spécialement pour vous une barque qui vous
conduira à Loreto.

— Merci! oh! merci, mon Père!

En effet, deux jours plus tard, un canot muni de vivres et dont
le pilote et les rameurs étaient de zélés chrétiens, se trouva à la
disposition de Mme des Odonais.

Au moment où celle-ci se disposait à quitter l'hospitalière demeure des missionnaires, le docteur Rivals se présenta tout à coup
devant elle.

Isabelle ne l'avait pas rencontré depuis qu'elle l'avait accablé de
son mépris.

— Madame... dit-il en s'inclinant devant elle avec une profonde
humilité.

— Je n'ai rien de commun avec vous, répondit Mme des Odonais, retirez-vous.

— J'ai une prière à vous adresser, Madame ; je vous en conjure, faites-moi la grâce de l'entendre !

— Je la rejette d'avance.

— Non ! vous ne le ferez pas ! vous ne le pouvez pas !

— Quoi donc m'empêcherait de refuser toute requête venant de la part d'un homme à qui je dois tous les malheurs qui m'accablent, tous mes deuils ?

— Vous êtes chrétienne... répondit Rivals.

— Parlez, dit lentement Isabelle.

— Le docteur vous procure un canot, et vous allez rejoindre la galiote du roi... Vous m'avez promis, jadis, de m'y accorder passage...

— Osez-vous bien rappeler cette promesse, misérable ? Souvenez-vous, d'ailleurs, des secrètes défiances que vous m'inspiriez... Vous avez trompé sur votre compte mes frères, trop généreux pour vous soupçonner... Mais, moi, j'avais pour m'avertir du piège tendu, pour me signaler l'ennemi qui me menaçait, la clairvoyance de mon cœur... je vous devinais fourbe ; je vous prévoyais fatal... Quoi ! Vous n'avez pas accumulé assez de malheurs autour de moi ! Vous voulez encore vous attacher à ma suite... Pourquoi ? que vous faut-il de plus ?... M'assassiner avant que j'aie rejoint M. des Odonais... Vous m'avez rappelé tout à l'heure que je suis chrétienne. Le dernier, le suprême effort que m'impose ce titre, est de ne pas vous maudire... Éloignez-vous, nous ne pouvons rien avoir de commun...

Mme des Odonais fit un pas pour s'éloigner.

— Mon Père, dit Rivals à don Roméro, demandez grâce pour moi, je vous en supplie... Que deviendrai-je à Laguna ; que ferai-je dans ce désert ? Je me repens de ma faiblesse ; j'implore mon pardon .. ayez pitié !

— Ma fille, dit gravement le docteur Roméro, cet homme est déjà puni dans son orgueil...

— Quoi ! mon Père, me conseillez-vous...

— Qui sait, murmura le prêtre, si de cet acte de miséricorde ne dépend pas le salut du mari que vous allez rejoindre au milieu de tant de périls ?

Un violent combat se livra dans l'âme de Mme des Odonais. Enfin, elle triompha de son ressentiment, plia les genoux devant le missionnaire, et lui dit :

— Demandez à Dieu de me compter ce dur sacrifice et bénissez-moi.

— Pour la terre et pour le ciel, ma fille, je vous bénis ! répondit le vieux prêtre.

Mais si don Roméro conseillait la miséricorde à Isabelle, il n'en crut pas moins prudent de recommander aux Indiens de surveiller Rivals, et de n'avoir pour lui aucun ménagement si sa conduite devenait suspecte.

Isabelle monta dans la barque et prit place au centre, sous la toiture de feuilles de palmier, tandis que Rivals restait à la proue, au milieu des rameurs.

Aussi longtemps qu'elle le put, Mme des Odonais agita la main en signe d'adieu... la maison du docteur Roméro avait été hospitalière et douce à la voyageuse.

M. Semiergues fut lâchement assassiné. (*Voir page* 259.)

XXII

LA FIN DE L'ÉPREUVE (*suite*)

Le trajet de Laguna à Loreto se fit rapidement.

Le messager envoyé par don Roméro n'avait pas abordé à Loreto, et le corrégidor ignorait à la fois et les grands deuils qui allaient briser son cœur et le cœur d'Isabelle.

Ce fut pour M. de Grandmaison une commotion foudroyante quand il vit paraître devant lui sa fille, que les douleurs et les souffrances avaient faite l'ombre d'elle-même.

Elle se jeta dans ses bras sans parler, roulant sa tête sur son épaule, et sanglotant à mourir. Ses bras serraient le cou du vieillard ; les longs cheveux blancs d'Isabelle lui dérobaient ce visage qui lui avait paru méconnaissable, et dans lequel le regard seul restait vivant.

— Ma fille ! ma fille ! disait-il en essayant de la calmer, en répondant à ses pleurs par des caresses... calme-toi... Nous voilà réunis... Nous oublierons une trop longue absence... Où est fray Juan ? Que fait Antonio ? Pourquoi Pablo n'est-il pas venu m'embrasser ?

Mme des Odonais se rejeta vivement en arrière.

— Vous ne savez rien ? dit-elle, vous ne savez donc rien ?

— Rien... murmura-t-il, rien.

Isabelle tomba sur ses genoux.

— Il faut me pardonner, dit-elle, je vous ai tout pris... votre noble Antonio, fray Juan... Pablo, qui me semblait mon propre enfant... Nous ne les reverrons jamais, jamais. Ils dorment là-bas dans le bois sombre... la faim les a tués, et je reste seule, toute seule...

Une flamme sinistre, rappelant l'égarement de la folie, brilla dans les prunelles de Mme des Odonais.

— Oh ! malheureuse ! malheureuse ! dit le père.

— Oui, bien malheureuse... répondit Mme des Odonais, qui prit ce cri de douleur pour une accusation terrible.

M. de Grandmaison se précipita vers Isabelle, qui, renversée sur le sol, ne donnait plus signe de vie.

Il couvrit son front de baisers, il le mouilla de larmes.

— Tu es revenue... dit-il enfin, tu es revenue... Comment ?

— Je ne sais pas... murmura-t-elle.

Cependant un peu de calme se fit dans l'esprit d'Isabelle, et M. de Grandmaison put avoir de sa bouche les détails navrants du drame qui s'était accompli dans la forêt.

Le corrégidor, tremblant d'ajouter encore aux douleurs de sa fille, s'efforça de maîtriser son désespoir; et, comprenant que le seul moyen d'opérer une diversion salutaire était de presser le départ pour Pévas, il annonça que tous deux allaient se rendre dans ce village.

— Je comptais te quitter après t'avoir confiée aux soins de M. Ribello, commandant de la galiote du roi, dit-il à Mme des Odonais, mais je n'en ai pas le courage... Je ne reverrai point Rio-Bamba... M. Savala y réglera nos affaires de fortune; où tu iras, j'irai.

Isabelle se jeta dans les bras de son père.

— Merci! dit-elle, merci!

Elle partit le jour même.

A Pévas, M. de Grandmaison et sa fille furent rejoints par une barque que le commandant Ribello envoyait à leur rencontre. Elle était armée d'habiles pagayeurs, et commandée par des soldats. Il fallut fort peu de temps à la voyageuse et à son père pour rejoindre le bâtiment du roi.

M. Ribello, prévenu, attendait Isabelle à son bord, et la reçut avec tout le respect que méritaient un si admirable courage et une si grande infortune.

Au moment où le navire allait s'éloigner, il fut accosté par un grand canot envoyé par le gouverneur d'Omègnas. Celui-ci y avait fait entasser des fruits frais, des vins généreux, tout ce qui semblait de nature à remettre la santé délabrée de Mme des Odonais.

A partir de ce jour, aucun soin ne devait lui manquer, le gouverneur de Para ayant expédié dans tous les postes des ordres formels, afin qu'Isabelle fût l'objet d'attentions et de prévenances de toutes sortes.

La santé générale de Mme des Odonais se remettait progressivement, mais la blessure de sa main continuait à lui causer de vives douleurs, et, sans alarmer ceux qui l'entouraient par le récit de ses souffrances et par ses appréhensions, Isabelle continuait à croire qu'une amputation serait nécessaire.

La galiote, après une marche rapide, arriva à la forteresse de Curupa située à soixante lieues au-dessous de Para.

Mme des Odonais ne devait plus perdre un jour, une heure. A partir du moment où elle mit le pied sur le bâtiment du roi, toutes

les difficultés parurent s'aplanir devant elle. Le lendemain de son
arrivée à Curupa, M. Martel, major de la garnison de Para, vint,
par ordre du gouverneur, prendre le commandement de la galiote
qui devait conduire, à Oyapok, Isabelle et M. de Grandmaison.

Il restait à courir un dernier danger, très redouté des naviga-
teurs dans ces parages. Peu après le débarquement du fleuve, dans
un endroit de la côte où les courants sont d'une violence extrême,
à l'embouchure d'une rivière dont le nom corrompu à Cayenne est
Carapa pourri, la galiote perdit une de ses ancres.

On envoya immédiatement chercher à Oyapok un secours qui
ne se fit pas attendre.

Le même messager qui réclamait l'aide du gouverneur et des
soldats d'Oyapok remit à M. des Odonais une lettre de M. de Grandmaison lui annonçant l'arrivée d'Isabelle.

Le malheureux l'avait crue morte, et lui-même avait failli mourir.
La joie qu'il ressentit fut si violente qu'on redouta un moment de
ne pas le voir survivre à cette commotion. Il se remit cependant,
et, ne pouvant se résoudre à attendre paisiblement sa femme à Oyapok, il sortit du port dans une galiote qui lui appartenait, afin d'aller croiser sur la côte à la rencontre du bâtiment du roi. Le quatrième jour, il le rejoignit par le travers du *Mayacaré*.

L'approche de la galiote amenant son mari au-devant d'elle
avait été annoncée à Mme des Odonais. Appuyée sur le bordage du
navire, elle regardait, anxieuse de joie, palpitante. Enfin une galiote s'approche, accoste, un homme s'élance vers l'échelle du
navire :

— Isabelle !

— Jean !

Puis des pleurs, des étreintes, des caresses ! Et au milieu des
épanchements les plus tendres, le souvenir des morts évoqué :
Quérida, l'ange envolé, Antonio, le noble ami des Indiens, fray
Juan, Pablo...

Mais Dieu les rendait l'un à l'autre ; Dieu payait en joie à la courageuse femme l'héroïsme de son dévouement. Elle avait trouvé
si naturel de risquer sa vie et de subir des tortures inouïes pour
tenir un serment, qu'elle s'étonnait de voir les témoignages de respect dont elle était l'objet.

Le bâtiment de Sa Majesté Très-Fidèle mouilla à Oyapok le 22 juillet 1770. Le gouverneur de Cayenne, M. Friedmond, à qui le commandant du fort de l'Oyapok annonça l'arrivée de Mme des Odonais, lui envoya des provisions de toutes sortes.

Le navire portugais, fatigué par une double traversée, éprouvé par les courants de Curupa, dut recevoir une carène neuve et une voilure suffisante. M. des Odonais, laissant Isabelle aux soins de son père, voulut accompagner M. Martel jusqu'à la frontière. Ils se séparèrent au cap d'Orange, et le mari d'Isabelle revint à Oyapok.

L'impérieux devoir de la reconnaissance leur enleva les premiers jours de leur réunion. Mais tous deux avaient la certitude de se retrouver, et la patience leur semblait plus facile.

La santé de Mme des Odonais se remettait rapidement, sa main blessée guérissait, mais elle ne devait cependant jamais en recouvrer complètement l'usage.

M. et Mme des Odonais revinrent à Cayenne, d'où le corrégidor envoya sa démission à Rio-Bamba, en même temps qu'il confiait à M. Savala, son gendre, la gestion de ses derniers biens.

Le 21 avril 1773, Mme des Odonais s'embarquait à Cayenne avec son mari et son père.

Le 25 juin de la même année, après une traversée de 63 jours, ils débarquaient à la Rochelle.

La Péruvienne ne devait plus avoir d'autre patrie que celle de son mari.

XXIII

ÉPILOGUE

Par une de ces soirées d'hiver où les clartés adoucies de la lampe et la chaleur d'un feu clair forment une opposition complète avec le vent qui souffle au dehors dans les ténèbres des rues et le froid qui pénètre jusqu'aux os, deux hommes étaient assis près d'une haute cheminée surmontée d'une pendule de Boule.

Des cartes, des sphères, des livres nombreux, un désordre de papiers, de cahiers, de notes qu'on trouve seulement chez les savants et les littérateurs, suffisaient pour indiquer que le maître de cet opulent logis gardait de studieuses habitudes, et que, dans sa jeunesse, il avait dû faire de longs voyages. Le jeune homme, qui l'écoutait respectueusement et qui l'interrogeait, semblait doué d'une rare intelligence ; l'audace brillait dans son regard ; cette noble audace doublée de patience qui pousse les hommes vers les conquêtes du génie.

Le vieillard le regardait avec un sentiment d'orgueil mêlé de compassion. Il aimait à retrouver dans les jeunes gens ce que lui-même avait éprouvé ; mais en même temps, se souvenant des épreuves subies, des souffrances endurées, il s'effrayait à l'idée que ce beau et vaillant jeune homme irait, en cherchant la gloire, au-devant des infirmités qui, depuis longtemps, le clouaient sur son fauteuil.

— Ainsi, mon cher enfant, demanda le vieux savant, vous êtes bien décidé, vous voulez partir pour l'Amérique, cette Amérique du Sud que j'ai parcourue dans toute sa largeur, et dont j'ai rapporté tant de souvenirs et tant de douleurs?

— Oui, Monsieur, répondit le jeune homme avec vivacité. On prépare une expédition scientifique, et une lettre de M. de la Con-

damine me fera tout de suite admettre au nombre de ceux qui en
font partie.

— Vous êtes donc las de l'existence? demanda l'académicien avec
une étrange expression.

— Moi? j'y tiens beaucoup, au contraire.

— Alors ne quittez pas votre pays, mon enfant. Étudiez, tra-
vaillez, faites-vous un nom, c'est une ambition louable, et vous
arriverez à ce but sans suivre des routes aussi dangereuses que
les nôtres.

— Mais vous êtes revenu! s'écria le jeune homme.

M. de la Condamine eut un sourire triste.

— Oui, dit-il, et vous connaissez ce vers latin :

Apparent rari nantes in gurgite vasto.

Je suis revenu, et je suis revenu seul... Quand nous partîmes de
la Rochelle, en 1735, munis des passeports du roi Philippe V, pour
mesurer les degrés voisins de l'Équateur, dans les États de l'Amérique méridionale, nous étions nombreux, vaillants, remplis de joie
et d'espérance. Nous étions trois académiciens, M. Godin, M. Bouguet et moi. Nous avions en notre compagnie Joseph de Jussieu,
docteur, régent de la Faculté de Paris, frère des deux académiciens,
et qui devint leur collègue durant son absence; M. Semiergues,
chirurgien; M. Verguin, ingénieur de la marine; M. Morainville,
dessinateur pour l'histoire naturelle; Hugo, horloger-ingénieur.
Godin des Odonais, qui devint le mari d'une admirable femme...

— Vous l'avez connue? demanda vivement le jeune homme.

— Oui, répondit M. de la Condamine; je l'ai connue, admirée,
aimée avec tout le respect que l'on doit à une femme douée de tant
de courage et de vertu.

— Et vous daignerez me raconter quelque chose de sa vie?

— Peut-être, plus tard... En ce moment, nous parlons de la destinée des savants qui deviennent parfois des martyrs de la science...
Voici quel fut le sort des membres de l'expédition envoyée pour
mesurer le méridien : M. Couplet mourut en trois jours à Quito...
M. Semiergues fut lâchement assassiné... Bouguet périt en 1758, à
la suite d'un abcès au foie... Godin passa au service de l'Espagne
et devint directeur des Académies des Gardes de la marine, à Cadix;

un peu plus jeune que Bouguet, il lui survécut à peine... Morainville, chargé de faire bâtir une église à Quito, tomba d'un échafaudage et se tua... Joseph de Jussieu a perdu la mémoire... Moi, je suis devenu presque sourd, et mes membres inférieurs sont privés de mouvement... A nous deux, Jussieu et moi, nous ne faisons pas même un homme!

— Sans doute, répondit le jeune enthousiaste, vous souffrez, et vous restez cloué sur ce fauteuil. Mais, si vous ne pouvez plus aller chez vos amis, ils accourent ici et votre salon se transforme en académie... Vous ne voyagez plus, mais il vous suffit de fermer les yeux pour revoir les splendides paysages du nouveau monde. Ah! je vous le jure, dussent de pareils voyages me coûter aussi cher, je les entreprendrais sans regret.

— Allons, dit M. de la Condamine, la jeunesse est la jeunesse, et jamais l'expérience des autres ne lui servira... Vous aurez votre lettre de recommandation. Je vous sais travailleur, chercheur, plein de courage; vous rendrez des services, puissiez-vous ne pas les payer plus que ne vaut la gloire.

Le vieillard s'arrêta et dit au jeune homme :

— Apportez-moi la cassette d'écaille à ferrures d'argent qui se trouve là-bas sur cette table d'ébène et d'ivoire... bien... placez-la à portée de ma main... Ce que je vais faire pour vous, j'ai rarement le courage de le faire; il est des choses qui remuent de trop cruels et trop navrants souvenirs.

L'académicien prit une clef dans le tiroir de son bureau, et ouvrit un coffret dans lequel se trouvaient une lettre jaunie, la semelle informe d'un soulier, à laquelle pendaient de minces débris de cordes végétales, le lambeau d'une mantille de soie et un portrait. M. de la Condamine remit la miniature dans les mains du jeune homme.

Elle représentait une femme élégante, dans l'éclat d'une parure de fête. Sa tête ovale était petite, couronnée de cheveux bouclés; le nez droit, la bouche spirituelle, de grands yeux doux donnaient un charme complet à cette figure rayonnante. Les épaules tombaient et s'effaçaient avec grâce; la ligne délicate du cou se trouvait dessinée par l'échancrure modeste d'un corsage de soie brodée, tombant en basques courtes et découpées en créneaux sur une jupe sem-

blable. Une dentelle garnissait le corsage et jouait en larges sabots
sur des bras demi-nus. Un collier et des bracelets de perles énormes
complétaient cette parure. La main droite de la jeune femme s'appuyait sur un éventail, tandis qu'une draperie ample enveloppait
le bras gauche. De grands palmiers se profilaient en arrière de la
figure, et la mer, une mer bleue et sans ride, se perdait dans le
lointain.

   — Quelle ravissante créature! s'écria le jeune homme.

   — N'est-ce pas? Et comme on comprend qu'elle était faite pour
les opulences et les paresses de la vie des créoles!

   — Certes; elle s'appelait?

   — Isabelle de Grandmaison y Bruno...

   — Quoi, cette femme frêle, délicate...

   — Épousa Godin des Odonais, et traversa le continent américain
dans sa plus grande largeur, afin de le rejoindre après vingt ans
d'absence.

   — Quand on a contemplé ce portrait, on trouve le dévouement
deux fois plus admirable... Et ces autres reliques...

   — Voici l'une de ses sandales, et un lambeau de vêtement qu'elle
portait quand les Indiens la secoururent.

   — Cette lettre cassée aux plis?

   — Me fut adressée par M. Godin des Odonais, le 18 juillet 1773,
quelques jours après son arrivée à la Rochelle; elle contient le récit
abrégé du voyage et des tortures d'Isabelle.

   — Oh! la noble femme! s'écria le jeune homme. Comment n'avez-
vous pas été tenté d'écrire sa vie? Il serait bon, je crois, de donner
souvent aux fils, aux mères, aux épouses de semblables exemples.
Ils resserreraient les liens de la famille, et porteraient à respecter
davantage celles qui, comme Mme des Odonais, sont capables de
dévouements héroïques.

   — Un autre le fera plus tard, mon ami; moi, je suis trop vieux...
Mais combien de fois le souvenir de Mme des Odonais m'a troublé
jusque dans mon sommeil... Il faut avoir vu les solitudes améri-
caines pour comprendre ce que dut souffrir cette femme, perdue
dans un désert où elle laissait tant de morts.

   — Il est un point de son histoire que nul ne m'a raconté; que
devint Rivals, le misérable qui la vola?

— M. des Odonais dédaigna de le faire arrêter.

— Et Tristan d'Orsecaval?

— Oh! celui-là fit un procès.

— Lui! quand sa négligence avait causé les malheurs de toute la famille.

— Les juges de Cayenne le condamnèrent à payer 8.000 livres à M. des Odonais... Mais Tristan d'Orsecaval était insolvable, et mon ami resta ruiné.

— Mais de quoi vit cette famille, alors?

— J'ai eu le bonheur d'intéresser le duc de la Vrillière à cette grande infortune, et M. des Odonais touche une modeste pension... Il vit à Saint-Amand, en Berri, dans une terre patrimoniale. Sa femme est adorée de tous ceux qui la connaissent, et certaines étrangetés de son caractère ne font qu'augmenter la pitié et le respect qu'elle inspire...

Souvent, quand la nuit tombe, si elle se trouve seule dans la campagne, elle est prise d'un subit effroi... Isabelle ne peut traverser une forêt sombre sans éprouver des tressaillements nerveux ; le moindre bruit lui rappelle alors les fourrés remplis de jaguars, les traces des serpents, les hurlements des chiens sauvages, plus féroces que les loups...

Un trait bizarre vous peindra quel souvenir la malheureuse garde des jours où elle eut soif et faim dans le désert... Jamais elle ne mange un fruit cueilli à l'avance... Elle veut les prendre dans l'arbre ; elle qui attendit si souvent en vain que le vol d'un oiseau ou la fantaisie d'un singe en fit tomber un à ses pieds dans les bois qui pouvaient devenir sa tombe...

J'ai voulu la voir à Saint-Amand, et des larmes sont montées à mes yeux, en regardant accrochée à la muraille la jupe de *tucuyo* que lui donnèrent les femmes de l'Aldée, et les sandales de cuir qu'elle portait aux pieds... Elle m'en donna une, avec la copie de son portrait... Ce sont des reliques chères, bien chères...

Je le disais encore hier à Condorcet, le souvenir des terribles aventures de Mme des Odonais assombrira la fin de ma vie...

L'académicien replaça dans le coffret d'écaille la miniature, la lettre jaunie, tout ce qui lui rappelait ce drame si émouvant qu'aucun romancier n'eût osé l'inventer, puis il tendit la main au jeune homme :

— Vous partirez, lui dit-il, et vous reviendrez, je l'espère ; les martyrs de la science ne découragent personne. La France donnera toujours des savants au monde, et, pour le renouvellement et l'honneur de la société, nous aurons sans fin des femmes héroïques ; cela suffit bien pour me consoler...

Adieu, mon jeune ami ; se sacrifier pour tout ce qui est noble, pur et grand, est encore le meilleur moyen d'être heureux !

TABLE

Angers, imp. Burdin et Cⁱᵉ.

www.ingramcontent.com/pod-product-compliance
Lightning Source LLC
Chambersburg PA
CBHW070456030726
47503CB00004B/1065